Ekkehard Meyer

Packende Erzählungen

Erstausgabe: 2018

Herstellung und Verlag:
BoD - Books on Demand, Norderstedt
ISBN 978-3-7528-8624-5

Packende Erzählungen

Ekkehard Meyer

Fesselnde Geschichten mit überraschendem Ausgang

Der Autor

Ekkehard Meyer wuchs in einer fünfköpfigen Familie im Nachkriegsberlin auf. Als Schüler begeisterte er sich für den Zusammenschluss Europas und hatte die Gelegenheit in Gastfamilien in Frankreich und England zu leben. Er gründete zusammen mit Freunden die ERG, eine Arbeitsgemeinschaft, die eine Vereinigung Europas unterstützte, und für die er Manifeste und Liedertexte verfasste. Der Autor studierte Wirtschaftswissenschaften und Maschinenbau und erlebte intensiv die 1968-er Protestbewegung der Studenten.

Die berufliche Tätigkeit führte ihn in mehrere Städte des süddeutschen Raums, er gestaltete für mittelständische Unternehmen und für Industriebetriebe die ausländischen Vertriebswege und hatte dabei die Gelegenheit die Lebensweise und Mentalität anderer Kulturkreise schätzen zu lernen.

Als der Broterwerb nicht mehr im Mittelpunkt stand, widmete er sich zunächst der Musik und später der Literatur und wurde Mitglied der Literarischen Gesellschaft Karlsruhe. Einige seiner Kommentare und seine Bücher: Der Europäische Schatten, Der geliehene Partner, Wirtschaft ohne Moral, wurden veröffentlicht. Ekkehard Meyer ist Vater von zwei erwachsenen Söhnen. Ihm wurden bisher vier muntere Enkelkinder beschert.

Januar 2018

Buchrückentext/Kurzfassung/Exposé

Ekkehard Meyer gibt seinen Figuren durch markante Beschreibungen eine Kontur. Er erzählt von heiteren Begebenheiten auf einem Boot, von Erlebnissen während einer Safari und schildert aufkeimende Zärtlichkeit beim ersten Rendezvous und Verzweiflung über unerfüllte Liebe. Seine Geschichten zeigen, dass aus Krisen auch Chancen entstehen.

Auf humorvolle Weise werden Ereignisse mit überraschendem Ausgang geschildert.

Inhaltsverzeichnis   Seite

Der alte Mann und das Mädchen

Mein achtzigster Geburtstag wurde im großen Rahmen gefeiert. Eine Reihe von Persönlichkeiten aus Wirtschaft und Politik nutzte diese Gelegenheit zur Auffrischung von Kontakten, für mich war es ein anstrengender Tag. In meinem Alter feiert man nicht mehr so gerne einen Geburtstag. Die Augen werden schlechter und die Umwelt wird nur in blassen Ausschnitten wahrgenommen, die nachlassende Hörfähigkeit behindert den Meinungsaustausch und schmerzende Gelenke bewirken einen unsicheren Gang. Der alternde Mensch verliert den Anschluss an die Gesellschaft, auch wenn ich mein tägliches Fitnessprogramm noch abspulen konnte.

Meine Familie hatte mir ein Wellness Wochenende in Baden-Baden geschenkt, und ich genoss den geschenkerzwungenen Müßiggang und machte bei strahlendem Sonnenschein einen Spaziergang durch den Kurpark. Nach einer halben Stunde setzte ich mich auf eine Parkbank. Die Vögel tirilierten in hundertjährigen Bäumen, Bienen umkreisten die blühenden Sträucher und die Sonnenstrahlen blinzelten durch die Blätter. Eine ältere Dame, bedeckt mit einem großkrempigen Sonnenhut und mit einem Hündchen auf dem Arm, stolzierte langsam vorbei. Ihr staksiger Gang erinnerte mich an den meines Steuerberaters Heinrich Redlich, und ich überlegte, ob ich ihn jetzt anrufen sollte. Einige Rückfragen des Finanzamts harrten noch einer Antwort.

Eine junge Frau setzte sich wortlos an das andere Ende der Parkbank und rauchte in Eile eine Zigarette, ohne mich anzublicken. Sie sah gut aus und machte einen unglücklichen Eindruck auf mich. Dieses Mädchen könnte meine Urenkelin sein und interessierte mich mehr als das Telefonat mit dem Steuerberater. In diesem Park trifft man überwiegend alte, gebrechliche Menschen, eine schöne Maid bildet hier einen erfrischenden Kontrast, und erinnerte mich an das Märchen von Schneewittchen und den sieben Zwergen.

Ihre blonden Haare waren zu einem Pferdeschwanz zusammengebunden. Eine markante, römische Nase, blaue Augen und volle, sinnliche Lippen verliehen ihrem Gesicht Anmut. Die engen Jeans umschlossen einen wohlgeformten Körper und waren, nach Art der Mode, auf den Schenkeln mit Löchern durchsetzt, die nackte Haut darunter wurde sichtbar. Sie wirkte gedankenverloren, ihr Blick schien einen imaginären Punkt irgendwo in den Bäumen zu fixieren, hastig wurde ihre Zigarette auf den Boden geworfen und mit einer drehenden Fußbewegung ausgetreten, dann erhob sie sich und eilte in die nahegelegene Gaststätte. Ich schaute ihr nach, dann setzte ich beschwingt meinen Spaziergang fort.

Dagmar, mit der ich seit vierzig Jahren verheiratet war, ist vor vier Jahren gestorben und seither sehe ich meine beiden Kinder selten. Sie hätte jetzt ihren Zeichenblock ausgepackt und den am Fluss stehenden Baum mit Bank gezeichnet, ich würde an den Steuerberater denken und hätte mich von keinem Mädchen ablenken lassen. Ich bin farbenblind, daher als Maler denkbar untauglich, und hatte ihren Hang zur Malerei als Möchtegernkunst abgestempelt. Heute vermisse ich ihre Anmerkungen zum Licht und zu den Farben. Unser Sohn Elmar hatte seine Neigung zur Malerei von ihr geerbt, und er hasste meine Zahlenspiele und strategischen Überlegungen, die er als männliches Protzen bei Sandkastenspielen bezeichnete.

Ich hatte mich in all den Jahren mit vollem Einsatz um meine Firmen kümmern müssen, eine Aufgabe, die mir Spaß machte, daher habe ich die Erziehung der Kinder Dagmar überlassen. Meine sogenannten Sandkastenspiele ermöglichten der Familie ein sehr komfortables Leben. Heute vermisse ich einen innigen Kontakt zu meinen Kindern und weiß wenig von dem, was in ihnen vorgeht.

Mein Spaziergang am nächsten Tag führte mich wieder zu der Bank unter dem schattenspendenden Baum. War es meine Neugierde die Unbekannte wiederzusehen, die meinen Schritt lenkte? Schon nach kurzer Zeit tauchte sie auf und setzte sich wieder auf diese Bank um zu rauchen, ohne mich wahrzunehmen. In fast allen Gaststätten ist das Rauchen verboten, wahrscheinlich benutzt die Raucherin diese Bank nur zur Befriedigung ihrer Sucht. Ein leichter Windstoß wehte ihre Zigarettenasche in meine Richtung, sie drehte sich um: »Oh, entschuldigen Sie bitte, rauchen Sie?«, und sie hielt mir geistesabwesend ihre Schachtel hin.

»Ich rauche am Abend eine Pfeife und genieße dazu ein Glas Wein, die schnelle Zigarette, die Sie rauchen, würde mich süchtig machen.«

Das Mädchen drehte sich zu mir hin und schien mich zum ersten Mal wahrzunehmen: »Sie sind ein vernünftiger Mensch, mir gelingt es nicht meine Sucht nach Zigaretten unter Kontrolle zu bringen.«

»Sie haben noch viel Zeit das zu üben, bei mir ist die Zeit zum Üben fast abgelaufen. Was hindert Sie daran nach Ihren Vorstellungen zu leben?«

Sie stieß den inhalierten Rauch aus, schnippte den Zigarettenstummel mit dem Mittelfinger hoch in die Luft, als würde sie selbst gern davon fliegen: »Mein Vater, mein Job, meine Ausbildung und besonders meine Faulheit.«

Ich rutschte auf der Bank etwas in ihre Richtung: »Ihren Vater konnten Sie sich nicht aussuchen, die anderen genannten Hindernisse könnten Sie überwinden.«

»Das ist leichter gesagt als getan, ich habe das Gymnasium nicht geschafft, habe meine Lehre geschmissen und halte mich mit einem miesen Job als Aushilfskellnerin in der Wirtschaft meines schlecht gelaunten Vaters über Wasser. Begeisterung will sich dabei nicht einstellen.«

Die Offenheit dieser jungen Frau, ihr analytischer Verstand und ein gewisser ironischer Charme gefielen mir: »Sie haben einen gesunden Verstand, können sich treffend ausdrücken und verfügen über eine feminine Ausstrahlung, viele Menschen werden Sie um diese Eigenschaften beneiden«.

Sie schüttelte ungläubig den Kopf, rief: »Ich kenne keinen! Heute Abend soll ich den Tafelspitz kochen, kommen Sie in unsere Gaststätte Storchennest und machen sich selbst ein Bild von meinen lausigen Fähigkeiten, ich bin die Maggi«, und sie rannte zurück.

Ich wollte eigentlich heute im Restaurant meines Hotels zu Abend essen, aber eine Stimme in mir raunte: »Im Storchennest wartet ein Ei darauf ausgebrütet zu werden, überlasse das Hotelrestaurant den Senioren.« Ich schlüpfte in meinen sportlichen Sommeranzug und schlenderte, fröhlich pfeifend, dem Tafelspitz entgegen.

Vor dem Storchennest stand auf einer Tafel mit Kreide geschrieben: Wir empfehlen heute unseren Tafelspitz. In der Gaststube saßen an zwei Tischen verloren wirkende Gäste, der Stammtisch war mit lautstarken Biertrinkern besetzt. Von dort waren zotige Witze zu hören, und die Bestellungen wurden gebrüllt.

Ich suchte mir einen Platz, von dem ich die Küche beobachten konnte. Der Tisch war mit einer Plastikdecke gedeckt, das Besteck ragte, eingewickelt in eine Papierserviette, aus einem Bierglas heraus, und zwischen dem Salz- und Pfefferstreuer steckte ein künstliches Röslein. Der einzige Lichtblick in dieser tristen Kaschemme war ein angestrahltes Storchennest über der Theke, aus dem ein Jungstorch über den Nestrand neugierig in die Gaststube blinzelte. Am Tresen zapfte ein mürrischer Patron das bestellte Bier und rief Anweisungen durch eine Luke in die Küche. In einer Zapfpause schlürfte er an meinem Tisch und übergab mir die Speisekarte. Ich dachte, das Bier wird hier besser sein als der Wein und bestellte den Tafelspitz und ein Bier vom Fass. Schon nach kurzer Zeit wurde serviert, aber die Speise, die auf dem Teller dampfte, hatte mit einem Tafelspitz wenig gemeinsam. Das Fleisch war sehnig, die Karotten roh, die Soße fad, nur der Meerrettich und das Bier waren in Ordnung.

Durch die Küchenluke konnte ich Maggi sehen, unterstützt von einer korpulenten, älteren Helferin, hantierte sie an mehreren Töpfen, bestätigte die väterlichen Anweisungen und machte einen überforderten Eindruck. Als es in der Gaststube ruhiger wurde, nahm sie ihre Schürze ab und setzte sich an meinen Tisch: »Nun, heute konnten Sie sich ein eigenes Bild von meinen Fähigkeiten verschaffen. An ihrem noch fast vollen Teller, der zurückgegangen ist, konnte ich Ihre Begeisterung für meinen Tafelspitz ablesen.«

Ich wollte ihr meine Eindrücke mitteilen, fand aber in der umtriebigen Gaststube unter Aufsicht des Vaters nicht die passenden Worte und lud Maggi in das nahege-

11

legene Bistro ein: »Der Tafelspitz war wenig gelungen. Auch eine Fünfsterneköchin wäre hier nicht erfolgreich, weil Ihrem Vater jedes Konzept fehlt. Entweder er will ein Speiselokal führen, dann stört der laute Stammtisch. Der Tafelspitz müsste schmackhaft in einem stimmigen Ambiente angeboten werden, mit Kerzen und Stoffservietten zu einem Preis, der deutlich über 9,95 € liegen müsste. Bei dem Preis, den Ihr berechnet, ist ein Finanzchaos schon vorprogrammiert. Oder er möchte seine Stammkundschaft ansprechen, dann kann das Plastikambiente erhalten bleiben, aber er sollte Würstchen mit Kraut anbieten und keinen Tafelspitz.«

»Sie meinen diese *Pleite ist nicht durch mich* entstanden, und eine Fünfsterneköchin wäre auch nicht erfolgreicher als ich? Hätte es Ihnen geschmeckt, dann wären Sie doch wieder zu uns zum Essen gekommen.« Sie lehnte sich nachdenklich auf ihrem Stuhl zurück und hielt sich an ihrer Zigarettenschachtel fest.

»Ich wäre nie in dieses Lokal gegangen, um einen Tafelspitz zu essen, ich hätte eine Fünfsterneköchin dort nicht erleben können. Ihrem Vater *fehlt ein Konzept*, er stolpert von Loch zu Loch und missbraucht dabei seine unerfahrene Tochter. Wie kann dieser Zauberwirt einer Aushilfskraft die Zubereitung eines Tafelspitzes zumuten? Er ist die Ursache für diesen Fehlschlag, nicht Sie.«

»Er wollte mich an die Kochkunst heranführen, weil er dringend eine Köchin braucht, und ich bin jetzt volljährig und brauche ein Dach über dem Kopf.« Maggi zog eine Zigarette aus der Schachtel, ließ sie durch die Hand gleiten und schob sie, wegen des Rauchverbots, wieder zurück.

»Jeder Mensch verfügt über irgendwelche Stärken. Wenn Kochen nicht Ihr Ding ist, wo sehen Sie Ihre Stärken?«

Die junge Frau schmunzelte und forschte mit ihren großen Augen, ob ich mich über sie lustig machen wollte: »Da gibt es nicht viel zu berichten. Man sagt, ich sei kreativ, das Storchennest in der Gaststube stammt von mir, und ich hätte eine gute Stimme. Ich kann etwas Zeichnen und ganz blöd bin ich auch nicht.« Ich legte meine alte, faltige Hand auf ihre junge Hand, die mit langen, in unterschiedlichen Farben lackierten Fingernägeln geschmückt war und entwendete ihr die Zigarettenschachtel.

»Das ist gemein!«, empörte sie sich.

»Wir schließen eine Wette ab. Wenn Sie es schaffen drei Wochen nicht zu rauchen, organisiere ich zur Belohnung eine Lehrstelle, die Ihren Neigungen gerecht wird. Beweisen Sie sich selbst, nicht Ihrem Vater, dass Sie fähig sind Ihre Sucht zu überwinden.«

Maggi nahm drei Finger ihrer Hand und hielt sie mir vor die Augen: »Drei Wochen, das könnte ich schaffen, meinen Sie das ernst?«

»Das Ziel ist es das *Rauchen aufzugeben*, nach den schweren ersten drei Wochen wird nur die Belohnung fällig.«

Sie grinste mir listig ins Gesicht: »Und wie wollen Sie das kontrollieren, durch anhauchen?«

»Sie sollen sich selbst den Beweis geben, nicht mir, und ich würde Ihrer Bestätigung vertrauen. Das Rauchen aufzugeben haben schon viele Raucher erfolglos versucht, nach drei Tagen schreit jede Faser Ihres Körpers nach Nikotin. Sie müssen standhaft bleiben, das schaffen nur die Willensstarken. Wenn die Krise kommt, gehen

Sie zu Dr. Behringer hier in Baden-Baden, er beschäftigt sich mit Akupunktur, ist mein Freund und schuldet mir noch einen Gefallen. Sie grüßen ihn von Siegfried, und er setzt Ihnen kostenfrei die Nadeln an die richtigen Stellen, dass dämpft Ihr Nikotinverlangen.«

»Welche Lehrstelle hielten Sie für geeignet für eine Minderbegabte?«, forschte Maggi interessiert nach.

»Minderbegabte, die ihre Schwächen erkannt haben, werden dringend gesucht. Ich denke in der Werbebranche wird viel Geld verdient und ihre Fähigkeiten sind da gefragt. In Deutschland wird eine gewisse Ausbildung erwartet, wenn man sich nicht mit dem Mindestlohn zufrieden geben will. Welche Tätigkeit Sie später einmal ausfüllen werden, hängt von Ihrem Eifer, der beruflichen Entwicklung und Zufällen ab, egal welche Lehre Sie einmal abgeschlossen haben.«

»Lieber Siegfried, glauben Sie in der Werbung wird man eine Schulabbrecherin als einen Knaller betrachten?«, fragte sie ungläubig und bohrte mit dem Finger in einem der Jeanslöcher.

»Sie haben die zehnte Klasse abgeschlossen und sind für eine Lehre qualifiziert. Wenn Sie über Energie und Ausdauer verfügen, besteht die Option in der Abendschule das Abitur nachzuholen, ich traue Ihnen das zu.«

Ihr zweifelnder Gesichtsausdruck verwandelte sich in ein anmutiges, zufriedenes Lächeln, als hätte sie eine Erkenntnis gewonnen: »Niemand traut mir etwas zu, ich freue mich, dass Sie mir so viel zutrauen, ich kann es ja einmal versuchen.«

»Sie sollen es nicht nur versuchen, Sie *müssen es wollen*! Der erste Test dafür sind die drei Wochen ohne Zigaretten. Ich stecke jetzt Ihre Zigarettenschachtel ein und

14

gebe sie Ihnen erst zurück, wenn Sie mir eingestehen, dass Sie nicht stark genug waren.«

Maggi sprang auf, drückte den alten Mann an ihren jungen Körper und gab mir spontan einen Wangenkuss: »Top, die Wette gilt«, jubelte sie und lief zurück in das Storchennest.

Einige Tage danach war ich wieder vom Alltag umfangen und mein Wellness-Urlaub rückte in die Ferne. Nach drei Wochen, ich war gerade mit der Steuererklärung beschäftigt, da lässt man sich gerne stören, klingelte das Telefon. Der Anrufer meldete sich zunächst nicht, ich hörte nur ein schnelles Atmen, dann schmetterte Maggis Stimme los: »Ich habe es geschafft, ich habe drei Wochen keine Zigarette angefasst! Ihr Vertrauen hat mich gestärkt, und ich fühle mich jetzt viel wohler ohne Qualm und Husten, ich bin glücklich!«

»Ich habe fest darauf vertraut und bin sehr stolz auf Sie. Die nächste Etappe wird sein, nicht rückfällig zu werden. Wenn Sie jetzt auch nur einen Zug von einer Zigarette inhalieren, dann rauchen Sie bald mehr als vorher. Erklären Sie jedem in Ihrem Freundeskreis, dass Sie das Rauchen aufgegeben haben und nur Schwächlinge rückfällig werden. Wer Ihnen dennoch eine Zigarette anbietet, dem kündigen Sie die Freundschaft, weil er kein Freund ist.«

»Ich vermisse Sie und unsere Bistro-Gespräche. Lieber Siegfried, kommen Sie wieder einmal nach Baden-Baden, Sie müssen diesmal auch keinen Tafelspitz essen.«

»Ich möchte gern mein Versprechen einlösen und freue mich die Frau wiederzusehen, die mich mit ihrer Willensstärke beeindruckt hat und mich mit ihrer Jugendlichkeit ansteckt. Ich werde am Freitag um achtzehn Uhr im Bistro sein, bringen Sie einige Ihrer Zeichnungen mit.«

Die Leitung und einen Teil der Anteile meiner Firma Sigi Bau GmbH hatte ich an meine beiden Kinder abgegeben, die Mehrheit der GmbH-Anteile verblieb in meiner Hand und ich behielt mein altes Büro, das ich gelegentlich für einige Stunden aufsuchte. Ich rief Frau Reuter, unsere Personalchefin, an: »Wir suchen Mitarbeiter für die neue Werbekampagne, benötigen Sie weibliche Lehrkräfte mit schwachem Realschulabschluss?«

Frau Reuter bestätigte meine Vermutung über einen Personalbedarf und ich avisierte ihr Maggis Bewerbung mit der Bitte diese wohlwollend zu überprüfen. Sie sagte eine wohlwollende Prüfung zu, konnte sich jedoch eine ironische Bemerkung nicht verkneifen: »Nun denn, wenn es dem Firmenwohl dienlich ist.«

Maggi wartete schon im Bistro als ich dort eintraf. Sie hatte sich die Haare dunkellila gefärbt und asymmetrisch nach einer Seite gekämmt, benutzte lange Wimpern in der gleichen Farbe und hatte eine speckige Mappe vor sich liegen. Als sie mich sah, lief sie mir entgegen, küsste mich auf die Wange und verkündete: »Na endlich beehrt mein rüstiger Beschützer wieder seine Schutzbefohlene. Ich finde wir sollten uns mit Vornamen ansprechen, Siegfried und Maggi. Eigentlich heiße ich Margarete, aber alle nennen mich Maggi.«

»Ich halte das für eine gute Idee, auch wenn ich mich an Deine veränderte Frisur erst gewöhnen muss. Wie geht es meiner Schutzbefohlenen im Punk Look ohne Qualm?«

»Die neue Haarfarbe soll meinen Neubeginn symbolisieren, denn manches hat sich seit unserem Treffen verändert. Mein Vater hat Deine Anregung aufgegriffen und bietet keine gekochten Speisen an, dafür habe ich einen Skat- und Bridge Wettkampf organisiert. Das war ein voller Erfolg, und mein Vater ist nicht mehr überfordert und seither besser gelaunt. Du siehst, die Welt braucht dringend Senioren, die segenspendend wirken.«

Während ich die speckige Mappe mit ihren Zeichnungen durchblätterte, begann Maggi eine Skizze anzufertigen. Aus ihrer Sammlung gefiel mir eine Karikatur besonders, auf der eine mittelalterliche Kanone auf Holzrädern abgebildet war. Der hintere Teil des Kanonenrohrs hatte die Gesichtsform des Präsidenten Trump, und von der Lafette hing schlaff die amerikanische Flagge herunter. Vor der Kanone zwitscherte ein winziger Spatz, darunter war zu lesen: Amerikanische Korea Politik. Sie bemerkte mein Schmunzeln und lachte auch: »Ja, die ist mir gut gelungen, diese hier nicht.«

Maggi griff nach einer ihrer Skizzen, faltete sie zu einer Papiertaube, ließ ihr Werk durch das Bistro fliegen und kuschelte sich kichernd an meinen Rücken, als der Papierflieger auf dem Kopf eines Gastes landete. Ihr angekuschelter Körper erweckte ein ungewohntes Gefühl, und ich lehnte mich leicht zurück, um es intensiver zu spüren. Der Kopf, auf dem die Papiertaube gelandet war, gehörte zu einem energischen, jungen Mann, der seinen forschenden Blick kreisen ließ um den Täter zu ermitteln. Ich fühlte mich wie ein Ritter, der die Ehre einer Hofdame verteidigen musste und rief ihm lächelnd zu: »Sie dürfen das Kunstwerk behalten, es stammt von einer begnadeten Künstlerin, die noch nicht so bekannt ist aber meine Bewunderung hat.« Ich merkte, dass sich ihr kindliches Kichern hinter meinem Rücken verstärkte, und es dauerte eine Weile, bis sie wieder hervorkam.

»Manche Deiner Zeichnungen gefallen mir und lassen ein Talent erahnen.« Während ich sprach, arbeitete sie weiter an ihrer Skizze und blickte mir immer wieder ins Gesicht und setzte sich so, dass ich ihr Werk nicht einsehen konnte. Nach einer Weile überreichte sie mir mit Augen, die durch die langen Wimpern strahlten, ihre Skizze, die mein Portrait zeigte: »Das schenke ich Dir, es soll Dich an unsere Bistrogespräche erinnern.« Sie knickste elegant, wie eine Primaballerina, die den Applaus entgegen nimmt.

Das mit wenigen Strichen angefertigte Portrait hatte eine gewisse Ähnlichkeit mit mir, und ich freute mich darüber: »Vielen Dank, der Senior auf dem Bild blickt gütig drein. Du schickst eine Bewerbung als Werbekauffrau an die Sigi Bau GmbH zu Händen von Frau Reuter. Ich habe gehört, dass die Lehrlinge suchen, Du musst nur Frau Reuter von Deinen Qualitäten überzeugen. Da erlernst Du Marketing, computergestütztes Designen, Durchführung von Werbekampagnen, Formulierung von Werbebotschaften und kannst Deine Kreativität, Deine Redegewandtheit und Deine Zeichenkünste einbringen, würde Dich das interessieren?«

Das Schelmengesicht meiner Schutzbefohlenen nahm jetzt einen ernsten Ausdruck an, und sie gab zu bedenken: »Interessieren würde mich das schon, aber wie soll ich Lebensunterhalt und Wohnung von einem Lehrlingsgehalt bezahlen? Von meinem Vater kann ich keine Unterstützung erwarten.«

»Die Firma stellt ihren Lehrlingen Zimmer zur Verfügung, das ist kein Problem, das Gehalt ist reichlich und Du kannst ohne väterliche Unterstützung zu Recht kommen. Achte Deinen Vater, auch wenn er Deine Entwicklung vielleicht eher gehemmt als gefördert hat. Ich halte jetzt eine räumliche Trennung für sinnvoll, jeder Vogel muss irgendwann das Nest verlassen.«

Sie kippelte bedrohlich auf ihrem Stuhl als wollte sie durch die Kippgefahr das Schicksal herausfordern: »Wenn Du mir dazu rätst, werde ich mich bewerben. Was zieht man bei einem Bewerbungsgespräch an, ich will kein graues Kostüm tragen, weil ich das nicht zu mir passt, und ich mich verleugnen müsste?«

»Die durchlöcherten Jeans würde ich nicht anziehen, auch wenn die jetzt in Mode sind. Die Personalchefs sind oft konservativ eingestellt, und das Leben besteht aus Kompromissen. Sicherlich lässt sich ein Kleidungsstück zwischen Lochjeans und Kostüm finden, in dem Du Dich nicht verbiegen musst, und das keinen geputzten Pfau aus Dir macht.«

»Hilfst Du mir beim Bewerbungsschreiben?«

Sie beschaffte sich Block und Stift, ich diktierte ihr zügig die Bewerbung, und sie hatte Schwierigkeiten meinem Diktat zu folgen.

»Mann o Mann, nicht so schnell! Meine Finger glühen bei meinem Senior, der wie ein Turbomotor loslegt, ich nenne Dich jetzt *Turboseni*. Du beschreibst da eine Superfrau, ist das nicht zu starker Tobak, und die werden von mir enttäuscht sein?« Sie sah mich mit einem protestierenden, fraulichen Blick an, der Steine erweichen könnte.

»Du bist eine Superfrau, Du wirst Frau Reuter davon überzeugen. Deine Eigenschaften sollen sich mit dem Anforderungsprofil dieser Lehrstelle decken, da darf man schon ein wenig übertreiben. Du bist lernfähig und schwupp, hast Du das, was jetzt noch wenig ausgeprägt ist.« Wir spielten eine Stunde lang Chef und Bewerberin, sie legte einen originellen Vortrag hin, und ich machte sie auf die typischen Fehler bei Bewerbungsgesprächen aufmerksam.

Dieses unverfälschte, aufblühende Mädchen faszinierte mich, ich fühlte mich beschwingt in ihrer Gegenwart. Sie vermittelte mir das Gefühl: Du bist mir wichtig, Du förderst meine Entwicklung, ich brauche meinen Turboseni. Auf der Heimfahrt überlegte ich, was diese Faszination ausgelöst haben könnte, war es ihre frische, frauliche Erscheinung oder väterlicher Eifer, der nachholen wollte, was er bei den eigenen Kindern vernachlässigt hatte? Wollte ich mich als barmherziger Samariter aufspielen, suchte ich den Jungbrunnen für einen alternden Mann, heischte ich nach Bewunderung, oder war es mein heimlicher Wunsch mit ihr das Kopfkissen zu teilen? Ich fand keine passende Erklärung für meine spontane, etwas skurrile Zuneigung.

Am Tag ihrer Bewerbung war ich wahrscheinlich aufgeregter als die Bewerberin und rief bei Frau Reuter an, die ich seit über dreißig Jahren kannte und die mein Joker in meiner alten Firma war: »Nun, welchen Eindruck hatten Sie von Maggi?«

»Sie ist ein bunter, begabter Vogel, der von den drei Bewerberinnen am besten auf unsere Stelle passt. Unser Werbeleiter war begeistert von ihr, wir haben ihr die Lehrstelle gegeben.«

Noch am selben Abend rief Maggi an, natürlich musste ich den Überraschten spielen: »Mein schlauer Turboseni, stell Dir vor, die haben mich genommen! Ich kann es kaum glauben, dass ich überzeugender war als all die anderen. Ich kann schon im nächsten Monat anfangen und die Vergütung ist super, genau wie Du es gesagt hast. Ich habe für Freitag ein paar Freunde ins Storchennest eingeladen, ich würde mich freuen, wenn du kommen könntest, wir müssen unseren gemeinsamen Sieg feiern.«

»Ich bin stolz auf Dich und freue mich mit Dir über Deinen fleißig vorbereiteten Erfolg. Ich kann es kaum erwarten Dich wiederzusehen und komme gern am Freitag.«

Bisher hatte ich sie alleine getroffen, der Gedanke ihren Freunden und ihrem Vater zu begegnen verunsicherte mich. In welcher Eigenschaft sollte ich auftreten, als Ersatzvater, Sponsor oder heimlicher Verehrer? Im Storchennest erwartete mich eine Schar von jungen Menschen. Ihr Vater wirkte zufrieden hinter seinem Tresen, die eingeladenen Freunde saßen an drei Tischen, ich gesellte mich an einen dazu, Maggi hüpfte nach Art einer Moderatorin von einem zum anderen Tisch, und ich fühlte mich deplatziert in diesem Kreis. Zu den Themen der jungen Leute über Lehrer, Popsänger und Actionfilme konnte ich nicht viel sagen, und sie interessierten mich auch nicht. Irgendwann stellte mich Maggi als Ihren Turboseni vor, der ihr hilft und sie beschützt. Für mich war das Ganze eher peinlich als erfreulich, und ich entfernte mich bald aus dem feiernden Kreis der Jugendlichen.

Ich wollte meinen Schützling gerne wiedersehen, aber es gab keinen einleuchtenden Grund dafür, also beschränkte ich mich darauf ihre Ankunft in der Sigi Bau GmbH abzupassen. Dazu musste ich mich um acht Uhr in meinem Büro einfinden, das war davor keine zumutbare Uhrzeit für einen Ruheständler. Deine Vaterliebe hat bunte Flügel, musste ich mir eingestehen.

Nach einigen Wochen rief mich Maggi an: »Sigi, ich muss Dich sehen, und es gibt einen Grund zum Feiern, wir treffen uns im Bistro.« Sie schien überzeugt zu sein, dass ich immer verfügbar bin. Ich hatte für den nächsten Tag eine Verabredung zu einer Opernpremiere, die sagte ich kurzerhand ab und eilte, von wirren Sehnsüchten getrieben, zu meinem Rendezvous nach Baden-Baden. Sie hatte ein ausgeschnittenes, figurbetontes Sommerkleid an und rannte auf mich zu: »Überraschung, ich habe die Fahrprüfung bestanden«, sie zog mich an den Tisch, wo Sektgläser bereitstanden: »Fritz, bitte einen Bindfaden!«

Der Kellner brachte grinsend einen Bindfaden auf einem großen Teller und servierte ihn mit Messer und Gabel. Maggi lachte, nahm ihren frisch erworbenen, auf Kreditkartengröße geschrumpften Führerschein, umwickelte diesen mit dem Faden und tauchte ihn in das Sektglas: »Ich taufe dich, damit du mir sorgenfreie Fahrten bescherst, mein ehrwürdiger Turboseni ist der Taufpate«, ich musste den Faden halten und wieder aus der Sektschale herausziehen. Wir plauderten über die Fahrprüfung, ihre Tätigkeit und ihren Vater, danach lud ich sie zu einer Autofahrt ein.

»Au ja, mir fehlt Fahrpraxis, und ich will Dir meinen Paradiesbaum zeigen.«

In der Tiefgarage sah sie mein Auto an: »Mann o Mann, ist das ein Schlachtschiff, ich habe auf einem Golf fahren gelernt, kann ich ein solches Ungeheuer beherrschen?«

»Du kannst alles, wenn Du es willst. Aufgepasst! Du bist ein Schaltgetriebe gewohnt, mein Wagen hat eine

Automatik, das linke Bein ist arbeitslos, weil keine Kupplung bedient werden muss.«

An der ersten roten Ampel wurde ich durch heftiges Bremsen nach vorne geschleudert, meine Fahranfängerin wollte gewohnheitsmäßig die Kupplung treten und traf das breite Bremspedal. Schon nach wenigen Kurven kam sie gut mit dem Wagen zurecht und schmiegte sich wohlig in die Ledersitze. Wir fuhren einige Kilometer durch ein Waldgebiet und gelangten an einen Baggersee, der etwas versteckt gelegen und von hohen Bäumen umrandet war. Wir stellten das Auto ab und liefen zu Fuß weiter: »Ich komme hierher mit dem Fahrrad, wir haben es gleich geschafft.« Maggi holte eine Decke und ein Handtuch aus ihrer Tasche und breitete es unter einer gewaltigen Eiche aus, die wohl einige hundert Jahre älter war als ich. Vor dem Baum streckte sich ein flacher Felsblock bis weit in den See. Die untergehende Sonne ließ die Schatten der am Ufer stehenden Bäume lang werden. Man hörte das leise Plätschern der Wellen, Dunst lag über dem See, der gab dem Ort etwas Mystisches. Die Vögel sangen ihr Abendlied, und ein lauer Wind liebkoste die Haut. Die letzten Sonnenstrahlen küssten uns durch die Blätter.

»Das ist mein Paradiesbaum, hier kam ich her, wenn ich niedergeschlagen war und mich aufbauen wollte. Seit Du meinen Lebensweg gekreuzt hast, war ich nicht mehr hier, mit Dir fühle ich mich stark, und mir gelingt einfach alles, ich bin glücklich, dass es Dich gibt.« Sie sprang auf, ließ Kleid und Unterwäsche fallen, rannte, so wie Gott sie geschaffen hatte, den Felsblock entlang und sprang mit einem Kopfsprung ins Wasser: »Komm auch rein, es ist herrlich!«

Ich wollte mich auch sportlich zeigen, aber es dauerte eine Weile bis ich Schuhe, Socken, Hose, Hemd und Unterhemd abgelegt hatte, die Unterhose behielt ich an und rief entschuldigend, als ich ins Wasser watete: »Mein Körper ist nicht mehr so schön wie Deiner!«

Maggi schwamm übermütig und bespritzte mich mit Wasserfontainen. Als wir aus dem Wasser kamen, legten wir uns auf die Decke, sie legte ihren Kopf auf meinen rundlichen Bauch und bedeckte sich keusch mit dem Handtuch. Ich dachte an etwas, woran ich vor zwanzig Jahren oft gedacht hatte und musste meine Lust sie zu berühren zügeln. Sie begann zu frieren, und wir traten die Rückfahrt an. Meine zitternde Nixe war gierig auf die Autofahrt und jonglierte die dicke Limousine mit Schwung über die Waldwege.

In den nächsten Wochen kreisten meine Gedanken immer wieder um den Abend unter dem Paradiesbaum und die flüchtig mit einem Handtuch bedeckte Eva, die ich bald wiedersehen wollte. Ich verkündete, dass ich für sie kochen könnte und lud sie zum Spargelessen in mein Haus ein, obgleich meine Kochkünste begrenzt waren. Frau Günter, die mir den Haushalt führt, schärfte mir noch ein: »Salz, Zitronensaft und eine Prise Zucker in das Spargelwasser geben und Estragon nicht vergessen.«

Wir schälten gemeinsam den Spargel und Maggi genoss die weißen Stangen und einen badischen Weißburgunder, und ich hörte mir geduldig ihre Lieblingsmusik an, die pausenlos und laut laufen musste. In einer Musikpause, für die ich sehr dankbar war, summte sie mir eine selbst komponierte Melodie vor, die mir gut gefiel. Dann erzählte sie begeistert von ihrer Tätigkeit und einer Werbeaktion, die sie zusammen mit unserem Werbeleiter konzipiert hatte, und wobei sie ein Tonstudio benutzen konnte. Von mir wollte sie wissen, auf welche Weise eine Werbeerfolgskontrolle durchgeführt werden könnte. Ich stellte ihr die gängigsten Methoden vor und fühlte mich wieder einmal gefragt und pudelwohl in ihrer Gegenwart.

Einige Zeit später berichtete mir Frau Reuter begeistert, als wir uns auf der Treppe begegneten, dass Maggis Werbeaktion ein großer Erfolg war, ihre Werbemelodie jetzt als Werbespot im Radio geschaltet war, und sie das Abitur an der Abendschule ablegen wollte. Dann flüsterte sie mir zu: »Ihr Sohn kann unsere beliebte Auszubildende nicht ausstehen und beobachtet sie mit Argwohn.«

Bei unserem nächsten Treffen im Bistro kam Maggi auf mich zu mit einem finstereren Blick, der nichts Gutes erwarten ließ: »Sage mir nur eins, hast Du meine Einstellung bei der Sigi Bau GmbH angeordnet?«

»Die Leitung und Anteile meiner Firma habe ich schon vor vielen Jahren auf meine Kinder übertragen. Ich habe auf die operativen Entscheidungen nicht den geringsten Einfluss. Ich konnte Deine Einstellung gar nicht anordnen!«

»Ich dachte, die hätten mich eingestellt, weil ich überzeugt habe, und nicht weil ich Beziehungen habe. Ich hasse Vetternwirtschaft und sehe darin das Hauptübel für die Ungerechtigkeiten in unserer Gesellschaft, und nun habe ich selbst da mitgespielt, das finde ich zum Kotzen.«

Maggi hatte erfahren, dass ich noch Seniorchef war und fühlte sich hintergangen, ihr kindliches Vertrauen in mich hatte einen Riss bekommen. So sehr ich an diesem Abend auch argumentieren mochte, ihr Blick blieb finster, und sie machte sich fortan rar. Ich versuchte oft vergeblich sie zu erreichen und schickte ihr zum Geburtstag zwanzig rote Rosen. Nach einer längeren Zeit des Schweigens, lud sie mich zu einem Popkonzert ein, weil sie dort als Sängerin auftrat und überzeugt war, dass meine Anwesenheit ihr Glück bringen würde.

Das Konzert fand in einer Turnhalle statt, dauerte zwei Stunden und wurde von etwa tausend begeisterten Fans besucht. Ich war mit Abstand der älteste Zuhörer und war an diesem Tag froh, dass meine Ohren nicht mehr gut funktionierten, denn die Musik war unangenehm laut. Maggi trug drei Songs vor, einen selbst komponierten trug sie besonders ausdrucksstark vor und erhielt dafür viel Beifall. Nach dem Konzert saßen wir bei einem Drink zusammen mit den Mitgliedern der Band, und sie stellte mir Manfred, ihren neuen Freund, vor, der mit seinem Schlagzeug für den nötigen Bums sorgte. Der junge Mann machte einen sympathischen und profilierten Eindruck auf mich, und ich müsste mich eigentlich freuen über ihren Partner. Allein es wollte keine Freude in mir aufkommen, es störte den alten Verehrer die Vorstellung, dass sie sich ihm hingab.

Ich sah Maggi jetzt selten, denn ihr Terminplan war mehr als voll. An den schulfreien Abenden übte sie mit der Band oder bereitete sich auf Prüfungen vor, tagsüber war sie im Büro oder in der Berufsschule. Im Herbst endlich besuchte sie mich wieder einmal, und wir saßen am Feuer vor dem offenen Kamin bei einem Glas Wein. Meine Schutzbefohlene sprach von ihrer Arbeit, der Musik und dem ersten Krach mit Manfred: »Er ist ein egoistischer Macho, hält sich für den Größten und meine Songs allenfalls für ganz nett, ich habe stets verfügbar zu sein, wenn er Lust hat, egal in welcher Stimmung ich gerade bin, und jetzt hat er meine Freundin gevögelt. Ich fühle mich verletzt und doppelt verraten!«

»Manfred ist Deine erste große Liebe, die hinterlässt besonders tiefe Spuren. Eine Frau, die von ihrem Mann absolute Treue erwartet, wird früher oder später enttäuscht sein. Menschen, die sexuell anziehend sind, trifft man oft im Leben, Menschen, die man liebt nur selten, daher solltest Du Deine Liebesbeziehung nicht leichtfertig aufgegeben. Wenn Du ihn liebst und Euch viele Gemeinsamkeiten verbinden, gib ihm eine zweite Chance. Sei nicht immer verfügbar, nimm Dir eine Auszeit und finde heraus, ob er Dir dann fehlt. Sag ihm deutlich, was Dich an ihm stört und finde heraus, ob er fähig ist diese Eigenschaften abzulegen.«

Maggi beugte sich vor zum Feuer und schwenkte nachdenklich ihr Weinglas: »Du bist ja cool, ich weiß nicht, ob ich das kann.«

»Versuche es, Du hast bewiesen, dass Du viel kannst, wenn Du es willst. Cool! Das will ich nicht sein und verachte die vielen Ausdrücke, die uns aus Amerika übergestülpt werden und unsere Sprache verhunzen und armselig machen. Cool bedeutet übersetzt kalt, und wer will schon kalt sein. In der Umgangssprache der Jugend steht es für viele konfuse Eigenschaften: Unerschrocken, überlegen, abgebrüht, krass, fantastisch und irre.«

»Ich habe cool im positiven Sinn gemeint, nicht krass oder irre. Ausdrücke aus dem angelsächsischen Sprachraum haben sich durchgesetzt, weil sie kurz sind und die internationale Verständigung fördern. Wie würdest Du denn ein Handy bezeichnen?«

»Ein Handy ist ein Gerät, das nichts mit der Hand gemeinsam hat, in der es oft liegt und seinen Namen geprägt hat. Ich nenne es Mobiltelefon oder Mote, das hat ebenfalls nur zwei Silben, auch wenn sich diese Bezeichnung in Deutschland nicht durchgesetzt hat. Ich meide Amerikanismen wie: Fake News, overkill, hedgefonds, burnout, sie haben der Welt keinen Segen beschert. Sie sind Ausfluss der amerikanischen Lebensweise, die ich vor sechzig Jahren als vorbildlich empfunden habe. Heute stößt sie mich ab, genau wie ihre chaosspendende Außenpolitik.«

Während wir uns unterhielten, wurden wir von Maggis Musik beschallt. Bei ihrem Lieblingssong sprang sie auf, zog mich mit beiden Händen aus dem Sessel und begann zu tanzen. Ich musste mich anstrengen um aufstehen zu können, und während die Tänzerin schwebte, hatte ich Schwierigkeiten bei Drehungen das Gleichgewicht zu halten: »Die Amerikaner sind nicht nur in der Musik tonangebend, sie sind auch bei technischen Entwicklungen weiter als wir und erfinden bei neuen Begriffen treffende und kurze Bezeichnungen, die wir übernehmen, weil es keine deutschen dafür gibt.«

»Weil deutsche Ausdrücke nicht so cool sind. Ich lebe unbeschwerter ohne Smartphone, Tablet und Co und will nicht immer erreichbar sein. Die Smartphone Benutzer entziehen sich einer direkten Kommunikation und wirken wie Geisterfahrer aus einer virtuellen Scheinwelt. Man sollte für diese Spezis die Ampeln an den Kreuzungen in die Zebrastreifen verlegen, weil sie ständig fummeln und nach unter sehen.«

Maggi schmunzelte und tanzte unbeirrt weiter ohne zu antworten, weil die Jugend manches anders sieht als wir Alten, und es dafür keiner Rechtfertigung bedarf.

Das Weihnachtsfest verbrachte ich im Haus meines Sohnes. Meine Schwiegertochter Paula werkelte emsig in der Küche, denn Gänsebraten, Rotkohl und Klöße wollte sie gleichzeitig auf vorgewärmten Tellern servieren. Elmar war nicht sonderlich erfahren im Tranchieren einer Gans und beim Anzünden der Weihnachtsbaumkerzen bekleckerte er sich mit Wachs. Meine Enkelkinder Julia und Gerd nestelten entrückt an ihren Smartphones, und Tante Eveline blätterte in einem alten Fotoalbum. Nach dem Essen rauchte ich auf der Terrasse meine Pfeife als Elmar sich zu mir setzte. Sein mürrischer Blick ließ ahnen, dass er keine frohe Botschaft verkünden würde: »Dein Verhältnis zu unserem Lehrmädchen finde ich nicht nur unpassend, ich finde es abstoßend! Wie kannst Du mit diesem Kind die Nächte in dem Haus verbringen, das einmal mein Elternhaus war. Früher nannte man das Unzucht mit Abhängigen, und es wurde bestraft. Wenn ein Achtzigjähriger einer Neunzehnjährigen rote Rosen schickt, macht er sich nicht nur lächerlich, man fragt sich auch, ob er noch alle Tassen im Schrank hat, und ob er noch als Gesellschafter tragbar ist.«

Bei seinem Auftritt lief mir ein kalter Schauer den Rücken hinunter, als müsse ich in den Schlund eines feuerspeienden Drachens starren: »Mein lieber Elmar, Du darfst gerne Deine Meinung sagen, vielleicht war ich Dir kein guter Vater, aber das gibt Dir nicht das Recht in diesem Ton mit mir zu reden. Maggi ist keine Abhängige von mir, und ein Witwer kann, im Gegensatz zu Dir, seine Nächte verbringen mit wem er will. Wie die Anteile unserer Firma aufgeteilt werden, entscheide immer noch ich, Dein heutiges Weihnachtsgeschenk an mich war Dir dabei nicht sonderlich hilfreich.«

Es war mir klar, dass meine Familie die Beziehung zu Maggi, die mir viel bedeutete, missbilligen würde. Diese selbstsüchtigen und spießigen Anschuldigungen meines Sohnes hatten mich überrascht und verbittert, ich hatte den Wunsch diese Weihnachtsfeier schnell zu verlassen. Meine Tochter war auch wenig begeistert von meinem Interesse an Maggi, aber sie verzichtete auf diesen drohenden, moralischen Zeigefinger.

Einige Wochen später steckte mir Frau Reuter eine Nachricht zu, die mich bestürzte: Elmar habe bei einem Rechtsanwalt Erkundigungen über die Möglichkeiten zu einem Entmündigungsverfahren eingeholt, an dem Gespräch soll auch meine Tochter teilgenommen haben. Meine lieben Kinder machten sich offensichtlich Sorge um ihre Erbschaft und befürchteten, dass ein verliebter, alter Gockel mit Firmenanteilen winken könnte, um sich die Liebe einer Gespielin zu erkaufen. Um dies Ereignis abzuwenden, schienen sie bereit, die Handlungsweise des eigenen Vaters als Merkmal einer geistigen Verwirrung hochzustilisieren. Ich hatte Maggi nie eine finanzielle Zuwendung gemacht, und ich hatte nicht die Absicht es zu tun, daher schmerzte mich der Auswurf des feuerspeienden Drachens, wie bisher nichts in meinem Leben.
Dagmar hatte es verstanden die Kinder wieder auf die rechte Spur zu setzen, wenn sie einmal vom rechten Weg abgekommen waren, mir wollte dieses Kunststück nicht gelingen. Ich musste diesen egoistischen, rücksichtslosen Gedankenspielen die Grundlage entziehen und beschloss meine GmbH-Anteile in eine Stiftung einzubringen, die eine Förderung von Kindern aus zerrütteten Familien zum Ziel hatte.

Maggi hatte sich mit ihrem Schlagzeuger ausgesöhnt und wandte sich verstärkt der Musik zu, und ich sah sie immer seltener. Unser Werbeleiter hätte sie liebend gerne, nach dem sie ihre Lehre abgeschlossen hatte, als Abteilungsleiterin übernommen, aber sie zog es vor mit ihrer Band auf Tournee zu gehen. Als sie erfuhr, dass sich mein Gesundheitszustand verschlechtert hatte, besuchte sie mich und schenkte mir eine CD mit Liedern, die sie selbst getextet hatte und erfolgreich waren. Wir saßen, wie in alten Zeiten, vor dem offenen Kamin und hörten ihre Musik. Ich erzählte von meiner Krankheit, und sie erzählte von ihrem Partner und einer Rivalität zwischen der Sängerin und dem Star am Schlagzeug: »Turboseni, Du hast Deine Ehe gemeistert. Was muss ich tun, um in meiner Beziehung glücklich zu werden?«

»Die Fragestellung ist falsch. Sie müsste lauten: Was kann ich tun, damit *wir* glücklich werden. Das Glück ist ein flüchtiger Gast, er wird länger bei Euch verweilen, wenn beide glücklich sind. Gib Deinem Partner Raum, Bäume beschatten sich gegenseitig, wenn sie zu dicht beieinander stehen. Keiner der Partner darf versuchen den anderen zu dominieren, das führt zum Kampf und Untergang. Zeige Verständnis und akzeptiere den Partner so wie er ist, denn er kann kein anderer für Dich sein. Gib ihm mehr als Du nimmst, entdecke Gemeinsamkeiten, und kröne Eure Liebe mit einem gemeinsamen Kind, auch wenn es Deine Karriere behindert.«

Maggi riss mich mit ihrem jugendlichen Elan wieder aus meiner lähmenden Lethargie, die mit Alter und Krankheit einhergeht, aber sie war zu einer selbstsicheren, bildhübschen Frau erblüht, sie war nicht mehr mein schutzbedürftiges Mädchen. Dieser bunte Vogel hob ab und flog in weiten Bögen in den Frühling des Lebens.

Ich litt unter Herzbeschwerden und verbrachte zunehmend meine Zeit in den Wartezimmern der Ärzte. Die zahlreichen Pillen, die mir verabreicht wurden, verursachten unerfreuliche Nebenwirkungen aber konnten meinen Herzinfarkt nicht verhindern.

Das Krankenhauszimmer teilte ich mir mit einem sympathischen Mann, der schon mit fünfzig Jahren einem Infarkt erlitten hatte und für die Chansonsängerin Maggi schwärmte. Als ich ihre ausdrucksstarke, wehmütige Stimme vernahm, drehte ich das Radio lauter, richtete mich im Bett auf und versuchte den Text zu verstehen:

Mein alter Mann

Die Sonne liebkoste strahlend die Welt,
mein Weg lag stets im Schatten.
Ich habe mich immer blöd angestellt,
die Lebenslust in mir drohte zu ermatten.
Verzweiflung war mein Brot, da sprach er mich an,
der gütige, alte Mann.

Sein kluges Wort kam wie aus einem Paradies,
das mich tröstete und wieder hoffen ließ.
Von der Welt fühlte ich mich verachtet,
nur der alte Mann hat mich als Blume betrachtet.
Er allein hat verschüttete Talente entdeckt
Und hat sie in mir zum Leben erweckt.

Auf Schwingen der Zuversicht fliege ich der Sonne entgegen,
mein alter Mann, ich danke Dir und denk' an Dich auf meinen Wegen.

Eine Träne bahnte sich ihren Weg über mein runzliges Gesicht, und ein tiefes Glücksgefühl durchrieselte meinen müden Körper. Dankbar fühlte ich den barmherzigen Schlaf, der mich überkam und in das Reich der Träume entführte.

Die heilsame Abfuhr

Es war nur ihr Hinterkopf zu sehen, mit den Haaren, die zu einem Pferdeschwanz zusammengebunden waren, aber ich wusste sofort, dass es Marens blondes Köpfchen war. Sie plauderte vergnügt mit einer Freundin und lehnte sich mit dem Rücken an einen Pfeiler. Ich sehnte mich danach sie wiederzusehen, wenn sie mich anlächelte, fühlte ich mich wie ein König bei der Krönung. Um sie allein treffen zu können, hatte ich Karten besorgt für die Theatervorstellung eines Dramas von Ibsen, da sie für diese modernisierte Inszenierung geschwärmt hatte. Maren könnte sich gestört fühlen, dachte ich, und wartete bis sich ihre Gesprächspartnerin entfernt hatte.

»Hallo, ich habe für diesen Samstag zwei Karten ergattert für die Ibsenvorstellung Gespenster und wollte Dich zu einem Theaterbesuch einladen.« Ich strahlte Maren an in der Hoffnung, dass sie meine Initiative als eine tolle Idee begrüßen würde.

»Ach, dieses Wochenende bin ich völlig ausgebucht, ich habe frühestens ab Dienstag Zeit, vielleicht kannst Du die Karten umtauschen, gib mir einfach Bescheid. Ich muss jetzt los. Bis bald!« Sie klopfte mir auf die Schulter und eilte davon.

Ich ging am Theater vorbei und fand heraus, dass die nächste Ibsenvorstellung für den Freitag geplant war und tauschte die Karten um. Der Umtausch war mit einem Aufpreis verbunden, da für diesen Tag nur noch Karten im Parkett verfügbar waren. Ich war gerne bereit meine Angebetete am Freitag abzuholen, aber sie bevorzugte ein Treffen am Theatereingang. Diese Verabredung sollte erfolgreich sein, und ich hoffte ihr dabei näher zu kommen, vielleicht einen Kuss als Dank zu erhalten.

Die Zeit erschien mir unendlich bis zum Freitag und als die Stunde des Treffens näher rückte, machte sich eine seltsame Unruhe und Fahrigkeit in mir bemerkbar. Die Schuhe waren staubig, ich nahm die Schuhbürste zur Hand und gab meiner Fußbekleidung neuen Glanz. Das Hemd hatte ich extra angeschafft, es sollte mir ein lässiges Aussehen verleihen, und meine Haare wurden mit Gel stabilisiert. Um auf der sicheren Seite zu sein, war ich schon eine halbe Stunde vor dem verabredeten Zeitpunkt am Theatereingang und wartete ungeduldig, aber Maren war nicht zu entdecken. In Gedanken überprüfte ich noch einmal das Datum und die Uhrzeit, alles war korrekt. Wollte sie mich gar nicht wiedersehen und hatte der Verabredung nur zugestimmt, um mich abzuwimmeln?

Einige Minuten nach Vorstellungsbeginn erschien meine Traumfrau ohne Eile mit Jeans und Pullover bekleidet. »Hallo, ich habe es nicht früher geschafft.«

Als wir im Parkett angelangt waren, hatte die Vorstellung schon begonnen, und wir quälten uns an murrenden Zuschauern vorbei. Nach der Vorstellung kehrten wir in das »Chez Pierre« ein, und ich bestellte Sekt. »Hat Dir die Vorstellung gefallen?«, eröffnete ich das Gespräch und rückte näher an sie heran.

»Ich hatte mir mehr davon versprochen und fand die Helene Alving fehlbesetzt.«

»Ja, sie wirkte etwas farblos, dafür war der Oswald erstklassig besetzt«, bemühte ich mich die Vorstellung positiv zu betrachten und legte meine Hand auf ihre. Maren griff nach ihrem Sektglas und damit wurde mir ihr zartes Händchen wieder entzogen. Trotz all meiner Bemühungen gelang es nicht die ersehnte Nähe zu ihr herbeizuführen. Sie gab mir zum Abschied einen flüchtigen

Wangenkuss, wohl mehr aus einem Pflichtgefühl der Dankbarkeit heraus ohne den Wunsch mir nahe zu sein. Meine gedämpften Hoffnungen musste ich auf unser Klassentreffen vertagen, das in zwei Wochen stattfinden sollte, und das sie auch besuchen wollte.

Ich wollte ihr gefallen und musste unbedingt herausfinden, ob sie sich ein Zusammenleben mit mir vorstellen könnte. Als der Termin für das Klassentreffen nahte, legte ich mir eine Formulierung zurecht und übte meinen Antrag vor dem Spiegel: »Liebe Maren, Du bist mein erster Gedanke am Morgen und vor dem Einschlafen denke ich immer noch an Dich. Du bist das Kostbarste, das mir im Leben begegnet ist. Ich sehne mich nach Dir und werde Dich auf Händen tragen. Ich liebe Dich! Kannst Du Dir ein Zusammenleben mit mir vorstellen?« Vielleicht ist die Formulierung: Auf Händen tragen, zu kitschig, überlegte ich, und suchte nach einer anderen Redewendung.

Das Klassentreffen fand in einem Weinlokal in der Nähe unserer ehemaligen Schule statt. Maren kam sehr spät, setzte sich zwischen Edith und Günter und begann ein Gespräch über ihr Studium an der Fachhochschule. Es gelang mir nicht in ihre Nähe vorzudringen. Auch schien mir dieses Klassentreffen ungeeignet meinen vorbereiteten Antrag vorzutragen. Ich wartete bis zum Aufbruch. Nach dem Klassentreffen bot ich ihr an sie nach Hause zu begleiten. Jetzt musste es passieren, so bald kehrt die Chance sie allein zu sprechen nicht wieder. Ein kalter Schauer lief mir über den Rücken und schnürte mir die Kehle zu, als hätte ich einen Strick um den Hals. Ich schluckte mehrfach, blieb stehen und ergriff ihre Hand. Ich stotterte meinen Antrag herunter, der eine Mischung aus mehreren der vorbereiteten Formulierungen darstellte und in dem Satz gipfelte: »Kannst Du Dir ein Leben auf meinen Händen vorstellen?«

Sie lachte gequält auf, mein Ansinnen schien für sie völlig überraschend zu kommen, sie entzog mir ihre Hand mit einer heftigen Bewegung, ihr Gesicht verfinsterte sich wie bei einem heftigen Anfall von Bauchschmerzen, und ihre Stimme wurde schneidend: »Ich erhalte Heiratsanträge von hochgestellten Persönlichkeiten, warum sollte ich ausgerechnet den eines Klassenkumpels erhören? Nein, ich möchte mir ein Leben mit Dir nicht vorstellen weder in noch auf Deinen Händen.« Mir fuhr ein Schock in alle Glieder, mein Traum war zerplatzt, wie eine schillernde Seifenblase. Sie ließ ihren verwirrten Klassenkumpel einfach stehen und eilte entschlossen ihrem Haus entgegen.

Ich rutschte auf die nahestehende Parkbank, alles Leben in mir schien abzusterben, die Knie zitterten, ich hatte das Gefühl die Häuser standen plötzlich schief, und die Straßenlampen tanzten wie Gespenster um mich herum. Ich wollte meine Hand auf die Banklehne legen, mir fehlte die Kraft dazu, meine Gedanken überschlugen sich: »Bin ich ein Trottel mit dem sich keine Frau ein Zusammenleben vorstellen kann? Hätte ich mit meinem Antrag warten sollen, und ihn origineller vortragen müssen? Liebt sie einen Anderen von dem ich nichts weiß? Welchen Sinn könnte mein Leben ohne sie haben? Was muss ich ändern, um eine zweite Chance zu bekommen?« Ich weiß nicht wie lange ich auf der Bank gesessen habe, als ich nach Hause trottete, wie ein geschlagener Hund, ertönte die Kirchenuhr zwölf Mal.

Ich hatte eine unruhige Nacht und träumte von einem riesigen Eisberg mit einer Gletscherspalte in die ich hinein schlitterte und immer tiefer fiel. Ich erwachte schweißgebadet, der Himmel schien wolkenverhangen durch mein Fenster und ich hatte keine Kraft mich aus dem Bett zu bewegen. An die Zimmerdecke starrend, grübelte ich über den Sinn meines Lebens nach, den ich jetzt nicht mehr erkennen konnte. Irgendwann musste ich mich erhoben haben, die Glieder schmerzten, und ich taumelte ziellos, ohne Appetit auf Frühstück, durch die fremd wirkenden Straßen. Die Menschen und der Verkehrslärm erschienen mir wie das Rauschen eines entfernten Meeres. Mein Schritt wurde, wie von magischen Kräften angezogen und in Richtung Kirchturm gelenkt.

Die Kirche war menschenleer, einige Kerzen brannten, es roch nach Weihrauch und der gekreuzigte Christus schaute mich mit seiner Dornenkrone und schmerzverzerrtem Gesicht an. Ich stieg gedankenverloren über ausgetretene Steinstufen den Kirchturm hinauf. Oben wehte ein frischer Wind und einige Tauben flogen bei meiner Ankunft auf. Ich umrundete auf der obersten Plattform den Kirchturm. Die Häuser und Autos erschienen weit entfernt und klein, wie Spielzeug, das mich nicht interessierte, nur ein Hupen war von Zeit zu Zeit wahrnehmbar. Das Gitter, das diese Plattform begrenzte, war etwa sechzig Zentimeter hoch, ich könnte es leicht übersteigen und mich in die Tiefe stürzen, dann wäre mein Leiden endlich beendet. Ich umfasste das schmiedeeiserne Geländer und blickte wagemutig in die Tiefe. Auf dem Steinpflaster da unten werde ich nach wenigen Sekunden des Falls aufschlagen und mein Körper wird zerschmettert in einer Blutlache liegen. Passanten werden sich geschockt abwenden und die Zeitungen werden eine Sensationsstory daraus machen, die mit der Wahrheit wenig Ähnlichkeit hat. Sollte mein Abgang von dieser Welt eine solche unwürdige Form annehmen? Darf ich meinen Eltern, mei-

nem Bruder und meinen Freunden durch meinen Freitod
Leid antun? Kann ich ein Recht beanspruchen mich um-
zubringen, ist es nicht unsere Pflicht die uns gestellten
Aufgaben im Leben zu lösen, und stellt ein Selbstmord
nicht eigentlich eine Feigheit dar? Diese Fragen durchzuckten plötzlich meine Gedanken und ließen mich zö-
gern. Ich entfernte mich instinktiv von dem Gitter, das
Tod und Leben trennte und stieg, wie ein Schlafwandler,
die Kirchturmtreppen wieder hinab.

Ich war erschöpft und setzte mich in die hinterste Bank-
reihe. In der Stille und dem Halbdunkel der Kirche
drängten sich weitere Gedanken auf, die ich nicht abweh-
ren konnte. Maren hatte ein Recht meine Bewerbung
abzulehnen, aber ihre gefühllose und schroffe Ablehnung
offenbarte ihre Charakterschwäche, die ich vorher nicht
erkannt hatte. Hatten ihre Schönheit und ihr Charme
mich zu einem willenlosen Narren gemacht, der einen
Engel erblicken will? Hätte ich ihr menschenverachten-
des Verhalten erkennen müssen? Wollte ich mich mit
meinem Freitod in ihr Gedächtnis einbohren, ihr einen
Denkzettel verpassen und Rache ausüben? Kann der Sinn
meines Lebens darin bestehen Marens Ablehnung zu
beweinen? Kann der wahre Sinn des Lebens an nur eine
geliebte oder begehrte Person gefesselt sein? Sollte er
nicht umfassender sein und in einer Fortpflanzung und
Weiterentwicklung des Menschengeschlechts bestehen?
Sollten wir nicht bestrebt sein eine kleine Spur von Für-
sorge und Verantwortung für unsere Mitmenschen und
diese Welt zu hinterlassen? Sollten wir nicht versuchen
die im Leben an uns gestellten Aufgaben zu lösen und
dabei etwas Glück und Lebensfreude zu erhaschen? Mir
fiel ein Satz der Esoteriker ein, der eine beruhigende
Wirkung ausübte: In jeder Krise liegt auch eine Chance.

Innerer Frieden und Ausgeglichenheit kehrten zurück und erfüllten mich. Ich wollte meine Erkenntnis durch ein Zeichen bekräftigen. Ich erhob mich und lief zu dem aufgestellten Kerzenständer um eine Kerze zu entzünden. Die geforderte Zweieuromünze ließ ich in die Sammelbüchse gleiten und dachte: Dafür erhalte ich im Supermarkt einen ganzen Beutel Teelichter, aber für einen guten Zweck in diesem Ambiente darf es ruhig etwas teurer sein. Innerlich gestärkt und von selbstzerstörerischen Gedanken befreit, verließ ich die Kirche.

Appetit und ein ruhiger Schlaf stellten sich bald wieder ein, meine Gefühle für Maren hatten einen schmerzlichen Dämpfer erhalten, aber sie waren nicht erloschen. Immer wieder kreisten meine Gedanken um die Person, die eine verzehrende Faszination auf mich ausübte, ihr Blick, ihr Lächeln, ihre Stimme gingen mir bei jeder Begegnung unverändert unter die Haut. Ich überlegte, was ich tun könnte um ihr zu gefallen, und auf welche Weise ich einen besser vorbereiteten Antrag stellen sollte.

Ich hatte ein vielversprechendes Bewerbungsgespräch geführt und wurde zu einem zweiten Vorstellungstermin eingeladen, diesmal mit dem Firmeninhaber. Ich wollte mich gut auf dieses Gespräch vorbereiten und erstellte eine Tabelle mit Fragen, die an mich gestellt werden könnten und feilte an meinen Antworten. An Maren dachte ich vor dem Einschlafen ohne eine packende Idee zu finden für meinen zweiten Versuch einer Annäherung.

Meine trübe Stimmung erhellte sich erst, als ich erfuhr, dass meine Bewerbung im Bereich Produktentwicklung in dem mittelständischen Unternehmen Solartec erfolgreich war, und ich einen, zunächst befristeten, Arbeitsvertrag erhielt.

Nach einigen Tagen des Schweigens rief mich unerwartet Maren an, und mein Herz klopfte wild: »Ich bedauere, dass ich Deinen Antrag so lieblos abgelehnt habe. Ich wollte Dich nicht verletzen und würde mich freuen, wenn wir, ohne den Bund für das Leben zu schließen, Freunde bleiben könnten. Ich ziehe am Monatsende in eine andere Wohnung um, wenn Du Lust hast, kannst Du mir dabei helfen.«

Ich freute mich riesig über die Möglichkeit etwas mit ihr gemeinsam zu tun und dachte, die hochgestellten Persönlichkeiten, die Dir laufend Heiratsanträge stellen, sind wohl für einen Umzug ungeeignet. Die neue Wohnung befand sich im dritten Stockwerk, ein Fahrstuhl war nicht vorhanden. Maren und ihre Freundin Gerda trugen die leichten Kartons hinauf, die schweren Kisten und den Transport und Aufbau des Kleiderschrankes überließen sie mir. Nach Abschluss der Arbeiten nahmen wir, auf Kartons sitzend, einen gemeinsamen Imbiss ein, und Gerda verabschiedete sich. Endlich war ich mit Maren allein!

Sie blickte mich mit Augen an, die das Paradies versprachen, und ich nahm sie, verschwitzt wie ich war, in die Arme und küsste diesen verführerischen Mund. Ich wusste nicht, ob dieser Kuss aus Dankbarkeit für geleistete Fronarbeit erfolgte oder ihrem Bedürfnis nach Zärtlichkeit entsprungen war, und es war mir in diesem Augenblick auch egal. Mein lang ersehnter Wunsch ging endlich in Erfüllung. Ich spürte ihren Atem, ihre Lippen und ihren Körper, roch ihr Parfum gemischt mit einem Hauch von Schweiß und hatte den innigen Wunsch, dieser Kuss möge nie enden. Viel zu schnell entließ sie mich aus ihren Armen und ich schwebte, wie von Engelsschwingen getragen, die drei Stockwerke hinunter. In mir jubelte ein nicht gekanntes Glücksgefühl, und ich wollte die ganze Welt umarmen. Beschwingt plauderte ich mit der Kassiererin im Supermarkt und lobte den Postboten vor meiner Wohnung.

Ja, ich wollte es wagen einen zweiten, besser vorbereiteten Heiratsantrag zu stellen. Er musste romantisch und originell sein, und sollte ihr das Gefühl geben, dass sie für mich die begehrenswerteste Frau der Welt war. Bei meinem ersten Versuch hatte ich nicht die passenden Worte gefunden, also sollten diesmal nicht Worte, sondern Bilder, sprechen. Ich kannte Marens Begeisterung für Theater- und Operettenbesuche und lud sie ein in die Operette Land des Lächelns, mit anschließendem Überraschungsmenue. Dazu hatte ich die Hochzeitssuite in dem Wasserschloss Monrepos gemietet, dort war man auf die Ausrichtung von besonderen Familienfesten spezialisiert. Meine Herzdame bestieg ein Ruderboot, das mit Blumengirlanden und einer Lichterkette geschmückt war. Ich ruderte sie auf die Insel und sang dabei die Arie aus dieser Operette von Franz Lehar: Dein ist mein ganzes Herz, die ich mir in vielen Abenden vorher einstudiert hatte. Vom Bootssteg führte ein Weg, den ich vorher mit Rosenblättern bestreut hatte, zu unserem festlich dekorierten Tisch im Garten. Um unseren Tisch hatte ich Fackeln aufstellen lassen, die in Herzform angeordnet waren. Ich hoffte, dass die Operettenaufführung, das romantische Schloss und das originelle Ambiente einen passenden Rahmen für meinen zweiten, alles entscheidenden Versuch bilden würden. Meine romantischen Vorbereitungen sollten Marens Herz erweichen und Begeisterung erzeugen. Als ich meine Traumfrau an die Hand nahm, um sie auf Rosenblättern zum Tisch zu führen, konnte ich keine Begeisterung in ihrem Gesicht erkennen, es verfinsterte sich zunehmend. Maren stocherte lieblos in den servierten Speisen herum und blickte sich hilfesuchend um. Das illuminierte Schloss, das sich malerisch im See widerspiegelte, schien auf sie beängstigend zu wirken: »Wenn Du glaubst, dass ich Dich nach dem Essen in die Hochzeitssuite begleite, dann muss ich Dich enttäuschen. Wir wollten Freunde bleiben und kein Paar werden! Vielleicht kannst Du einige Frauen rühren mit Deinen Verführungskünsten, aber sie stellen keine Basis für eine Ehe dar.« Sie unterstrich ihre Bemerkung mit einem Schlag der flachen Hand auf den Tisch.

Meine Bemühungen eine Verbindung herbeizuführen, waren gescheitert und meine Hochstimmung schlug in abgrundtiefe Enttäuschung um. Ich musste versuchen mein Leben ohne das Objekt meiner Sehnsucht zu gestalten. Maren verabschiedete sich hastig und wollte ohne mich heimkehren. Ich warf die Fackeln um und trat sie aus, dann bestellte ich mir zwei Flaschen Rotwein und verbrachte die Nacht alleine in dem riesigen, mit einem Baldachin und Vorhängen versehenen Doppelbett des Hochzeitsappartements. Aus der zweiten Weinflasche konnte ich nur noch ein Glas trinken, dann senkte sich ein gnädiger Schlaf über mich und ließ meine Verzweiflung verklingen.

Die Arbeit bei Solartec machte mir Spaß, ich hatte junge, freundliche Kollegen, einen fachkundigen Vorgesetzten, ein eigenes Büro und ein gutes Gehalt. Ich konnte selbst entscheiden welche Forschungsreihe ich vertiefen wollte und schuf daraus Produktideen. Die Solartec beschäftigte sich mit der Entwicklung und dem Bau von alternativen Energiesystemen. Zu meinem Aufgabenbereich gehörte die Optimierung der Solarmodule. Von der einfallenden Sonnenenergie wurden nur etwa fünfzehn Prozent als Strom nutzbar gemacht. Ein Grund dafür lag in der Verunreinigung der Modulglasflächen mit kleinsten Metalleinschlüssen. Ich hatte in einer Versuchsreihe eine Möglichkeit gefunden diese Einschlüsse zu reduzieren und damit den Wirkungsgrad und die Standfestigkeit der Module zu erhöhen. Oft war ich von meinen Versuchen so fasziniert, dass ich das Ende der Arbeitszeit nicht bemerkte, und meine Kollegen nicht mehr anwesend waren, wenn ich eine Frage an sie richten wollte. Ich hatte keine Eile nach Hause zu gehen, weil mich niemand erwartete. Maren war in weite Ferne gerückt und mit schmerzlichen Erfahrungen behaftet, aber ich konnte sie nicht vergessen und neigte dazu, andere Frauen an ihr zu messen.

In der Sparte Windkraftanlagen arbeitete Clara, eine blitzgescheite, hübsche Frau, die für das Budget der Versuchsreihen zuständig war. Wir kommunizierten regelmäßig miteinander, und ich freute mich sie zu sehen. An einem Abend, es war schon dunkel, und ich war einer der wenigen, die noch im Büro arbeiteten, kam sie unerwartet in mein Büro: »Diese blöde, altersschwache Karre will nicht anspringen, können Sie mich bitte bis zum Busbahnhof mitnehmen?«

Mein Versuch war ohnehin abgeschlossen, und die Auswertung könnte ich auch am nächsten Tag machen: »Kein Problem, ich nehme Sie gerne mit, da haben wir die Möglichkeit uns einmal losgelöst von Budgetproblemen zu unterhalten. Ich bastle oft und gerne an Autos, vielleicht hat Ihr Wagen nur einen kleinen Defekt, den ich beheben kann. Wenn Sie einverstanden sind, werfe ich einmal einen Blick unter die Motorhaube.«

Ich klappte meine Akten zu, schaltete den Computer aus und folgte ihr zum Auto. Clara öffnete mit wenig Hoffnung und viel Schwung die Motorhaube: »Voilà das Herz dieses treulosen Vehikels.«

Ich holte eine Taschenlampe aus meinem Wagen und betrachtete mir die Zündanlage, die oft die Ursache für Störungen ist. Und siehe da, ein Zündkabel hatte sich gelöst. Ich fertigte eine Schlinge aus Draht an und befestigte das Zündkabel wieder: »Versuchen Sie jetzt den Wagen zu starten!«

Ihr nun nicht mehr treueloses Vehikel sprang sofort an, und ich fühlte mich wie der edle Prinz, der Dornröschen aus der Dornenhecke befreit hatte. Clara jubelte erleichtert auf und warf mir einen Blick zu, der mehr als nur Dankbarkeit verkündete: »Ich bin mit einer Freundin zum Essen im Restaurant Vesuvio verabredet. Ich möchte Sie zum Essen einladen, gesellen Sie sich zu uns. Ohne Sie hätte ich den Wagen abschleppen lassen müssen, das wäre viel teurer geworden.«

Ich überlegte mir, eine Affäre mit einer Kollegin zu haben, ist keine gute Idee. Wenn ein so hübscher, roter Mund winkt, kann man auch eine Ausnahme machen und wahrscheinlich, so redete ich es mir ein, wird die Freundin jede Annäherung verhindern: »Mich erwartet zu Hause eine Tütensuppe mit Stullen, Ihr Vorschlag wirkt verlockend auf mich, wenn Ihre Freundin sich nicht zurückgesetzt fühlt.«

Im Vesuvio hatte die Freundin Renate schon einen Fensterplatz gewählt und ging freudestrahlend auf Clara zu und begrüßte mich mit einer gewissen Neugier. Ich wollte Claras Budget nicht überstrapazieren und wählte Spaghetti Vongole, die ausgezeichnet schmeckten und dazu einen Chianti Rotwein. Renate erwies sich als eine lebenslustige, witzige Person, die ihren Alltag so charmant und hintergründig beschrieben konnte, dass ich oft herzlich lachen musste. Die beiden Damen hatten eine guten Draht zueinander, neckten sich, Clara war bester Laune und schenkte mir ermunternde Blicke. Nach einer Stunde, die ich als kurzweilig und angenehm empfand, verließ uns Renate schweren Herzens, weil sie noch einen anderen Termin einhalten musste.

Wir wollten beide diesen Abend noch nicht ausklingen lassen, und ich stimmte Claras Vorschlag zu, noch einen Kaffee bei ihr zu nehmen. Renate hatte eine Annäherung nicht verhindert sondern beschleunigt, überlegte ich. Clara hantierte an der Kaffeemaschine, ich suchte nach Tassen, sie drehte sich herum, blickte mir tief in die Augen und hatte den Mund leicht geöffnet. Ich zog sie an mich und küsste diesen Mund, der so viel Verlockung bot. Ich spürte ein stimulierendes Prickeln, das jedoch nicht vergleichbar war mit dem allumfassenden Gefühl, das ich beim Kuss von Maren empfunden hatte.

Im Laufe der Zeit lernte ich einige Frauen kennen, mit denen ich gerne zusammen war und auf Reisen ging. Wenn eine Beziehung in feste Bahnen zu münden drohte, hatte ich Angst vor einer dauerhaften Bindung und ließ das Verhältnis auslaufen. In einer versteckten Ecke meines Herzens war die vage Hoffnung, auf verschlungenen Wegen, Maren zurückzuerobern.

Gelegentlich verbrachte ich das Wochenende in der Familie meines Bruders Manuel. Er führte keine glückliche Ehe, liebte seine beiden Kinder über alles, das Wohl der Kinder hatte höchste Priorität in seinem Leben, daher ertrug er geduldig das Ehejoch. Er konnte seinen Kindern packende Geschichten erzählen und zeigte ihnen, wie man aus Holzresten Figuren anfertigen konnte. Mir fehlten dazu die Geduld und die Kreativität, und ich erkannte, dass ich als Vater eine Fehlbesetzung gewesen wäre. Ich mochte seine Kinder, ich war jedoch nach einigen Stunden froh, wieder nach Hause gehen zu können und mich eigenen Aktivitäten zuzuwenden.

Der Inhaber der Solartec Herr Schneider hatte seine Firma aus eigner Kraft aufgebaut, ohne väterliche Unterstützung und ohne Studium, und es machte ihm Freude die Akademiker als aufgeblasene Sesselfurzer zu verspotten. Sein Alter schätzte ich auf Anfang fünfzig, seine Größe auf hundertfünfundachtzig Zentimeter, er hatte noch volles, brünettes Haar und war ein glänzender Erzähler, der Sitzungen kurzweilig moderieren konnte. Seine Stärke war ein gutes Gefühl für Marktchancen, und er hatte die Fähigkeit mit wenigen Mitarbeitern in kurzer Zeit ein erfolgreiches, neues Produkt zu entwickeln, wie ein Magier, der ein Kaninchen aus dem Zylinderhut zaubern konnte. Seine Schwäche lag in einem übersteigerten Geltungsbedürfnis und dem Mangel an Moral. Sein Verhalten als Führungskraft empfand ich als fies, ich wäre freiwillig nie auf die Idee gekommen mit diesem Menschen abends ein Bier zu trinken. Wiederholt lobte er in Besprechungen meine Versuchsreihen und demontierte gleichzeitig, vor versammelter Mannschaft, meinen Vorgesetzten Herrn Bauknecht in unsachlicher Weise. Dieses Spielchen wiederholte sich alle zwei Jahre, länger konnten die Führungskräfte, die direkt mit Herrn Schneider zusammenarbeiteten mussten, seine Art nicht ertragen. Wenn bei einem Mitarbeiter seine Autorität schmolz, musste er ihn abschießen.

Eines Tages rief mich Herr Schneider in sein Büro, ohne Herrn Bauknecht zu informieren. Darin sah ich eine Nichtbeachtung eines sinnvollen Dienstweges. Die Firma, er sprach immer von der Firma, nicht von sich selbst bei seinen Schurkereien, wolle sich von meinem Vorgesetzten trennen. Meine Zusammenarbeit mit Herrn Bauknecht war harmonisch, daher war ich über diese Neuigkeit nicht erfreut.

»Ich möchte mit Ihnen in Ruhe etwas besprechen, besuchen Sie mich morgen in meinem Privathaus, so gegen achtzehn Uhr.« Eine solche Ehre war mir bisher noch nicht zuteil geworden, aber es wollte sich keine Begeisterung bei mir einstellen.

Am nächsten Tag stand ich pünktlich um achtzehn Uhr vor seinem Haus im Villenviertel des Geigerbergs. Von hier hatte man eine herrliche Aussicht auf die Stadt Karlsruhe. Über dem Bogen der Einfahrt waren die Worte in Stein gemeißelt: Villa Schneider. Vor der Doppelgarage war sein Jaguar abgestellt. Ein Diener öffnete und begleitete mich zu dem Schwimmbecken der Villa. Herr Schneider empfing mich im Bademantel und fragte jovial nach meinem Getränkewunsch, und der Diener mixte beflissen meinen bestellten Campari-Orange und stellte ihn mit einem Silbertablett auf meinen Tisch. Auf der anderen Seite des Pools räkelte sich eine junge Frau in einem knapp geschnittenen Bikini auf einer Liege. Sie versteckte sich hinter einer riesigen Sonnenbrille und winkte lustlos herüber. Herr Schneider steckte sich eine Zigarre an:»Ich bin mit Ihrer Arbeit sehr zufrieden und denke in Ihnen steckt das Potential zu einem Prokuristen. Reizt es Sie mehr Verantwortung zu übernehmen und mehr Wohlstand zu genießen? Wollen Sie mein neuer technischer Direktor werden?«

Diese Frage hatte ich befürchtet, und ich hatte wenig Lust auf diesen Vorschlag einzugehen, denn ich wollte nicht nach zwei Jahren verschlissen aus der Solartec ausgemustert werden: »Ich fühle mich bei der Durchführung meiner Versuchsreihen wohl und möchte diese fortsetzen, es drängt mich nicht jetzt mehr Verantwortung zu übernehmen«, versuchte ich meine Ablehnung zu kaschieren.

Herr Bauknecht wurde in weitern Sitzungen erneut heruntergeputzt und musste, im gegenseitigen Einvernehmen, wie es in solchen Fällen heißt und mit einer Abfindung, die Solartec verlassen. Bis zu der erforderlichen Neueinstellung eines neuen technischen Leiters musste ich direkt Herrn Schneider berichten, und meine Vermutung über eine problematische Zusammenarbeit bestätigte sich. Über einen Unternehmensberater wurde von auswärts ein Nachfolger engagiert, und ich war erleichtert, dass nun wieder ein Puffer zwischen dem Firmeninhaber und mir bestand.

Auch ohne das Gehalt eines Prokuristen konnte ich mir alles leisten, was ich für erstrebenswert hielt, und ohne die Pflichten eines Prokuristen konnte ich meine Freizeit planen, losgelöst von den Launen eines rücksichtslosen Chefs. Lebensqualität, eine Quelle des Glücks, erschien mir wichtiger als Reichtum und Ruhm. Ich wollte mich abends im Spiegel betrachten können, ohne mich meiner Taten schämen zu müssen. Der Tanz um das goldene Kalb unserer Konsumgesellschaft konnte ohne mich stattfinden. Der Konsum stellt eine Form des Nehmens dar, und wir Menschen haben den Planeten Erde bald ausgeraubt, obwohl Christus uns schon vor über zweitausend Jahren lehrte: Geben ist seliger denn nehmen. Ein Freundeskreis, in den man sich einbringen konnte, den niemand kaufen konnte, und Freizeit erschienen mir viel erstrebenswerter als ein Jaguar und ein Schwimmbecken.

Es war ein sonniger Maientag, die Luft war angefüllt mit dem Duft der Blühten, ein warmer Wind umschmeichelte die Haut, in ehrwürdigen, schattenspendenden Bäumen zwitscherten die Vögel, und ich spazierte gutgelaunt durch den Schlossgarten. Dieser wurde vor vielen Jahren für die Bundesgartenschau umgestaltet, und seitdem werden die Beete aufwendig mit exotischen Blumen bepflanzt, zur Freude für jeden Betrachter. Von einem Weg in der Nähe hörte ich eine weibliche Stimme, die mir bekannt vorkam und mich erschauern ließ: »Kannst du nicht besser aufpassen, siehst du nicht was dein Sohn wieder blödes anstellt?«

Ich sah einen etwa achtjährigen Jungen, der ungeniert auf eine Steinfigur pinkelte und mit seinem Strahl nach Fliegen zielte. Hinter der Frau, zu der die Stimme gehörte, trottete missgelaunt ein verhutzeltes Männlein. Wäre nicht die Stimme, ich hätte die Person nicht erkannt, es war Maren! Sie war drall geworden, wie eine Matrone, bekleidet mit einem lächerlich eng sitzenden Hosenanzug und einem federgeschmückten Hut, watschelte meine einstige Traumfrau wie eine aufgeblasene Ente durch den Garten. Das feiste, grimmig wirkende Gesicht war von tiefen Falten zerfurcht. Sie war mit einem Sonnenschirm bewaffnet und bedrohte damit das Männlein an ihrer Seite. Auf diese Weise zur Tat getrieben, ermahnte der Getadelte seinen Sohn und verabreichte ihm eine Ohrfeige. Diese Szene erinnerte an einen schlechten Film mit abstoßenden Schauspielern und ließ Zweifel an einem glücklichen Familienleben aufkommen.

Ich war schockiert und blickte noch einmal auf das ver-
krachte Trio, dann wendete ich mich erleichtert um. Ich
sprang vor Freude in die Luft und klatschte die Schuh-
sohlen aneinander, warf meinen Sonnenhut wie einen
Bumerang dem Himmel entgegen und fing ihn wieder
auf. Dieses Elend hätte mir widerfahren können, ich
Glückspilz bin diesem trüben Dasein ohne eigenes Zutun
entkommen. Ich wäre heute der Trottel neben diesem
Trauerkloß, wenn Maren mir nicht ihre Abfuhr erteilt
hätte. Damals hatte mich ihre schroffe Zurückweisung in
tiefe Verzweiflung gestürzt, heute danke ich innig dem
Schicksal, dass dieser bittere Kelch an mir vorüberge-
gangen ist!

Eine Entführung

Beim Landeanflug konnte ich Beirut erkennen, in der Sonne glitzernd, an einer weiten Bucht des Mittelmeers gelegen. Ich hatte in Saudi-Arabien eine geschäftliche Verabredung und wollte auf dem Rückflug noch ein Wochenende anhängen um mir Beirut anzusehen. Bei meiner Einreise und der Fahrt zum Hotel begegneten mir freundliche Menschen, die einen gebildeten Eindruck machten und sich in arabischer, englischer oder französischer Sprache verständlich machen konnten. Das Land wirkte gastfreundlich und weltoffen und bildete einen erfrischenden Gegensatz zu Saudi-Arabien. Die Spuren des Bürgerkriegs und eine rege Bautätigkeit waren nicht zu übersehen. Mein Hotel war am nördlichen Stadtrand gelegen und machte einen gepflegten Eindruck. Der Bus für die Fahrt zum Casino du Liban war für neunzehn Uhr angekündigt, ich hatte noch zwei Stunden Zeit um mich zu erfrischen und umzukleiden. Wegen meiner angespannten Finanzlage wurde das Abendessen gestrichen und durch ein Brötchen ersetzt, das ich aus dem Flugzeug mitgenommen hatte. Die Benutzung des Hotelschwimmbads war für Gäste kostenlos. Diesen Luxus konnte ich mir leisten.

Der klimatisierte Bus war pünktlich, sammelte noch einige Touristen in anderen Hotels ein und setzte uns in einer gigantischen, wunderschön über dem Meer gelegenen Casinoanlage ab. In dem großen Park befanden sich Hotels, Restaurants, das Spielcasino und das berühmte Revuetheater. Das Programm zeigte ausgewählt schöne, aufwendig kostümierte Tänzerinnen, Artistik, Gesangsdarbietungen und Elefanten auf der Bühne. Diese erstklassige Show erinnerte an das Nachtprogramm von Las

Vegas oder Paris und war bemerkenswert für ein arabisches Land. Positiv beeindruckt und beschwingt kehrte ich in mein Hotel zurück.

Am nächsten Tag hatte ich ein Auto mit Führer gebucht, der mir in sechs Stunden einige Sehenswürdigkeiten von Beirut zeigen sollte und mich dann am Flughafen absetzen sollte. Mein Rückflug nach Frankfurt war für achtzehn Uhr vorgesehen. Mein Führer war Mitte vierzig, gutaussehend jedoch etwas pummelig, hatte einem Dreitagebart, sprach gut Englisch und verfügte über bemerkenswerte Orts- und Sachkenntnisse. Mit Charme und einem gewissen Stolz machte er bemerkenswerte Angaben zu den einzelnen Sehenswürdigkeiten, und ich fotografierte fleißig. In der Nähe vom Flughafen entdeckte ich eine armselig wirkende Siedlung, die aus Plastik- und Blechhütten bestand, und die nicht zu meinem bisherigen Eindruck von Beirut passen wollte. Auch hier schoss ich einige Fotos.

Plötzlich verfinsterte sich das bisher gutgelaunte Gesicht meines Reiseführers, er verriegelte zentral die Türen und Fenster des Wagens und führ in einem beängstigen Tempo zurück ins Zentrum. Alle meine Proteste verhallten unbeachtet und die rasante Fahrt endete in einem Hinterhof der Altstadt. Finstere Gestalten, mit karierten, schmutzigen Hemden, ungepflegten Bärten und Kalaschnikows vor den runden Bäuchen umringten mich, und ich wurde mit heftigen Stößen aus dem Auto befördert. An den Hauswänden waren arabische Parolen gesprüht und Bilder von Predigern befestigt. Als erstes wurden mir mit brutaler Gewalt der Fotoapparat und mein Pass abgenommen und ich wurde mit Gewehrkolbenstößen in einen spärlich beleuchteten Flur gedrängt. Ich musste vor einem Tisch ausharren, hinter dem ein schwer bewaffneter Wächter an einem Telefonapparat saß und auf mich in arabischer Sprache ein brüllte. Ich fühlte mich nackt und hilflos ohne Pass in diesem fremden Land. Die Stimmen der finstern Gotteskrieger um mich herum wurden immer aggressiver und alle meine Bemühungen in englischer, französischer und deutscher Sprache nach einem Gesprächspartner, mit dem ich mich verständlich machen konnte, blieben erfolglos.

Ich hatte eine Reihe von arabischen Ländern geschäftlich bereist und verstand einige Worte der arabischen Sprache. Aus einigen Gesprächsfetzen und dem Einkassieren meines Fotoapparates zog ich den Schluss, dass man mich für einen Spion hielt. Meine Angst steigerte sich von Minute zu Minute. Mir wurde klar, dass hierher zu mir keine Spur führen würde, nicht einmal die deutsche Botschaft könnte mich hier ausfindig machen. Ich beabsichtigte dieser Situation mit Entschlossenheit zu begegnen, und so verkündete ich mit donnernden Worten:»Allah il Allah, I want to speak your Manager!«

Für einen Augenblick richteten sich die Blicke der Gotteskrieger auf mich und das Stimmengewirr verstummte, bevor erneut Schimpftiraden auf mich einprasselten. Jemand hielt seine Kalaschnikow auf meine Brust, drehte mich unsanft zur Wand und gab mir zu verstehen, dass ich hier kein Rederecht habe. Ich spürte den Lauf der Waffe in meinem Rücken und hoffte, dass in der allgemeinen Aufregung sich kein ungewollter Schuss lösen würde. Nach einiger Zeit öffnete sich hinter dem Tisch eine Tür, und ein schlanker Mann mit weißem Hemd und einer Krawatte zog mich in ein Zimmer. Nachdem er die

Tür hinter mir geschlossen hatte, verstummten die erregten Stimmen und mit der relativen Ruhe kehrte mein Selbstvertrauen in abgeschwächter Form zurück. Mein Gesprächspartner wirkte kultiviert, fast sympathisch, sprach recht gut Deutsch und stellte sich als Achmed vor. Er hatte meinen Pass und meinen Fotoapparat auf seinem Schreibtisch liegen und fragte mich nach dem Grund für meinen Libanonbesuch.

»Ich habe eine geschäftliche Besprechung in Saudi-Arabien gehabt und wollte auf dem Rückweg Beirut als Tourist besuchen. Wollen Sie mir bitte mitteilen was man mir vorwirft, und warum ich hier so unfreundlich festgehalten werde?«, fragte ich und versuchte einen beherrschten Eindruck zu machen.

»In Beirut stoßen viele sehr unterschiedliche Interessengruppen aufeinander. Haben Sie Fotos vom Flüchtlingscamp gemacht?«

»Ich habe hauptsächlich Fotos von Beirut gemacht, auch am Flughafencamp. Ist das hier verboten?«

»Die Fragen stelle ich hier! Was machen Sie beruflich?« Achmed blätterte in meinem Pass und betrachtete genau Seiten und die eingestempelten Einreisedaten.

»Ich bin Exportleiter der mittelständischen Firma Calmex in Frankfurt«, antwortete ich und überreichte ihm meine Visitenkarte.

»Sie produzieren Schutzanstriche, werden diese auch für militärische Zwecke benutzt?«, er lehnte sich auf seinem Stuhl zurück und begann zu kippeln, als wollte er mir meine wacklige Lage vor Augen führen.

»Eine unserer Sparten beschäftigt sich mit Schutzanstrichen für Schiffe, auch bei Kriegsschiffen kommen Schutzfarben zum Einsatz.«

»Haben Sie Israel besucht?« Er betrachtete einen Stempel in meinem Pass mit besonderer Aufmerksamkeit. Ich wusste, dass sich in diesem Pass kein Visum für Israel befand, weil ich dafür einen zweiten Pass oder Einlegeblätter benutzte. In arabischen Ländern verursachen israelische Stempel Probleme. Achmed vermutete oder wusste, dass ich Israel bereist hatte und wollte mich testen.

Meine Antwort sollte so formuliert sein, dass sich keine Ansatzpunkte für eine Spionagetätigkeit konstruieren ließen: »Als Exportleiter gehört es zu meinen Aufgaben viele Länder zu besuchen. Ich war in vielen arabischen Ländern, auch in Israel.«

»Haben Sie Kontakte zu militärischen Stellen in Israel gehabt, benutzen israelische Kriegsschiffe die Schutzanstriche der Firma Calmex?«

»Ich habe Israel besucht, um dort einen Vertriebspartner für unsere Produkte zu finden. Bisher haben wir keine Umsätze dort gemacht.«

»Nennen Sie mir Ihre Gesprächspartner in Israel«, er schob mir Zettel und Bleistift hin.

Ich erinnerte mich an einige Firmennamen, aber nur sehr vage an die Namen meiner Gesprächspartner dort. Ich wollte keine Antwort schuldig bleiben und notierte die Namen so, wie ich sie im Gedächtnis hatte.

Achmed rief nach einem Mitarbeiter, machte auf dem Zettel eine Notiz und übergab ihn zusammen mit meinem einkassierten Bargeld, als wollte er der Meute einen Bissen zukommen lassen. Ich hatte den Wunsch, wenigstens das Geld für die Fahrt zum Flughafen behalten zu dürfen, unterdrückte jedoch diesen Vorschlag.

Vom Flur her waren gequälte Schreie zu hören. Bei jedem Aufschrei, der sich in mein Ohr bohrte, zuckte ich zusammen, als würde ich selbst die Prügel beziehen. Die Tür wurde aufgestoßen, und zwei Folterknechte schleppten eine arg misshandelte Gestalt herein und ließen sie auf einen Stuhl plumpsen. Der Chef sah seine Knechte fragend an und als beide den Kopf schüttelten, gab er eine mir unverständliche Anweisung, worauf die beklagenswerte Gestalt wieder aus dem Zimmer geschleift wurde.

Nach einigen Minuten kehrte der Mitarbeiter mit dem Zettel und einem EDV-Ausdruck zurück, legte beides auf den Schreibtisch und musterte mich von oben bis unten. Mir wurde klargemacht, dass ich mich auszuziehen habe. Ich zog brav die Schuhe aus, legte Lederjacke, Hemd und Hose auf den Stuhl und verharrte in Socken und Unterhose. Der Mitarbeiter legte alles, was er im meinen Taschen finden konnte, säuberlich auf den Schreibtisch und befahl mir auch die Unterhose und die Socken abzulegen. Diese Kleidungsstücke landeten auch auf dem Schreibtisch. Wenn man nackt vor fremden Menschen stehen muss, macht sich nicht nur das angeborene Schamgefühl bemerkbar, man fühlt sich erniedrigt und hilflos. Sicherlich war es die Absicht meiner Peiniger dieses Gefühl in mir zu erzeugen.

Achmed warf einen Blick auf den EDV-Ausdruck und nickte zufrieden, als wäre seine Vermutung bestätigt worden. Das Verhör bezog sich nun auf die in meiner Kamera gespeicherten Bilder, die er sorgfältig betrachtete: »Warum haben Sie von dem Flüchtlingscamp Aufnahmen gemacht?«

»Wenn man sich einen Eindruck von einem Land verschaffen will, dann gehören nicht nur seine Prachtbauten dazu sondern auch seine Schattenseiten. Ich habe in Saudi-Arabien nicht nur Paläste und Sonnenuntergänge fotografiert sondern auch armselige Wohncontainer für palästinensische Arbeiter und vertrocknete Bäume.«

Diese Antwort schien ihn zu überzeugen, ich durfte mich wieder anziehen. Alle Bilder in meiner Kamera wurden gelöscht, aber ich bekam die Kamera und meinen auf der Tischplatte verstreuten Besitz zurück, inklusive Pass. Auf dem Schreibtisch stand ein, von Kippen überquellender, Aschbecher neben dem ein Einwegfeuerzeug lag. Aus einem Instinkt heraus legte ich vor dem Einstecken mein Taschentuch über das Feuerzeug und ließ beides in meine Hosentasche gleiten.

Die gereizte Stimmung entspannte sich, der Mitarbeiter holte Tee, ich durfte mich neben Achmed setzen und wurde zum Teetrinken eingeladen. Ich überlegte, ob ich überhaupt mit meinen Peinigern Tee trinken sollte, eine Zeremonie, die eine freundschaftliche Beziehung voraussetzt. Ich hatte Durst, wollte jede Provokation vermeiden, überwand meinen Stolz und nahm dieses Gastgeschenk an.

»Gestern hat sich ein Selbstmordattentäter in Tel Aviv in die Luft gesprengt. Er kam aus dem Camp am Flughafen. Wir erwarten stündlich einen israelischen Vergeltungsangriff, daher sind alle hier etwas nervös«, bemühte sich Achmed eine Erklärung für meine Festnahme zu geben.

»Wo haben Sie so gut die deutsche Sprache gelernt?«, fragte ich, um von dem unerfreulichen Verhör abzulenken.

»Ich habe in Deutschland studiert und dort auch meine Frau kennengelernt, und dahin können Sie jetzt auch ungehindert zurückkehren.« Ich atmete erleichtert auf und stellte meine Teetasse ab.

Plötzlich wurde die Tür aufgestoßen. Ein beleibter Mann mit Kopftuch und dem schwarzen Kranz eines Scheichs stürmte herein. Eine großkalibrige Pistole steckte in seinem Gürtel, an den Fingern blitzten diamantbesetzte Ringe, und er wurde von einem Leibwächter begleitet. Achmed und sein Mitarbeiter erhoben sich sofort und verneigten sich tief. Bei mir entstand der Eindruck der Obermufti hatte den Raum betreten, und er war aggressionsgeladen. Er griff nach den Unterlagen auf dem Schreibtisch, musterte mich mit einem geringschätzigen Blick und stellte laut Fragen, während sein Leibwächter hinter ihm in Habachtstellung stand. Ich konnte nur Bruchstücke seines Redeschwalls verstehen, aber es wurde deutlich, dass er mit meiner Entlassung nicht einverstanden war, es sollte eine verschärfte Befragung durchgeführt werden. Ich geriet in Panik, denn wie diese verschärften Verhöre ausgeführt wurden, davon hatte ich mir in diesem Zimmer schon ein Bild machen können.

Ich musste schnell handeln! Während die Diskussion über die weitere Vorgehensweise lief, bewegte ich mich vorsichtig in Richtung Fenster, griff nach dem Feuerzeug in meiner Tasche und zündete die Gardine an. Die Flamme zischte hell auf und herabfallende Gardinenteile entflammte in Windeseile die unter dem Fenster gestapelten Zeitungen und Broschüren. Hitze und Rauch entwickelten sich, der Leibwächter stellte sich schützend vor seinen Chef, und Achmed suchte hektisch nach dem Feuerlöscher in einem Schrank. Sein Mitarbeiter versuchte mit einer Decke die Flammen zu ersticken. Ich bewegte mich im Schutze des Rauchs in Richtung Tür, griff eins der dort hängenden karierten Hemden und stülpte es mir über. Im Flur herrschte blanke Panik, der Wächter am Telefon suchte hustend den Weg ins Freie, ich folgte ihm in gebückter Haltung. Jede Hektik vermeidend, bewegte ich mich über den Hof in Richtung Straße, erst dort wagte ich es meinen Schritt zu beschleunigen. Ich rannte durch die Gassen der Altstadt mit nur einem Ziel, mich schnell von diesem Ort des Schreckens zu entfernen. Ich weiß nicht wie lange ich gerannt bin, ich war schweißgebadet, fühlte mich erschöpft und verharrte unter einer Arkade im Schatten um meine Situation zu überdenken.

Es war siebzehn Uhr und ich musste versuchen, so schnell wie möglich, den Flughafen zu erreichen. Mein Gepäck war noch in dem Auto des Fremdenführers, das konnte ich abschreiben, aber meine restliche Habe trug ich bei mir, nur kein Bargeld. Ein kostenfreier Fußmarsch zum Flughafen würde über eine Stunde in Anspruch nehmen, ich musste eine andere Lösung finden. Ich lief auf die großen Hotels zu, in der Hoffnung, dort ein Shuttle zum Flughafen zu entdecken. Diese Kleinbusse sammeln zeitraubend Gäste von mehreren Hotels ein aber würden den Flughafen zu spät für meinen Flug erreichen. Entmutigt ließ ich mich auf eine Parkbank fallen und haderte mit mir und meinem Schicksal. Warum musste ich auf der Rückfahrt noch das unsichere Beirut besuchen? War es übertriebener Erlebnishunger oder eine Sucht nach Abenteuern? Warum musste ich Fotos von einem elenden Flüchtlingslager machen, dadurch ließ sich die trostlose Lage der Flüchtlinge nicht verbessern? Wie konnte ich zu einem Brandstifter werden, der die Gefährdung anderer Menschenleben billigend in Kauf genommen hatte?

In dem gegenüberliegenden Café saß ein Mann, der eifrig zu mir herüberwinkte und mich aus meinen trüben Gedanken riss. Ich erkannte den Busfahrer Mustafa von gestern, der uns mit viel Charme ins Casino gebracht hatte. Mit List hatte er die zeitraubende Polizeisperre umfahren, mit Humor ist er dem nörgelnden amerikanischen Touristen begegnet, der die Hotels in Amerika und die Show in Las Vegas viel beeindruckender fand und eine straffere Organisation für den Libanon anmahnte. Dieser aufgeblasene Vertreter des Westens fand lobende Worte nur für das romantische Mittelmeer. Mustafa kommentierte seine Anmerkungen über den Libanon mit einem Witz: »Ach, das Mittelmeer ist uns besonders gut gelungen! Das wurde in der letzten Woche extra für unsere amerikanischen Besucher ausgebaggert, als ich hier vor zwei Wochen vorbeifuhr, war es noch nicht vorhanden.«

Ich freute mich diese witzige und angenehme Person hier wiederzusehen und lief auf ihn zu. Er wirkte auf mich wie der Leuchtturm auf einem Fels, der von einer gefährlichen Brandung umspült wird. Mein libanesischer Fahrer lud mich zu einem Kaffee ein, musterte mein kariertes Hemd und fragte nach meinen Eindrücken vom Libanon. Mustafa hatte viele Jahre für eine deutsche Firma gearbeitet und konnte recht passabel deutsch sprechen. Ich berichtete ihm kurz von meinen dramatischen Erlebnissen, meiner Flucht und von der Angst, die mir immer noch in den Knochen steckte.

»Vor dem Bürgerkrieg haben hier Sunniten, Schiiten, Christen und Juden friedlich nebeneinander gelebt. Seit dem Verfall der staatlichen Autorität haben sich finstere, von ausländischen Mächten gesteuerte Banden, hier breit gemacht und unser Leben zu einem Vabanquespiel gemacht.«

»Kann niemand diesen verbrecherischen, selbsternannten Fürsten Einhalt gebieten, die sich erdreisten Polizei und Gericht in einer Instanz zu sein?«

Mustafa schüttelte verzweifelt den Kopf und ließ seine Kaffeetasse von einer in die andere Hand gleiten: »Die Schiiten werden vom Iran, die Sunniten von Saudi-Arabien unterstützt, die Alewiten von Syrien und die Christen von Europa und Israel. Die Türken bekämpfen die Kurden und paktieren heimlich mit dem IS. Es steigt ein unheilvoller Nebel aus dem Interessensumpf empor. Die Prinzipien der Demokratie halte ich für gut, nur ist in manchen Staaten eine starke Hand erforderlich. Lieber einen verhassten Gaddafi als dieses Chaos hier.«

»Die Araber betrachten die westliche Lebensweise mit Argwohn, ja, mit Abscheu, weil sie als nicht gottgefällig eingestuft wird. Aber sie streben selbst nach Macht und Wohlstand, liegt darin nicht ein Widerspruch?«

»Wir Araber haben die bitteren Lektionen der Europäer aus zwei Weltkriegen noch nicht gelernt. Wir verfahren immer noch nach dem alten Prinzip: Auge um Auge, Zahn um Zahn. Wir zeigen kindliche Überheblichkeit und sind nicht kompromissfähig. Das Streben nach Macht und unsere Einstellung werden uns keinen Frieden bringen.«

Mich interessierte diese Diskussion, aber ich hatte mein Ziel noch nicht aufgegeben und beichtete in meiner Verzweiflung: »Ich wollte die Lufthansamaschine nach Frankfurt um achtzehn Uhr erreichen, aber ich habe keinen Cent in der Tasche.«

Mustafa nestelte an seinem Mobiltelefon, stand auf, warf einige Münzen auf den Tisch und rief mir im Gehen zu: »Dein Flieger startet eine halbe Stunde verspätet, den könnten wir noch erwischen!«

Wir rannten zu seinem Bus, er klappte eine gelbe Warnleuchte aus dem Dach und fuhr mit Vollgas ab. Bei roten Ampeln schaltete er seine Sirene ein und überquerte die Kreuzung im moderaten Tempo. Beim Stau auf der Ausfallstraße benutzte er kurzerhand den Bürgersteig, und notorische Linksfahrer überholte er rechts. Ich machte noch einmal klar, dass ich seinen eifrigen Einsatz zwar schätzte aber nicht bezahlen konnte.

»Was bedeutet Geld? Wichtig ist, dass Dir geholfen wird. Du bist mir sympathisch wie ein Bruder und bist Gast in meinem gequälten Land, ich helfe Dir gern.« Er brachte den Bus mit quietschenden Reifen vor der Abflughalle zum Stehen. Ich umarmte ihn und steckte ihm meine Visitenkarte zu: »Wann immer es Dir möglich ist, besuche mich, ich würde mich gern für Deine Heldentat erkenntlich zeigen und Dich wiedersehen.«

Ich rannte zum Abfertigungsschalter, und da ich kein Gepäck hatte, waren die Ausreiseformalitäten schnell erledigt. »Sie müssen sich beeilen, wir schließen gerade das Tor zwölf«, rief mir die Dame vom Schalter hinterher, als ich losstürzte.

»Rufen Sie bitte dort an und künden einen Nachzügler an!«, flötete ich zurück.

Über die Lautsprecher war zu hören: »This is the last call for Lufthansa flight to Frankfurt.« Winkend und rufend erreichte ich das Tor zwölf, als die Lufthansamitarbeiterin gerade ihre Unterlagen einsammelte, um den Schalter zu schließen. Weiter ging es ins Flugzeug im Laufschritt durch den Flugsteigtunnel, der dann eingefahren wurde. Freundlich lächelnd begrüßte die Stewardess ihren letzten Fluggast und begleitete mich zu meinem Sitzplatz am Fenster. Ich legte mein einziges Gepäckstück, das karierte, speckige Hemd, in die Ablage über mir, atmete drei Mal tief durch, nahm meinen Platz ein und schnallte mich an. Die Flugzeugturbinen erzeugten einen immer höher werdenden Ton, und die endlose und lästige Beschreibung der Sicherheitseinrichtungen erfolgte, sicherheitshalber in drei Sprachen, dazu gaben die Stewardessen eine anmutige Pantomime-Vorstellung.

Die Dame auf dem Nebenplatz klappte ihre Illustrierte zusammen und musterte mich amüsiert über ihre Lesebrille blickend:»Das war aber knapp, Sie reisen mit ungewöhnlich leichtem Gepäck.«

Ich kuschelte mich entspannt in meinen Sitz und antwortete vieldeutig:»Es gibt Situationen, in denen es ratsam ist auf Gepäck gänzlich zu verzichten und sich der Schönheit des Augenblicks hinzugeben.«

»Hat Ihnen Beirut gefallen?«

»Auf diese Frage kann ich keine einfache Antwort geben. Die Menschen dort machten überwiegend einen hilfsbereiten und freundlichen Eindruck auf mich, bei den Ausnahmen ist mein Schutzengel lobenswerter Weise in Rufweite geblieben.«

Die Maschine rollte zur Startbahn, die Turbinen drehten hoch und ich wurde durch die Beschleunigung in den Sitz gepresst. In einer weiten Schleife folgen wir an Beirut vorbei, und diesmal interessierte mich die schön gelegene Bucht gar nicht. Ich hatte nur den Wunsch mich von diesem Ort zu entfernen und hoffte Mustafa einmal wiedersehen zu können.

Eine hübsche, deutschsprechende Flugbegleiterin servierte lächelnd meinen bestellten Spätburgunder und weckte die Vorfreude auf die Heimat in mir. Ich ließ den trockenen, pelzigen Weingeschmack auf meinen Gaumen wirken und fühlte mich befreit. Die dramatischen Ereignisse kamen mir jetzt wie ein böser Traum vor. Noch nie hatte ich mich so darauf gefreut nach Deutschland zurückzukehren wie nach dieser Reise.

Eine Safari in Kenia

Der Fahrer lenkte den Geländewagen in ein ausgetrocknetes Flussbett und fuhr zügig weiter. Die Räder sprangen von einem Gesteinsbrocken zum anderen, und bei jedem Aufprall wurden wir in die Sitze geworfen.

»Slow down!«, schrie einer der Touristen, seine Frau klammerte sich mit angstverzerrtem Gesicht an ihre Sitzlehne und sah ihren Mann hilfesuchend an.

»Wenn ich nicht halten Tempo, dann Wagen bleiben stecken«, antwortete der dunkelhäutige Fahrer lachend, dabei wurden seine schneeweißen Zähne sichtbar und er fuhr mit Bravur in die nächste Bodenwelle. Auch ich kämpfte, staubverkrustet und schweißbedeckt, mit dem Gleichgewicht und wunderte mich, wie ein Fahrzeug diese Belastungen überstehen konnte. Auf den schonenden Umgang mit technischen Geräten schien man hier wenig Rücksicht zu nehmen. Die Luft flirrte in der Hitze und der aufgewirbelte Staub erschwerte die Atmung in dem teilweise offenen Geländewagen.

Neben unserem Fahrer Urgo, einem Kenianer, der seine Führung in deutscher Sprache machte, und mir, bestand unsere Gruppe aus einem älteren Ehepaar, einem rundlichen Herren mit einer beeindruckenden Fotoausrüstung, und einer schlanken Frau, die ich auf Ausgang dreißig schätzte. Das Gesicht der Dame war hinter einer großen Sonnenbrille versteckt und von einem Sonnenhut beschattet. Ihre eleganten Bewegungen in dieser Wildnis und ihre angenehme Stimme erweckten meine Aufmerksamkeit.

Eine Elefantenherde flüchtete vor dem heranrasenden Jeep, der Elefantenbulle mit aufgestellten Ohren vorab, und das Elefantenbaby klammerte sich mit seinem Rüssel am Schwanz der Mutter fest und versuchte mit Trippelschritten Anschluss zu halten. Eine Gruppe von Antilopen unterbrach ihre Nahrungsaufnahme, sie streckten die Köpfe in die Höhe und traten die Flucht an. Mit eleganten, weiten Sprüngen setzten sie über die Büsche und hinterließen eine Staubwolke. Das Land wirkte grau und ausgetrocknet, dürres Gras und Buschwerk waren kennzeichnend, wenige Bäume mit kümmerlichem Laub gaben der Landschaft einige Farbtupfer. Im Hintergrund war ein Gebirge zu erkennen, das diesen Tierpark zu begrenzen schien und sich markant in der flirrenden Luft abhob. Trotz der holprigen, staubigen Fahrt hatte ich Gefallen an dieser Safari in Kenia; man konnte viele Tiere in freier Wildbahn beobachten, und die Fahrt war von einem Hauch Abenteuer umwittert.

Eine Gruppe von Löwen lag faul im Schatten eines Baumes. Im Reiseführer hatte ich gelesen, dass die Jagd nach Beute durch die Löwin erfolgt, das Männchen beschränkt sich auf die Zeugung und die Vertreibung von Nebenbuhlern. Eine Löwin mit Beute im Maul kann mühelos ein zwei Meter hohes Hindernis überspringen. Diese Löwengruppe hier zeigte wenig Interesse an der Jagd oder der Zeugung von Nachwuchs, diese Könige der Raubtiere dösten gelangweilt die Touristen an und ließen sich durch das herannahende Auto nicht stören. Unser Fahrer unterbrach seine rasante Fahrt und gab uns Gelegenheit Fotos zu machen. Wir lösten die lästigen Sicherheitsgurte, klopften den Staub ab und ließen brav die Kameras surren, wie tausend andere vor uns. Ich kann verstehen, dass diese Zeremonie die Löwen zum Gähnen brachte.

»Beim Anblick dieser kraftstrotzenden Wildkatzen wünsche ich mir insgeheim eine Jagd auf Leben und Tod, auch wenn ich Mitleid mit dem possierlichen Opfer haben würde«, gestand die Dame neben mir und nahm ihre Sonnenbrille ab. Sie hatte ein apartes Gesicht, sonnenverwöhnte Haut und dunkle, ausdrucksstarke Augen.

»Die Jagd bei Löwen macht das Weibchen, nicht das stärkere, faule Männchen. Opfer sollten sich also vor dem weiblichen Wesen in Acht nehmen«, flunkerte ich und war sofort von dieser Frau gebannt.

»Die Weibchen müssen für ihre Jungen sorgen, wenn das Männchen versagt. Eigentlich würden sie ihre Opfer lieber bemuttern und streicheln«, verteidigte meine Nachbarin das weibliche Geschlecht mit einem kecken Lächeln.

»Dann müssten die Löwen ihre Ernährung auf Bananen und Karotten umstellen und ihnen würden bald die Zähne ausfallen, die Touristen würden ausbleiben, und wir hätten uns nicht kennengelernt.« Sie schmunzelte und bat mich ein Foto von ihr mit den Löwen im Hintergrund zu machen. Bei der Übergabe ihres Smartphones berührten sich kurz unsere Fingerspitzen, diese Berührung erzeugte ein prickelndes Kribbeln.

Die Raucher unter uns nutzten die Löwenpause für eine eilige Zigarette bevor die Fahrt mit unverminderter Geschwindigkeit weiterging.

Drei dunkelhäutige, schlanke Jünglinge, ausgerüstet mit Lanzen, marschierten furchtlos an den Löwen vorbei, mit stolzgeschwellter Brust, wie siegreiche, römische Gladiatoren.

»Das sind Massai Krieger, wir hier im Gebiet der Massai«, informierte uns Urgo.

Ein einzelner Elefantenbulle stand abseits der Herde und griff mit seinem Rüssel nach einem großen Ast, knickte ihn mühelos ab und verzehrte genüsslich die Blätter.

»Ich fürchte am Abend wird von dem Baum nicht mehr viel übrigbleiben, vielleicht gibt es deshalb nur so wenige Bäume hier und so viele Elefanten«, kommentierte ich.

»Sie sehen, die vegetarische Ernährung bringt nicht nur Segen«, spöttelte sie und schlug anmutig ihre schlanken Beine übereinander.

Der ältere Mann in unserer Gruppe, er war ausgerüstet mit zwei Kameras und einer Zubehörtasche, bat darum dicht an den Elefanten heranzufahren und Urgo fuhr vorsichtig in die Nähe des Tiers. Diese fotosüchtigen Touristen erregten mein Mitleid, sie schleppten eine schwere Ausrüstung mit sich herum, die sie vor Dieben schützen mussten, sie bezogen Position abhängig von dem einfallenden Licht und betrachteten die Tierwelt durch den Sucher ihrer Kamera. Darüber hinaus erwarteten sie, dass sich Freunde und Nachbarn diese Amateuraufnahmen anschauen, in Begeisterungsstürme ausbrechen, obwohl es bessere Aufnahmen von professionellen Fotographen gibt. Und alle sollten den Abenteurer und seine Bilder bewundern.

Meist reagieren die Tiere, die Touristen gewohnt sind, gelassen auf Fahrzeuge. Diesem grauen Koloss schien unser Besuch nicht zu gefallen. Er stellte die Nahrungsaufnahme ein, fuhr seine Ohren auf Habachtstellung und drehte sein Hinterteil von uns ab. Mit einem Blick aus den kleinen Augen fixierte er uns erbost, hob den Rüssel und stieß einen trompetenähnlichen, markerschütternden Schrei aus. Die Touristin auf dem Rücksitz schrie auf und verschanzte sich hinter dem Rücken ihres Mannes, als könnte er sie vor diesem Ungeheuer beschützen. Der

Elefant hob einen Fuß, der den Durchmesser eines mexikanischen Sombreros aufwies, und trat mit einem Anlauf in die Seitentür unseres Geländewagens. Die Türe wölbte sich nach innen, der Wagen machte einen Satz seitwärts und drohte umzukippen. Instinktiv legte ich schützend den Arm um meine aparte Nachbarin, als der Rest der Gruppe mit angstverzerrten Gesichtern auf die elefantenabgewandte Seite des Wagens sprang. Sie lehnte dankbar ihren Kopf an meine Schulter, als sei ich ein willkommener, schutzspendender Ritter. Ein Schlag mit dem Rüssel ging krachend auf dem Autodach nieder. Urgo startete blitzschnell den Motor und fuhr mit durchdrehenden Rädern davon. Während der Weiterfahrt entspann sich eine lebhafte Diskussion darüber, ob diese Annäherung an den Elefanten notwendig war.

Unser Führer verließ nun das ungastliche Flussbett und steuerte ein Wasserloch an, das fast kreisrund in einer Bodensenke zu erkennen war. Hier gab es ein Stelldichein von vielen Tieren, die sich von den herannahenden Touristen nicht abschrecken ließen. Die Giraffe spreizte ihre Beine weit auseinander, um Wasser aufnehmen zu können und wirkte mit dem gesenkten, langen Hals tollpatschig. Einige Elefanten wälzten sich im Schlamm, um Parasiten wegzuspülen, und einige Antilopen näherten sich mit Vorsicht dem Wasserloch. Ich hatte den Eindruck es würde ein Stück Holz im Wasser treiben. Als eine Antilope Wasser nehmen wollte, öffnete sich ein mit Zähnen besetzter Schlund, packte das Tier und hielt es so lange unter Wasser, bis es sich nicht mehr rührte. Dann verfrachtete das Krokodil seine Beute in eine Unterwasserkammer, sie sollte dort vor dem Verzehr reifen.

»Da war der Kampf auf Leben und Tod. Afrika, fressen und gefressen werden«, bemerkte ich.

»Irgendwann sterben wir alle, und dann wünscht man sich einen schnellen Tod, wie bei dieser Antilope«, philosophierte meine Schutzbefohlene.

Der älteren Dame aus der Gruppe steckte die Angst vor dem Elefanten noch in den Knochen und es regte sich bei ihr ein menschliches Bedürfnis. Eilig sprang sie aus dem Fahrzeug und hockte sich hinter einen Baum.

»Nicht bewegen«, zischte Urgo mit furchterregendem Nachdruck. Er ergriff einen Stock und ging langsam auf den Baum zu. Die Touristin, in hockender Haltung, mit herabgelassenem Höschen, machte einen recht unglücklichen Eindruck, aber sie wagte es nicht sich zu rühren. Ich konnte nichts erkennen, das eine Gefahr darstellen könnte, aber als sich unser Führer, immer mit dem Stock voraus, bis auf einen Meter dem Baum genähert hatte, sah ich einen dunklen Schatten, der eilig davon schlängelte.

»Die schwarze Mamba sehr giftige Schlange, wenn kein Antiserum, dann schnell tot«, dozierte Urgo. In Anbetracht der gerade überstandenen Gefahr, wirkte seine Belehrung nicht besonders aufbauend auf die ältere Dame, die mit schamrotem Gesicht, reumütig wieder in den Wagen zurückkehrte.

Mein Interesse an der Tierwelt wurde im zunehmenden Maß von einem Interesse an meiner Nachbarin abgelöst. Das gemeinsame Erleben und Überstehen von Gefahren wirkte verbindend, nur wusste ich nicht, wie ich meinen Sinneswandel in Worte kleiden könnte: »Ich heiße Patrick und bin zum ersten Mal auf einer Safari«, begann ich plump.

Sie nahm ihre Sonnenbrille ab, als hätte sie meinen Annäherungsversuch erwartet und verkündete freundlich: »Mein Name ist Sonja, ich bin auch zum ersten Mal auf einer Safari.«

Ich wagte es noch nicht die Frage zu stellen, deren Antwort mich brennend interessierte und begnügte mich mit der lapidaren Frage:»Gefällt Ihnen Afrika?«

»Als Touristin gefällt mir Afrika, leben möchte ich lieber in Europa. Ich denke wir können von der einfachen Lebensweise hier eine Menge lernen. Der ökologische Fußabdruck, den diese Menschen auf unserem Planeten hinterlassen, ist bescheiden, unserer ist unverantwortlich groß.«

»Auch die Gelassenheit und eine Herzlichkeit, die losgelöst von geschäftlichen Interessen ist, wirken auf mich erfrischend. Von einem Zwang erfolgreich zu sein, und das durch demonstrativen Konsum zu zeigen, spürt man hier erfreulich wenig.«

Noch ehe ich meine brennende Frage stellen konnte, nahm unser Jeep Kurs auf ein Massai-Dorf, Lehmhütten wurden sichtbar, und eine Schar von Kindern kam uns johlend entgegengelaufen. Sie waren es gewohnt von den Touristen Geld, Süßigkeiten oder Kugelschreiber zu erhalten, die Größeren boten geschnitzte Holzfiguren an. Die Massai sind ein stolzes Hirtenvolk, mit einer ausgeprägten traditionellen Lebensweise.

»Manche der Einheimischen glauben, dass beim Fotografieren ihre Seele im Fotoapparat eingefangen wird, daher sollte man bei Personenfotos vorsichtig sein«, warnte Sonja.

In diesem Massai-Dorf hatte man offensichtlich die Erfahrung gemacht, dass die Seelen nicht im Fotoapparat verschwinden und entdeckt, dass eine Fotogebühr eine gute Einnahmenquelle darstellt. Gegen eine weitere Gebühr durften wir das Innere einer Hütte betreten. Die Behausungen werden aus Ästen, Lehm und getrocknetem Rindermist errichtet, in der Mitte des fensterlosen Raums befindet sich eine Feuerstelle, am Rand eine Nische für die Kinder. Mutter und Tochter führten uns ihr Kochgeschirr vor.

»Wenn der Mann hinreichend viele Rinder besitzt, kann er sich mehrere Ehefrauen leisten, davon kann ein europäischer Mann nur träumen«, spöttelte ich und half Sonja beim Einsteigen.

»Ich war schockiert als ich erfuhr, dass in einigen Stämmen die Mütter ihre eigenen Töchter im Genitalbereich verstümmeln lassen, um ihre Heiratschancen zu verbessern. Davon träumt keine europäische Frau.«

»Ja, Afrika hat auch seine Schattenseiten. Ich mag mir nicht vorstellen mit einer Frau zusammen zu sein, die nur zu Diensten steht und wegen der Verstümmelung kaum erregt werden kann.«

Die Sonne näherte sich dem Horizont, nahm eine fast goldene Farbe an, und die Schatten der wenigen Bäume wurden länger. Ein lauer Luftzug streifte unsere Haut und wir ließen unseren Blick über die weite, friedlich wirkende Savanne schweifen. Unser Guide machte uns klar, dass es nun höchste Zeit sei für die Rückfahrt zum Hotel. Sonja und ich vereinbarten das Abendessen gemeinsam einzunehmen.

Bei unserer Rückkehr waren die Tische schon für das Abendessen gedeckt, wir suchten uns einen schattigen Platz auf der Terrasse und stellten uns ein Abendessen vom Buffet zusammen. Eine Schar von Affen hatte sich auf den Wellblechdächern der umliegenden Hütten versammelt und begannen genau um neunzehn Uhr, wie verabredet, auf den Dächern zu trommeln, als wollten sie die Herde zum Abendessen rufen. Die kleinen, afrikanischen Bananen fand ich besonders aromatisch, und ich wählte sie als Dessert aus. Ich stellte mein Tablett auf dem Tisch ab und während ich mich setzte, sprang ein Affe auf die Tischdecke und entkam blitzschnell mit meinem Dessert. Sonjas Pudding fand wenig Beachtung bei den Affen.

»Haben Sie die weite Reise alleine angetreten?«

»Meine Tochter ist fünfzehn Jahre alt und verreist nicht mehr mit ihrer Mutter. Ich reise gerne alleine, es ist unkompliziert.«

»Vermissen Sie nicht Ihren Mann?«, formulierte ich hinterlistig meine brennende Frage.

»Wir haben uns schon vor vielen Jahren getrennt, meine aufsässige Tochter ist ohne ihren Vater aufgewachsen.«

»Oh, da teilen wir ein ähnliches Schicksal, mein schwer erziehbarer Sohn ist sechzehn Jahre alt, lebt bei seiner Mutter und verreist auch nicht mehr mit seinem Vater.«

Sonja schmunzelte, wir stießen auf unsere elterngeschädigten Kinder an und unterhielten uns angeregt. Diese bezaubernde Frau zog mich mit magischen Kräften an, ich hätte sie gern in den Arm genommen und bot ihr an, sie zu ihrem Bungalow zu begleiten. Ich hegte die kühne Hoffnung, sie könnte mich noch auf einen Drink einladen. Sonja hakte sich ein, gab mir zum Abschied einen scheuen Wangenkuss und entschwebte lautlos, wie eine Fee. Ihr Flug ging morgen zurück nach Berlin, mein Flug nach Frankfurt. Wir verabredeten ein Wiedersehen in Berlin. Diese Safari hatte ein faszinierendes Gesicht bekommen, es war Sonjas Gesicht.

Noch erfüllt von dieser Traumfrau aber verschwitzt von der Safari, schlenderte ich summend zurück in mein Hotel und hatte den Wunsch zu duschen. Die Klimaanlage war defekt, daher hatte ich das Fenster leicht geöffnet und ein erfrischender Windzug bewegte die Fenstergardinen. Meine Lederjacke, in der ich meine Geldbörse in einer Tasche mit Reißverschluss aufbewahrte, hängte ich über den Stuhl und warf die anderen Kleidungsstücke darüber. Ein fröhliches Lied trällernd, stieg ich in die Duschkabine und genoss den erfrischenden Wasserstrahl. In einer Gesangspause bildete ich mir ein das Knarren einer Türe zu hören, kam aber zu der Überzeugung, dass es meine Zimmertüre nicht sein konnte, da ich diese sorgfältig abgeschlossen hatte.

Nach dem Duschen kleidete ich mich zügig an, denn ich hatte Durst und wollte den Tag nachklingen lassen und ein kühles Bier in der Hotelbar trinken. Als ich meine Lederjacke anzog, merkte ich sofort, dass die Geldbörse fehlte, die ich immer in der rechten Brusttasche aufbewahrte. Es durchzuckte mich wie ein Blitz aus heiterem Himmel, in der Börse befanden sich neben dreihundert Euro Bargeld auch mein Personalausweis, die Kreditkarten, der Führerschein und die Krankenkassenkarte. Ich suchte das Zimmer ab und versuchte mich an jeden Handgriff zu erinnern, den ich vor dem Duschen gemacht hatte. Die Brieftasche blieb verschwunden. Verzweifelt öffnete ich das Fenster meines Zimmers im ersten Obergeschoss, einen fliehenden Dieb oder eine Leiter konnte ich nicht entdecken. Ich stürzte zur Rezeption, verlangte den Hotelmanager zu sprechen und erstattete Anzeige. Da die Zimmertüre unbeschädigt und verschlossen war, konnte der Dieb nur mit einem Nachschlüssel oder durch das geöffnete Fenster in mein Zimmer gelangt sein. Der Hotelmanager bedauerte den Vorfall, versuchte mich zu beruhigen und ließ das zuständige Zimmermädchen kommen. Er befragte sie mit strengen Worten, wann sie das letzte Mal mein Zimmer betreten hätte. Die dunkelhäutige Schönheit mit stark gelockten, schwarzen Haaren versicherte mit gesenktem Blick, dass sie nur zum Bettenmachen am Vormittag in meinem Zimmer gewesen sei und die letzten beiden Stunden mit ihrer Kollegin zusammen war, das könnte diese auch bezeugen. Die herbeigerufene Kollegin bestätigte durch ein scheues Nicken die Aussage des Zimmermädchens. Der Manager stellte seine Untersuchung ein mit der Feststellung, dass es keiner von seinen Mitarbeitern getan habe. Dann erzählte er mir von seinen Schwierigkeiten in Kenia qualifiziertes Hotelpersonal zu finden und riet mir Anzeige bei dem gegenüberliegenden Polizeirevier zu erstatten.

Ich stürzte in mein Zimmer zurück und machte mir Gedanken, wie meine Rückreise bewerkstelligt werden könnte. Den Reisepass und das Flugticket hatte ich in meinem Koffer aufbewahrt, eine Geldreserve von zweihundert Euro hatte ich in einem Geheimfach im Gürtel versteckt, den ich umgeschnallt hatte. Ich nahm alles an mich und lief zum Polizeirevier. Ein freundlicher Kenianer mit einer blitzenden Uniform empfing mich und begleitete mich in ein finsteres, fensterloses Nebenzimmer. Dort stand ein Tisch mit zwei Stühlen, von der Decke hing an einem Draht eine spärlich glimmende Glühbirne. Nach einer halben Stunde Wartezeit erschien ein beleibter Beamter im weißen Hemd, seine Uniform wurde nur durch eine Mütze angedeutet. Er hörte sich meine Klage geduldig an und erzählte von seinen fünf Kindern und dem Leben in Kenia, das von Jahr zu Jahr teurer werde, ohne dass die Beamtengehälter angehoben werden. Der Polizist fragte nach dem Tathergang und an der Stelle meines Berichts, dass mir mein gesamtes Bargeld gestohlen worden sei, rief er entgeistert: »Dann verfügen Sie jetzt über keine Geldmittel mehr? Das Schreiben von Protokollen macht sehr hungrig und ohne eine Einladung zum Essen kann ich keinen Bericht schreiben.« Mit entschlossener Geste klappte er seinen Ordner zu.

»Ich habe noch eine kleine Summe Bargeld aus dem Koffer retten können«, beruhigte ich ihn und steckte einen Zehneuroschein in seinen Ordner. Das Gesicht hellte sich wieder auf, er füllte seinen Vordruck sorgfältig aus, drückte zwei Stempel darauf, überreichte mir eine Ausfertigung mit den Worten: »Für Ihre Versicherung, die Untersuchung wird hiermit eingestellt.« Ich war verblüfft, und er verabschiedete sich mit einem herzlichen Händedruck.

Ich überdachte noch einmal die Situation und gelangte zu der Überzeugung, dass das herumdrucksende Zimmermädchen sich Zugang zu meinem Zimmer verschafft haben musste, um den Diebstahl ausführen zu können. Das Bestehlen von Touristen wurde hier offensichtlich als ein Kavaliersdelikt betrachtet, bei dem eine Strafverfolgung keine hohe Priorität hatte.

In der Nacht schlief ich unruhig. Ich träumte von einer riesigen Schlange, die mich umwickelt hatte und mir grinsend ihre Giftzähne zeigte. Ich wollte das Ungeheuer am Kopf packen, aber meine Hände rührten sich nicht. Trotz all meiner Anstrengungen war es mir nicht möglich, mich aus der Umklammerung zu befreien. Ich wachte schweißgebadet auf. Beim Duschen wagte ich nicht die Kabine zu schließen und behielt meine Lederjacke im Auge, wie ein Spieler, der die tanzende Roulettekugel beobachtet.

Als ich das Hotel verließ und zu meiner Taxe lief, sah ich zufällig das Zimmermädchen, das hartnäckig den Diebstahl abgestritten hatte. Sie hatte ihr schönes, gewelltes Haar glätten lassen, was aufwendig und teuer ist und bewegte sich beschwingt, wie ein Filmstar, der endlich die Hauptrolle spielen durfte. Ich dachte, das Streben nach entbehrlichem Konsum scheint nicht nur in der westlichen Welt ausgeprägt zu sein sondern auch auf dem afrikanischen Kontinent. Wäre meine Brieftasche von einem Bedürftigen in Not gestohlen worden, hätte der Diebstahl wenigstens einem hilfreichen Zweck gedient. Aber diese Zimmerhyäne ging allein für ihre Eitelkeit dieses hohe Risiko ein. Der Drang nach Konsum schien so ausgeprägt zu sein, dass sie bedenkenlos bereit war einen Anderen in eine Krise zu stürzen.

Die späte Begegnung
Nach einer Idee von Puck van Tol

Die Turmuhr schlug elf Mal, als ich, auf einen Stock gestützt, langsam über den Marktplatz ging und auf eine Bank unter der Platane zustrebte, meinem Lieblingsplatz. Heute war er von zwei Frauen besetzt, die sich angeregt unterhielten. Die Eine zog aus einer Plastiktüte eine Bluse hervor und betrachtete sie stolz, die Andere schaukelte einen Kinderwagen, aus dem ein Kind neugierig seine Umwelt betrachtete. Als ich endlich meine Bank erreicht hatte, breitete die Jüngere ihre Arme über die Lehne, als wollte sie klarmachen, dass diese Bank besetzt war: »Na, Alter, Pech gehabt!«

Die Ältere verpasste ihr einen Rippenstoß und schaute mich freundlich an: »Rück mal ein bisschen auf Renate, dann kann der Herr hier auch sitzen, das ist doch nicht zu viel verlangt, oder?«

Renate rutschte murrend und schaukelte den Kinderwagen etwas heftiger.

Die Ältere klopfte mit der Hand einladend auf die Banklehne und setzte ihre Plastiktüte auf den Boden: »Nehmen Sie in aller Ruhe Platz!«

Die beiden Frauen setzten ihre Unterhaltung fort, die mich nicht interessierte, aber trotz meiner Schwerhörigkeit drangen einige Fetzen des Gesprächs an mein Ohr. Eigentlich waren es Belanglosigkeiten, aber sie erinnerten mich an mein Leben bevor ich im Altersheim landete, und das war nun schon zehn Jahre her. Ich hatte plötzlich das Gefühl, dass ich meinem Alltag zu wenig Beachtung geschenkt hatte. Immer hatten die großen Ereignisse wie, Berufskarriere, Hauskauf und Politik meine Aufmerksamkeit gefangen gehalten. Für die einfachen Begebenheiten, eine laue Sommernacht, ein gutes Essen, ein Meinungsaustausch mit Freunden, hatte ich kaum Zeit gefunden. Gerade die einfachen Dinge, für die man nichts bezahlen musste, machten die glücklichen Momente im Leben aus.

Vor achtundfünfzig Jahren ist meine Ehe zerbrochen, vielleicht auch, weil ich mich mit voller Kraft auf die beruflichen Herausforderungen stürzte und meine Familie vernachlässigte. Meine beiden Kinder blieben bei meiner Ehefrau, die harte finanzielle Forderungen erstritten hatte, und ich hatte bei der fiesen Auseinandersetzung jede Achtung für die Mutter meiner Kinder verloren. Diese bittere Erfahrung hatte sicherlich mein Bild über die Frauen geprägt, ich hatte nie das Bedürfnis wieder zu heiraten. Besonders im hohen Alter vermisste ich die Zugehörigkeit zu einer Familie und sehnte mich nach Kindern und Enkelkindern, in meinem Seniorenheim begegneten mir senile, alte Menschen.

Die Ältere drehte sich keck zu mir um: »Schönes Wetter heute, was?«

»Das können Sie wohl sagen. Mir gefällt es mehr hier zu sitzen als im Altersheim und trocknem Sandkuchen zu knabbern, umgeben von steinalten Menschen. Entschuldigung, aber so ganz jung sind wir, ich meine Sie und ich, ja auch nicht mehr, ha, ha, ha.«

Die Jüngere schaukelte still ihren Kinderwagen und versuchte das nahegelegene Altersheim zu entdecken.

»Sind Sie aus dem Seniorenheim Abendsonne entflohen nur um nicht den Sandkuchen mit alten Leuten essen zu müssen?«, fragte die Ältere.

»Entflohen würde ich es nicht nennen, wir sind ja nicht eingesperrt, nur hilflos. Das Leben ohne die Anstalt könnte so schön sein, wenn man es zu genießen verstünde. Eptictetus sagte einmal: Wir sollten das Glück genießen, wenn wir es haben, wie die Früchte im Herbst.«

»Ja, ja«, stimmte mir die Ältere zu, »wir kämpfen zu viel und sind nicht bereit Dinge einfach hinzunehmen. Als ich feststellen musste, dass sich der Löwenzahn in meinem Garten nicht ausrotten ließ, habe ich mir eingeredet, dass auch der Löwenzahn ein Teil der Natur ist und genauso schön blüht wie Lilien oder Rosen.«

»Eine kluge Einstellung. Heute ist mein neunzigster Geburtstag, da würde ich mich über ein Sträußchen Löwenzahn mehr freuen als über die langweiligen Tulpen, die man mir ins Zimmer gestellt hat, zusammen mit diesem staubigen Sandkuchen. Der Höhepunkt war erreicht mit dem Absingen des Liedes: Wie schön, dass du geboren bist. Da bin ich einfach abgehauen.«

»Das wurde für Sie gesungen?«, schaltete sich die Jüngere ein und rümpfte ihre Nase.

»Da fühlt man sich hier unter der Platane wohler als zwischen runzligen Sängern«, zwinkerte mir die ältere Frau zu, »aber für ein Seniorenheim bin ich noch nicht alt genug. Meine Glückwünsche zu Ihrem runden Geburtstag, ich verspreche, dass ich Ihnen kein Ständchen singen werde.«

»Wie alt schätzen Sie meine Mutter?«, unterbrach die Jüngere plump.

»Es ist nicht meine Art über das Alter einer Dame zu reden, aber wenn Sie mich dazu auffordern, dann…«, ich drehe mich mühsam zu der Älteren um und fixiere sie, »bei solchen Schätzungen muss man sehr vorsichtig sein, man kann sich so leicht irren und dann ist die Hölle los.«

Die Mutter setzte sich in Positur, wie eine Schauspielerin bei einem Pressetermin und schenkte mir einen schalkhaften Blick.

Ich stotterte: »Sie müssen eine schöne Frau gewesen sein und haben sich mit schätzungsweise fünfundsiebzig Jahren noch recht wacker gehalten.«

Die Jüngere sprang auf: »Mama, wir gehen, Du solltest Dir solche Beleidigungen nicht gefallen lassen, fünfundsiebzig Jahre, sie war eine schöne Frau, Epidingsda… der Alte hat doch nicht mehr alle Tassen im Schrank«, hörte ich sie schnauben. Sie nahm ihre Mutter am Arm, griff sich mit der anderen Hand den Kinderwagen und entfernte sich entschlossen. Die Ältere drehte sich noch einmal um und lächelte. Das Kind begann zu plärren.

Als ich am nächsten Tag erwachte, wollte mir die ältere Frau nicht aus dem Sinn kommen. Ihre Stimme und ihr Lächeln kamen mir warmherzig und irgendwie vertraut vor. Ich suchte nach dem Frühstück wieder die Bank unter der Platane auf, war es eine vage Hoffnung sie wieder zu sehen, die meinen Schritt lenkte? Ich saß eine ganze Weile und dachte an die Begegnung von gestern und bemerkte nicht, dass sich jemand an das andere Ende der Bank gesetzt hatte, vielleicht war ich auch eingenickt.

»Na, hatten Sie gestern noch einen sandkuchenreichen Tag?«, stichelte eine vertraute Stimme, und ich schreckte hoch.

»Hallo, ich freue mich Sie wiederzusehen«, stammelte ich überrascht. Die Frau von gestern zog eine Schachtel mit der Aufschrift: Konditorei Feller, aus ihrer Tasche und überreichte mir eine Cremeschnitte und eine Serviette: »Heute müssen Sie keinen Sandkuchen essen.«

»Herrlich, woher wissen Sie, dass eine Cremeschnitte mein Lieblingskuchen ist?« Wir aßen gemeinsam die hervorgezauberten Köstlichkeiten.

»Dieses Meisterwerk eines Konditors passt besser zu Ihnen als der trockene Sandkuchen. Wie fühlt man sich denn so mit neunzig Jahren?«

»Wollen Sie eine ehrliche Antwort? Wie ein hässlicher, blinder, dreibeiniger Hund, der für niemanden mehr nützlich ist, und der versucht irgendwie den Tag totzuschlagen. War das im Kinderwagen Ihr Enkel?«, fragte ich um von einem leidigen Thema abzulenken. Dabei tropfte etwas Creme auf meine Hose, ich versuchte sie mit dem Taschentuch wegzuwischen, dabei vergrößerte sich der Fleck noch.

»Ja, ich bin Großmutter geworden. Haben Sie Enkelkinder?«

Ich zuckte die Schulter: »Ich weiß es nicht, ich kann es nicht ausschließen. Meine Ehe ist vor langer Zeit zerbrochen. Meine Frau verliebte sich in einen gutaussehenden Mann, oder besser gesagt in seinen Sportwagen. Sie ist mit meinen beiden Kindern zu ihm gezogen und hat vor Gericht behauptet, ich hätte Affären gehabt und hätte die Kinder misshandelt. Das war alles erlogen und erstunken! In solchen Situationen glauben die Gerichte mehr der Frau, sie bekam die Vormundschaft, ich durfte alles bezahlen. Mein Besuchsrecht hatte sie systematisch unterlaufen und die Kinder gegen mich aufgehetzt und dann hatte sie den Wohnort gewechselt. Ich habe seit vielen Jahren den Kontakt verloren, ich weiß nicht einmal, ob meine Kinder noch am Leben sind.«

»Da ist es mir besser ergangen, ich hatte eine glückliche Ehe, mein Mann ist vor zwei Jahren gestorben und ich vermisse ihn jeden Tag«, erzählte sie freimütig und wischte eine Träne fort.

»Hatten Sie eine glückliche Kindheit?«, forschte ich nach, um sie von dem Verlust ihres Mannes abzulenken.

»Ich habe an meinen Vater nur vage Erinnerungen, er war viel auf Reisen und hat mir nach jeder Reise ein Spielzeug mitgebracht. Er ist gestorben als ich fünf Jahre alt war. Die unterschiedlichen Freunde meiner Mutter habe ich nie als Väter anerkannt, ich bin vaterlos aufgewachsen.«

»Haben Sie darunter gelitten, war Ihre Mutter liebevoll, und lebt sie noch?«

»Ich habe meinen Vater sehr vermisst, alle anderen Kinder hatten einen Vater, ich nicht. Meine Mutter hatte ein starkes Eigenleben, aber sie hat für uns Kinder immer gesorgt. Sie ist neunundachtzig geworden und vor einem Jahr gestorben. Sie sehen die letzten Jahre sind vom Abschied gekennzeichnet. Es ist nicht zu übersehen, dass wir aus dieser Welt herauswachsen, es ist nicht mehr unsere Welt.«

An dem Jahrgang der Mutter wurde mir klar, dass ich gestern das Alter meiner Banknachbarin viel zu hoch geschätzt hatte: »Ich bedaure, dass ich bei meiner Schätzung Ihres Alters falsch lag, Ihre Mutter wäre nicht im gebärfähigen Lebensabschnitt gewesen. Ich schäme mich für meinen Irrtum. Meine Augen sind unzuverlässig, ich stufe jeden Menschen unter achtzig jung ein ohne sein richtiges Alter zu treffen.«

Wieder schenkte sie mir ihr warmherziges Lächeln: »Im Alter häufen sich Fehleinschätzungen, das nehme ich Ihnen nicht übel. Ich hatte Ihr Alter auf neunundachtzig geschätzt, das ist doch drollig.«

»Dieses kleine Kompliment nehme ich dankend an. Im Alter muss man lernen loszulassen, meine letzte Liebesnacht liegt schon viele Jahre zurück, vor zwanzig Jahren musste ich mit dem Tennisspielen aufhören, und seit zehn Jahren habe ich mich nicht mehr auf ein Fahrrad gesetzt, nur die Freuden am Wein und am Essen sind mir geblieben.«

Sie rückte etwas näher an mich heran, das gefiel mir, auch weil ich sie dann besser verstehen konnte: »Ich kenne ein gemütliches, italienisches Restaurant, ich möchte Sie zum Essen einladen.«

»Einer solchen Einladung von einer jungen Frau kann ich nicht widerstehen, nur kann ich nicht weit laufen.«

»Wir gehen an meiner Wohnung vorbei, die liegt auf dem Weg, dann kann ich den Fleck aus Ihrer Hose waschen und Sie wieder fit für ein Restaurant machen.« Sie reichte mir meinen Stock, half mir beim Aufstehen und hakte sich bei mir unter. Ihre Nähe war wohltuend, ich hatte das Gefühl sie sei mir lange vertraut. Auf dem Weg erzählte sie Episoden von ihrer Tochter, dem Schwiegersohn und dem Enkel, und ich spürte wie glücklich sie mit ihrer Familie war und die Wehmut über ihre eigene, vaterlose Kindheit. Die jüngere Frau an meiner Seite ging schneller als ich es gewohnt war, und ich versuchte, so gut es ging, meine Gebrechlichkeit zu kaschieren und mitzuhalten.

Sie holte einen Schlüssel aus ihrer Handtasche: »Die erste Etappe haben wir geschafft, hier wohne ich.«

Ich kramte meine Brille hervor und konnte auf dem Messingschildchen neben dem Eingang den Namen: Schenk, entziffern. Ich hoffte einen Hinweis auf ihre Herkunft zu erhalten und forschte neugierig nach: »Gehören Sie zu der berühmten Familie von Johann Schenk?«

»Ich habe von diesem Namen gehört, aber er gehört nicht zu unserer Familie.« Sie schloss auf und bat mich herein, »nehmen Sie Platz, ich bringe ihnen eine Hose meines verstorbenen Mannes, der hatte etwa Ihre Größe, dann kann ich Ihre Hose säubern.«

Die geliehene Hose passte mir zwar wie angegossen, aber ich fühlte mich fremd darin, wie ein Kind, dem gerade die Windeln gewechselt wurden. Während meine Gönnerin sich um meine Hose kümmerte, betrachtete ich mir das Wohnzimmer. Die einfache Einrichtung wurde von einer edlen Glasvitrine gekrönt, auf der einige eingerahmte Fotos standen. Bei einem der verblichenen Bilder glaubte ich eine entfernte Ähnlichkeit mit meiner früheren Frau erkennen zu können, und ich stellte das Foto erschrocken wieder zurück an seinen Platz. Eine Ahnung, die von einer gewissen Neugier beflügelt wurde, ließ mich erneut nach dem Foto greifen. Die Halskette, die nur unscharf zu erkennen war, erweckte verschollene Gedanken in mir.

Ich griff nach dem daneben stehenden Foto, auf dem die Gastgeberin als Kind mit Zöpfen zu erkennen war. Ich bildete mir plötzlich ein, diesen Roller, auf dem das Mädchen stand, schon einmal gesehen zu haben.

»Möchten Sie eine Tasse Kaffee?« Die Frage klang etwas gereizt, denn meine Wohltäterin hatte bemerkt, dass ich ungefragt die Fotos in die Hand genommen hatte. Ich versuchte meine dunklen Vermutungen etwas aufzuhellen: »Ich nehme gerne eine Tasse Kaffee. Bitte entschuldigen Sie, ich habe einen Blick auf Ihre Fotosammlung geworfen. Sind Sie gerne Roller gefahren?«

»Ich habe meinen Roller geliebt, einen Vater, der mir das gewünschte Fahrrad kaufen könnte, hatte ich nicht, und für die Freunde meiner Mutter war ich ein Störfaktor.«

Als sie mir die Kaffeetasse zuschob, bemerkte ich ihre vor Erregung zitternden Hände. »Bitte verraten Sie mir

Ihren Vornamen, danach wollte ich schon gestern fragen.«

»Ich heiße Hedwig, Hedwig Schenk, und wie ist Ihr Name?«

Ich vernahm ihre Antwort, die mich wie ein Blitz traf, und mein Stock glitt mir aus der Hand: »Bei der Eheschließung haben Sie den Familiennamen Ihres Mannes angenommen, wie war der ursprüngliche Name, Ihr Mädchenname?«

Hedwig zögerte einen Augenblick und sah mir verwundert in die Augen: »Soll das hier ein Verhör werden, sind Sie einem Mord auf der Spur? Mein Mädchenname war Gebauer.«

Mir lief ein kalter Schauer über den Rücken, ich konnte nur noch stotternd meine Fragen hervorbringen: »Haben Sie früher einmal in Potsdam gewohnt, und hat Ihre Mutter vor achtundfünfzig Jahren von dem unerwarteten Tod ihres Vaters berichtet?«

Sie blickte mich mit großen, misstrauischen Augen an: »Spionieren Sie mir nach? Ja, sie hat mir erzählt, dass mein Vater auf einer Geschäftsreise gestorben sei. Ich war todunglücklich, alle Kinder hatten einen Vater, nur ich nicht.«

Ich wollte ihr Misstrauen abbauen und fragte vorsichtig: »Wie geht es Wölfi, greift er immer noch nach der Haarspange seiner großen Schwester?«

Hedwig ließ ihre Kaffeetasse fallen, sie zerschellte auf dem Boden: »Wölfi geht es gut, aber wer sind Sie?«

Ich ging auf sie zu und nahm sie in die Arme, mit ihren zitternden Händen hatte sie keine Möglichkeit sich zu wehren: »Meine liebe Hedwig, ich bin Uwe Gebauer, der Vater, der wohl auferstanden sein muss aus einem Grab, das Deine Mutter ihm zugedacht hatte, um Dich wiederzufinden.«

Als ich fühlte, wie Hedwig meine Umarmung erwiderte, durchrieselte mich ein nie gekanntes Glücksgefühl. Ich hatte viele Jahre meine Familie schmerzlich vermisst und haderte mit meinem Schicksal und meiner Einsamkeit, und nun hatte ich sie unerwartet wiedergefunden. Der hässliche, blinde, dreibeinige Hund wurde übermutig und schwenkte selig seine Tochter im Kreis. Der absterbende Ast, auf dem ich saß, trieb plötzlich junge Hoffnungstriebe. Ich jubelte meine Begeisterung heraus: »Das Restaurant kann warten, ich möchte Deine zickige Tochter wiedersehen und meinen Urenkel in die Arme nehmen.«

Eine Bootfahrt mit Hindernissen

Am Himmel war kein Wölkchen zu entdecken, das Thermometer zeigte achtundzwanzig Grad an, es war fast windstill. Ich fühlte mich wohl und sagte mir, heute ist ein guter Tag für eine Fahrt mit dem Motorboot. Vor vielen Jahren hatte ich ein gebrauchtes Sportboot gekauft und es auf den Namen meiner Ehefrau Karin getauft. Es hat mir, und insbesondere den Kindern, viel Freude bereitet aber auch manche Panne beschert. Bei den ersten Fahrten wurde der stolze Kapitän nach halbstündiger Fahrt durch einen streikenden Motor erschreckt. Ich reinigte die Zündkerzen und dachte, als der Motor danach wieder funktionierte, der Defekt sei nun behoben. Wie ich bald feststellen musste, war während des Putzens der Zündkerzen die Zündspule abgekühlt, darum sprang der Motor wieder an. Die eigentliche Fehlerursache jedoch war eine überhitzte Zündspule und nicht verschmutzte Zündkerzen. Erst als ich die glorreiche Idee hatte die Position der Zündspüle vom heißen Motorblock an die kühle Bootswand zu verlegen, konnten auch längere Fahrten ohne Unterbrechung unternommen werden.

Während einer Fahrt nach Italien, in einem Straßentunnel, wurden die maroden Radlager des Anhängers so heiß, dass seine Walzen rotglühend aus der Halterung schossen, und den Tunnel erleuchteten, wie Feuerwerkskörper den nächtlichen Himmel. Mein damals achtjähriger Sohn, der hinten im Auto saß und das Schauspiel als Erster bemerkte, rief aufgeregt: »Papa, Du musst anhalten, der Anhänger feiert Sylvester.« Wir konnten damals unser Feriendomizil nur nach Inanspruchnahme von fachmännischer Hilfe erreichen.

Heute sind die Kinder außer Haus, mein Haar ist grau geworden und das Boot hat einen neuen Anstrich und einen neuen Zylinderkopf erhalten.

Ich zog die Karin aus der Garage, hängte den Bootsanhänger ans Auto und fuhr zu einer Slipstelle am Rhein. Diese Fahrt dauert in der Regel zwanzig Minuten, ich überlegte mir während der Fahrt welches Ziel ich heute mit dem Boot ansteuern sollte und entschied rheinaufwärts zu fahren. Meistens führten meine Fahrten rheinabwärts, in den nahegelegenen Wörther-Hafen, wo ich Anker warf und den Tag lesend, schwimmend, essend oder schlafend, verbrachte. Heute sollte es anders sein, ich wollte eine lange Bootfahrt unternehmen.

Vor der Brücke über den Rhein hatte sich ein kilometerlanger Stau gebildet, weil wieder einmal der Schutzanstrich der Brückentragseile erneuert werden musste, und die Fahrbahn auf zwei Spuren eingeengt wurde. Ich stand fast eine Stunde in der Schlange der Leidgeprüften. Das dämpfte meine Stimmung.

Endlich an der Slipstelle angekommen, konnte ich die Anstrengungen einiger Freizeitkapitäne beobachten, die ihr Boot zu Wasser lassen wollten und dabei ungewollt für Heiterkeit sorgten. Ganze Heerscharen von Hilfskräften wurden bemüht, die Halten, Schieben und Einweisen sollten, manche Ehe wurde hier auf eine harte Probe gestellt, bis es beim dritten Versuch endlich klappte. Ich musste mein Boot alleine zu Wasser bringen, weil sich in meinem fortgeschrittenen Alter selten jemand fand, der noch Freude am Wassersport hatte, und den Enkelkindern war es nur am Wochenende möglich, mitzukommen. Mit jahrelang eingeübten Handgriffen schwamm die einmannbediente Karin innerhalb von zehn Minuten im ersten Versuch, und dabei geriet meine Ehe nicht in Gefahr.

Der alte Volvo Bootsmotor war, wie früher auch die Autos, mit einem Vergaser ausgerüstet, bei dem Schwimmernadelventil oder Düsen verstopfen konnten. In diesem Fall musste man sich beim Starten in Geduld fassen oder den Werkzeugkasten hervorholen. Heute sprang der Motor auf Anhieb an, und nach einer Warmlaufrunde im Hafenbecken bahnte sich die Karin ihren Weg durch die Wellen des Rheins. In der Flussmitte ließ ich den Motor hochdrehen, das Boot hob sich aus dem Wasser, glitt über die Oberfläche und schlug, beim Überqueren der Wellen von anderen Schiffen, unsanft auf der Wasseroberfläche auf. Die Fahrt ging vorbei am Jachthafen, an dem Hafen von Karlsruhe mit seinem, neuerrichteten, rauchenden Kohlekraftwerk, vorbei an den unter Naturschutz stehenden Rheinauen, und an den Anglern und Radfahrern, die am Ufer zu sehen waren. Beim Kilometerstein dreihundertzweiundfünfzig erreichte ich das ehemalige Zollhaus bei Neuburgweier. Ab hier bildet die Rheinmitte die Grenze zwischen Deutschland und Frankreich, wer rechts flussaufwärts fährt, befindet sich im Ausland.

Der Rhein verursachte früher regelmäßig Überschwemmungen mit großen Schäden und wurde nach Plänen des Ingenieurs Tulla reguliert. Es wurden Schleusen und abwechselnd auf beiden Seiten Buhnen eingebaut, um die Strömungsgeschwindigkeit des Flusses zu vermindern. Sie werden durch rote und grüne Bojen markiert. Die sichere Fahrrinne befindet sich zwischen der roten und grünen Boje, wer sie auf der falschen Seite passiert, riskiert eine Grundberührung mit fatalen Folgen. Ich bin farbenblind, netter ausgedrückt farbschwach, ich kann aus der Entfernung die Farben rot und grün nicht auseinander halten. Bei Annäherung an die Boje lässt sich auf der roten ein Rhombus und auf der grünen ein Spitzkegel erkennen, durch diese segensreiche Ergänzung können auch Farbenblinde ihren Weg auf dem Rhein finden. Ich verspürte Lust ein Gläschen Wein zu trinken, einen elsässischen Flammkuchen zu essen und steuerte das Restaurant »Au Bord du Rhin« an.

Das Anlegemanöver war der schwierigste Teil der Bootsfahrt und wurde von Schaulustigen beobachtet und kommentiert. Ich war bestrebt ein gelungenes Manöver auszuführen und handelte nach den Regeln, die man beim Erwerb des Bootsscheines eingeübt hatte: Das Boot mit einem kleinen Schwung im Winkel von dreißig Grad in Richtung Steg gleiten lassen, Wind und Strömung beachten, kurz vor Erreichen des Steges das Ruder voll einschlagen und den Rückwärtsgang einlegen, dann wird das Heck zum Steg gedrückt, das Boot kommt parallel zum Steg zum Stehen. Beim Aussteigen sollte darauf geachtet werden, dass nicht ein Bein auf dem Boot steht und das andere auf den Steg. Das Schiff würde dann vom Steg abgedrückt und der stolze Seemann fiele ins Wasser. Ich war mit meinem Manöver zufrieden, setzte Fender und befestigte das Boot mit der Leine an einem Uferring. In der christlichen Seefahrt gilt noch der alte Grenzwert bei Alkohol von 1,3 Promille, sodass man, ohne ein schlechtes Gewissen, auch zwei Gläser Wein trinken kann.

Bei der Bestellung bemühte ich all meine Französischkenntnisse und war enttäuscht, wenn die

Kellnerin, wie so oft im Elsass, auf Deutsch antwortete, als wollte sie sagen: »Tu nicht so als seist Du ein Franzose.« Ich saß hier im Schatten der alten Bäume, ließ mich umschmeicheln von einem kühlenden Wind, beobachte die großen Schiffe, die mit Schrott, Kies oder Containern beladen waren und plauderte mit den französischen Nachbarn über die Segnungen der Europäischen Union.

Nach dem Restaurantbesuch steuerte ich die Karin weiter rheinaufwärts zur Staustufe bei Iffezheim. Deutschland und Frankreich haben nicht nur Krieg gegeneinander geführt sondern miteinander dieses gewaltige deutschfranzösische Bauwerk errichtet, das vor vierzig Jahren in Betrieb genommen wurde. Es besteht aus zwei Schleusenkammern, Wasserkraftwerk, Wehr und seit jüngster Zeit auch einem Fischpass. Die Anlage wurde für die gigantische Wasserführung von siebentausend Kubikmetern pro Sekunde ausgelegt. Man ist beeindruckt, wenn man von dem kleinen Boot zu dem fast fünfzehn Meter hohen Schleusentor emporschaut und hofft, dass es sich nicht ungewollt öffnen möge.

Sportboote mussten warten bis hinreichend Lastenschiffe die Schleusenkammer gefüllt hatten und durften sich dann kostenfrei hinzugesellen, aber das konnte dauern. Schon seit einer halben Stunde stand diese blöde Schleusenampel auf Rot und ich in der prallen Sonne. Als endlich Grün angezeigt wurde, schoben zunächst die Großschiffe in die Kammer und ich versuchte mit meinem Boot Anschluss zu halten, aber just als ich die Ampel passieren wollte, sprang das dumme Ding auf Rot. Ich dachte, der Schleusenwart hat wohl zu hektisch geschaltet und beschleunigte meine Fahrt, wie ein Autofahrer, der bei Gelb noch in die Kreuzung einfährt. Als ich damit beschäftigt war mir eine geeignete Bootsbefestigung in der Schleusenkammer zu suchen, dröhnte über gewaltige Lautsprecher eine Stimme, die vom Beckenrand widerhallte: »Das Sportboot sofort wieder raus!« So hatte ich mir als Kind die Stimme Gottes vorgestellt, wenn ich gesündigt hatte. Man zeigte mir mit unfreundlichen Worten, dass man mich hier nicht wollte. Sicherlich gab es für diesen Rausschmiss einen, für mich nicht erkennbaren, Grund, vielleicht weil eins der Schiffe Gefahrgut geladen hatte.

Ich war verstimmt und nicht geneigt erneut zu warten und beschloss diese ungastliche Schleuse zu verlassen um mir den Fischpass näher anzusehen. Fische haben die Neigung flussaufwärts zu schwimmen, um in seichten Quellgewässern zu laichen. Durch die Regulierung des Rheines sind Staustufen entstanden, die Fische auf ihrem Weg stromaufwärts nicht überwinden können. Eine internationale Konferenz zum Schutze des Rheines hatte sich das Ziel gesetzt, wieder den Lachs im Rhein anzusiedeln und den Fischen die Möglichkeit zu geben, in ihre Quellgewässer, an den Schleusen vorbei, durch diese neuangelegten Fischpässe zu gelangen. In einer Schleife von dreihundert Metern wurde ein Kanal mit zahlreichen Becken gebaut, der einem Wildbach nachempfunden war. Damit hatten die munteren Flussbewohner die Möglichkeit, gegen die Strömung, von Becken zu Becken zu springen und dabei die fünfzehn Meter Höhendifferenz der Schleuse zu überwinden. Es war beruhigend zu beobachten, dass es im Rhein noch zahlreiche Fische gab, die von dem großzügigen Angebot des Menschen Gebrauch machten. Wer jemals versucht hat gegen die Strömung zu paddeln, der weiß wie schweißtreibend ein solches Unterfangen ist. Die Rheinfische nehmen diese Strapazen auf sich, nur um ihren Nachkommen gute

Startchancen zu geben. Der Mensch nimmt sich das Recht heraus Rohstoffe zu verbrauchen und Lärm zu erzeugen, damit er ohne eigene Anstrengung, dafür mit Lust, der Strömung entgegenfahren kann.

Wenn die Schleuse nicht benutzt werden sollte, gab es nur die Möglichkeit rheinabwärts zu fahren. Ich ließ die Karin bei kleiner Drehzahl mit der Strömung treiben, das spart Kraftstoff und macht weniger Lärm. An einer breiten Stelle des Flusses machte ich sie am Pfosten in einer Bucht fest, das Boot schaukelte leicht in der Strömung. Ich spannte das Cabrioverdeck auf, dadurch konnte mein Boot vom Ufer aus nicht eingesehen werden. Die Sonne war angenehm auf der nackten Haut, ich legte alle Kleidungsstücke ab und streckte mich wohlig zu einem Mittagsschläfchen aus. Als ich vom Schlaf erwachte, war ich verschwitzt, ich hatte den Wunsch ein Bad zu nehmen. Ich sprang nackt, wie gewohnt, mit einem Kopfsprung ins Wasser. Vor meinem kühnen Sprung hatte ich nicht bedacht, dass die Strömungsgeschwindigkeit hier zwölf Kilometer pro Stunde betrug und ich keine Chance hatte, gegen die Strömung schwimmend, wieder in das Boot zu gelangen. Schicksalsergeben ließ ich mich mit der Strömung treiben, steuerte schwimmend das Ufer an und krabbelte über die scharfkantige Uferbefestigung an Land.

Als ich in Frankreich den Fluten entstieg, war ich wie mich die Schöpfung gemacht hatte und schämte mich meiner Nacktheit auf diesem öffentlich zugängigen Uferweg. Eilig rupfte ich einige Feldblumen, die jedoch meine Blöße nur unzureichend verdecken konnten und wollte soweit flussaufwärts laufen, bis ich mit der Strömung ans Boot schwimmen konnte. Auf dem Uferweg kam mir ein älteres Paar entgegen, und ich hatte den innigen Wunsch mich unsichtbar zu machen oder mich zu verstecken. Auf den kahlen Uferweg konnte ich kein Versteck finden und überlegte, ob ich mich zurück in die Fluten stürzen sollte. Wenn das Paar außer Sichtweite wäre, und ich erneut in Frankreich landen würde, stellte ich mir vor, könnte eine Schulklasse auftauchen und die Situation noch verschärfen. Die Uferböschung war steil und scharfkantig, die Wogen spritzten im hohen Bogen auf, wenn sie ans Ufer klatschten. Ich hatte den Eindruck in den aufgerissenen Rachen eines Krokodils steigen zu müssen. Ich entschied, auf diesen Einsatz zur Rettung der Ehre meines Vaterlands zu verzichten.

Der Zusammenprall der Nachbarnationen kam unaufhaltsam auf mich zu, die Französin trug einen langen Hosenanzug und einen Sonnenhut, der Franzose hatte, trotz der Hitze, ein Jackett an und eine Krawatte um. Ich blickte flehend zum Himmel, er möge mir, wenn schon nackt, für diese Begegnung die Gestalt einer jungen Frau verleihen, damit könnte ich wenigstens den männlichen Teil unseres Nachbarlandes erbauen. Als ich an mir herunter schaute, sah ich nur den alten Mann, der Himmel hatte mich nicht erhört. Ich ergab mich in mein Schicksal, drückte die Feldblumen fester auf mein schlenkerndes Männlein, zog den Bauch ein und nahm eine stramme Haltung ein.

»Bonjour«, grüßte ich beflissen. Vermutlich hatten sie nun erkannt, dass ich ein Deutscher war. Die Dame wendete schockiert den Blick ab, als sei ihr der leibhaftige Satan erschienen, der Mann schüttelte den Kopf, murmelte empört: »C'est impossible«, drehte sich im Vorbeigehen um und betrachtete voller Verachtung mein blankes Hinterteil. Es war zu befürchten, dass mein Auftritt bei dieser befreundeten Nation nicht zur Verbesserung des deutsch-französischen Verhältnisses beigetragen hatte.

Nach diesem unfreiwilligen Ausflug zog ich mir im Boot unverzüglich meine Badehose und ein Hemd an und trat die Rückfahrt an. An diesem Nachmittag war der Wind erschlafft und nur wenige Frachtschiffe unterwegs, der Rhein war glatt wie ein See, und die Karin glitt sanft, wie ein Schwan, über das Wasser, nur meine Bugwelle hinterließ eine Spur auf der Flussoberfläche. Die Gesichtshaut begann zu spannen, und ich hielt es für ratsam eine Sonnenschutzcreme aufzutragen. Während der zügigen Fahrt versuchte ich die Cremeflasche aus der Tasche zu kramen, sie fiel heraus und der Inhalt ergoss sich auf den Teppich. Ungeduldig versuchte ich sie wieder aufzurichten, das gelang erst im zweiten Versuch.

Als ich mich wieder aufrichtete, stellte ich mit Entsetzen fest, dass das Boot auf eine Buhne zufuhr. Der Schock fuhr mir wie ein Stromschlag in die Glieder, ich drosselte die Geschwindigkeit und riss das Ruder herum, aber es war zu spät. Die Karin hatte Grundberührung, ein knirschendes und rumpelndes Geräusch war zu hören, dass mir durch Mark und Bein ging. Der Scheerstift des Propellers war abgerissen, und das Boot war manövrierunfähig. Ich suchte eilig ein Paddel hervor, stellte den Motor ab und ließ die Karin treiben. Bis zum rettenden Hafen waren es noch etwa zwei Kilometer, das würde bei dieser Strömungsgeschwindigkeit zehn Minuten dauern, rechnete ich aus und hielt das Boot mit Hilfe des Paddels in der Flussmitte. Plötzlich erblickte ich vor mir ein Frachtschiff mit einem seitlich befestigten Lastenkahn, das mich an ein Motorrad mir Beiwagen erinnerte, und das von einem anderen Schiff überholt wurde. Das wird eng für ein manövrierunfähiges Sportboot zwischen zwei

Frachtschiffen, dachte ich, und versuchte das Boot zwischen zwei Buhnen zu lenken, wo die Strömung nur gering war. Mit kräftigen Paddelschlägen mal steuerbord und dann wieder backbord gelang diese Flucht in ruhiges Gewässer, und ich warf erleichtert den Anker. In meinem Werkzeugkasten befand sich ein Reservestift, und ich überlegte, ob es gelingen könnte, schwimmend den Scheerstift zu tauschen.

»Hat das Sportboot Probleme?«, riss mich eine weibliche Stimme über Megaphon aus meinen Überlegungen. Wie ein Seeungeheuer war das Polizeiboot vor der Buhne aufgetaucht, das unangenehme Erinnerungen in mir weckte. Bisher tauchte das Polizeiboot auf um Bußgelder zu kassieren. In der Vergangenheit habe ich bezahlen müssen für Fahren ohne Funkgerät bei Hochwasser oder Überschreiten des ausgewiesenen Bereichs mit Wasserskiern. Manchmal hatte ich den Verdacht, es stand nicht die Verbesserung der Sicherheit im Vordergrund, sondern die Erfüllung einer Fangquote und die Steigerung der staatlichen Einnahmen.

»Ich habe nur ein Problem, der Propeller ist defekt, das Boot ist manövrierunfähig«, antwortete ich der sportlichen Polizistin in ihrer schicken Uniform und machte mir wenig Hoffnung auf eine Lösung meines Problems durch das Seeungeheuer.

»Wo wollen Sie denn hin?«

»Zur Slipstelle bei der Rheinperle, etwa zwei Kilometer flussabwärts«, rief ich zurück und ein Hoffnungsschimmer flammte in mir auf.

»Lichten Sie den Anker, wir schleppen Sie ab«, ertönte die Stimme dieser Göttin. Das dicke Polizeiboot fuhr rückwärts zwischen die Buhnen, obwohl es hier gefährliche Untiefen gab, und ich hatte große Achtung vor dem

Manöver des Kapitäns. Meine Retterin warf mir ein Tau zu, mit dem ich die vordere Klampe belegte. Das blaue Ungeheuer erschien mir jetzt als rettender Engel, es wartete bis die Frachtschiffe passiert hatten, dann ging es in munterer Fahrt Richtung Hafen. Angler hegen traditionell wenig Sympathie für Sportboote, weil sie mit Motorlärm und Wellen die Fische vertreiben, und schon manche Angelleine vom Propeller eines Sportboots zerstückelt wurde. Bei den Anglern hier am Rheinufer konnte man wahre Heiterkeitsausbrüche beobachten, als sie mein stolzes Sportboot so hilflos im Schlepp der Polizei entdeckten.

Als das Polizeiboot mit seinem hilflosen Anhängsel schließlich im Zielhafen einlief, erhoben sich dort die Angler von ihren Klappstühlen und die Sonnenhungrigen von ihren Liegen und spendeten spontan stehenden Beifall, wie bei einer gelungenen Opernpremiere. Ich hatte mich auf die Zahlung einer Gebühr eingestellt und war überrascht, dass diese amtliche Rettungsaktion völlig kostenfrei war. Aber so einfach abgeschlossen war die Aktion damit noch nicht, es wurde ein ausführliches Protokoll angefertigt, zu dem fast alle Eintragungen in den Bootspapieren herangezogen wurden, und das mehrere Seiten umfasste. Hoffentlich konnte es dazu beitragen die Statistik der amtlichen Wohltaten zu bereichern. Die freundliche Polizistin und ihre beiden Kollegen arbeiteten an diesem Protokoll länger als an der Rettungsaktion. Als Krönung des amtlichen Formalismus musste ich eine Erklärung unterschreiben, dass ich mit meinem Boot, solange es defekt war, nicht auf dem Rhein zurückkehren werde. Ich unterschrieb gerne diesen erhellenden Hinweis, auf den wahrscheinlich ein Bootsführer nie von selbst gekommen wäre.

Beim Abdrehen des Polizeiboots, empfand ich Dankbarkeit und Sympathie für diese Besatzung, ich schwenkte das Paddel und rief ihnen den alten Polizeiwerbespruch hinterher: »Die Polizei, dein Freund und Helfer.«

Das erste Rendezvous

Nach einer Idee von Puck van Tol

Es war endlich so weit, ich feierte meinen achtzehnten Geburtstag, endlich war ich volljährig, befreit aus der Bevormundung meiner Eltern! Mutter, Vater und meine Schwester Hilde hatten mich heute früh mit einem Geburtstagsständchen überrascht und so diesem Tag einen würdigen Rahmen verliehen und ein Glücksgefühl in mir ausgelöst. All die gut gemeinten Geburtstagsglückwünsche waren mir lästig, ich hatte den Wunsch alleine zu sein und mich auf mein erstes Rendezvous vorzubereiten, das heute Abend stattfinden wird. Ich hatte mich schon oft mit Klassenkameraden zum Kinobesuch verabredet, aber der Höhepunkt meines Geburtstages wird das Treffen mit dem Mann meiner Träume sein, den ich zwar lange kannte, der mir aber nie als Verehrer begegnet war.

Ich öffnete den Bücherschrank in meinem Zimmer und holte aus dem obersten Regal, hinter Büchern versteckt, mein Tagebuch hervor. Auf Seite drei fand ich den Eintrag über meinen achten Geburtstag: Der freundliche Mann hat mir ein Herzchen aus Bleikristall an einem Silberkettchen geschenkt und mich: Mein liebes Kind, genannt. Meine Mutter ermahnte mich oft nie mit fremden Männern zu sprechen, geschweige denn mit ihnen mitzugehen, aber er ist viel netter als mein Vater, dem ich nichts recht machen kann. Ich treffe den freundlichen Mann gerne, notfalls heimlich, und sehe nicht ein, dass ich nicht mit ihm sprechen soll. Mutter ist wütend wegen des Herzchens, ich soll es wegschmeißen. Also habe ich habe es versteckt und schreibe nicht auf wo ich es versteckt habe, falls sie eines Tages mein Tagebuch lesen sollte.

Das war schon eine Ewigkeit her, und ich schaute mir einen mit roter Tinte geschriebenen Satz an: Heute ist mein Glückstag, Vater ist für einige Tage nach Frankreich gefahren, dann habe ich Ruhe vor ihm und kann mich entspannen. Gestern hat er mich wieder verprügelt, weil er der Auffassung ist, dass ich zu langsam esse, nur um ihn zu ärgern, aber ich kann wirklich nicht schneller essen. Immer, wenn er mit seinem Chef Probleme hat, müssen Mutter und ich es ausbaden, ich beziehe Prügel und Mutter kürzt er das Wirtschaftsgeld. Nur Hilde kriegt nichts ab, das finde ich ungerecht. Heulen hat gar keinen Zweck, es macht ihn nur noch wütender.

Ich blätterte schnell weiter, denn die Erinnerung an diese Zeit ängstigte mich noch heute. Überall fand ich Einträge über den freundlichen Mann: Er war gestern in der Schule, wir haben uns begrüßt und er hat sich nach meinen schulischen Leistungen und meinen Lieblingsfächern erkundigt. Er hat den seltsamen Jungen aus der Nebenklasse abgeholt, ich glaube er hieß Mongo, jedenfalls haben die anderen ihn so genannt.

Ich hatte Mongo lange nicht mehr gesehen und versuchte mich an ihn zu erinnern. Er war schlank und hatte eine römische Nase, genau wie ich, und er wollte immer den Clown spielen, entweder weil er doof war oder auffallen wollte. Ich konnte über seine Streiche nie lachen, ich empfand eher Mitleid mit ihm.

Heute endlich ist es so weit, ich wollte als aufblühende Frau im neuen Kleid meinem Traummann gegenüber stehen. Er sollte mich bewundern, »mein liebes Kind«, wird er unpassend finden und mich »meine geliebte Charlotte«, nennen. Er sollte mir süße Worte ins Ohr flüstern, mich in die Arme nehmen und küssen. Ich kicherte leise bei dieser Vorstellung, drückte mein Tagebuch fest an die Brust und drehte eine Pirouette.

Ja, ja, heute ist es so weit, schon in wenigen Stunden!

An jedem Geburtstag hatte mir der freundliche Mann ein Geschenk gemacht, meist Bücher, die er für mich ausgesucht hatte, und die ich vor Mutter verstecken musste. An meinem dreizehnten Geburtstag, pünktlich zur Essenszeit überraschte mich meine erste Menstruation. Ich wusste das hängt mit dem Eisprung zusammen, aber als Unmengen von Blut aus meiner empfindlichsten Stelle sich in mein Höschen ergossen, dachte ich, ich muss sterben. Erschrocken und weinend rannte ich zu meiner Mutter:»Ja, diese Schweinerei wirst Du jetzt alle vier Wochen erleben«, bemerkte sie knapp und reichte mir ein Päckchen Binden.

Am Nachmittag gingen Mutter und ich Einkaufen und wollten danach in die Konditorei Stella gehen. An einem Tisch saß der freundliche Mann mit Mongo und verzehrte genüsslich seinen Kuchen. Er sah mich mit überraschten Augen an, als hätte ich eine Metamorphose von einem Kind zu einer Frau gemacht. Es kann doch nicht sein, dass er bemerkt hat, was versteckt in meinem Schoß abläuft, dachte ich. Meine Mutter warf einen Blick in die Konditorei und machte auf dem Absatz kehrt:»Es stinkt hier nach angebranntem Essen«, erklärte sie erregt. Ich hatte das nicht bemerkt und wäre gerne eingekehrt.

Mein Klassenkamerad Fritz blickte mich in jeder Pause verliebt an und unterbreitete mir Vorschläge für gemeinsame Unternehmungen. Er schaute gut aus und meine Freundin Karla würde gern mit ihm ausgehen. Die Avancen eines stattlichen Jünglings schmeichelten mir, aber er interessierte mich nicht. Jungen in meinem Alter waren mir gleichgültig, sie kamen mir kindlich und unreif vor, ich fühlte mich nur von richtigen Männern angezogen, wie der freundliche Mann einer war.

Einige Zeit später hatte mich mein Vater wieder einmal verprügelt, ich habe vergessen warum. Er stieß mir seine Faust ins Gesicht und traf meine Wange, die sofort rot anlief, es tat höllisch weh, aber ich wollte nicht weinen. Ich setzte mich auf mein Fahrrad um diesem wütenden Tyrannen zu entfliehen. Erst als er außer Sichtweite war, ließ ich meinen Tränen freien Lauf. Meine Mutter musste auch gelegentlich eine Ohrfeige einstecken, aber jedes Mal hatte sie ihm wieder verziehen, weil sie ihm hörig war. Ich konnte das nicht verstehen und schämte mich für mein Geschlecht. Meine Flucht führte mich in den Park und da sah ich den freundlichen Mann auf einer Bank sitzen. Ich wischte mir so gut es ging die Tränen ab und setzte mich zu ihm.

»Mein liebes Mädel, hat dich ein leidenschaftlicher Verehrer so wild geküsst?«, begrüßte er mich spöttelnd. Ich schmunzelte und schüttelte den Kopf, ich wollte nicht von meinem Vater und seiner Neigung zur Gewalttätigkeit erzählen. Es war mir peinlich, und ich wollte nicht als widerspenstige Tochter dastehen und ließ seine Frage unbeantwortet. Er strich über mein Haar, erkundigte sich nach meinen beruflichen Plänen und fragte, ob mich ein Philosophiestudium interessieren könnte. Mein Vater beabsichtigte mich zur weiteren Ausbildung in eine Hauswirtschaftsschule zu stecken mit der Bemerkung: Du bist ein Mädchen, ich schmeiße mein Geld nicht zum Fenster raus für ein unnützes Studium. Du wirst irgendwann heiraten. Ich bin ohne seine Zustimmung auf das Gymnasium gegangen, wozu mich der freundliche Mann ermutigt hatte. Meine Mutter hatte mir dabei geholfen, die, genau wie ich, unter den Zornesausbrüchen des Tyrannen zu leiden hatte. Ich folgte lieber dem Rat des Mannes, der freundlich zu mir war, und der bisher nur Gutes für mich getan hatte. Die Bücher über Philosophie, die er mir geschenkt hatte, habe ich verschlungen, wie Kriminalromane. Wenn wir uns über Philosophie unterhielten, zeigte er mir Zusammenhänge auf, die ich in den Büchern noch nicht entdeckt hatte. »Wenn Du volljährig bist, werde ich Dir ein Geschenk machen, nur sprich jetzt mit niemanden darüber«, hatte er angedeutet, und ich malte mir mögliche Varianten dieses Geschenkes vor dem Einschlafen aus.

Das erste Jahr im Gymnasium war schwer für mich, es kam eine zweite Fremdsprache hinzu und der umfangreiche Stoff wurde im zügigen Tempo durchgezogen. Ich musste mich in eine neue Klassengemeinschaft einfügen, in der meine neuen Klassenkameraden sich als die Elite der Gesellschaft fühlten, was sie auch zu demonstrieren versuchten. Mein Vater durfte nichts von meinem Gymnasiumbesuch erfahren, und ich musste mir meinen Platz in der Klassengemeinschaft erkämpfen. Karla war die einzige, die ich aus der alten Klasse noch kannte, aber sie hatte mich bald auf schmerzliche Weise enttäuscht. Ich hatte bemerkt, dass sie für Fritz schwärmte, der jedoch nur Augen für mich hatte. Als wir zusammen in die Sauna gingen, hat sie heimlich mit ihrem Smartphone einige Nacktfotos von mir gemacht und ins Internet gestellt mit dem Spruch: Wer will Charlotte, sie hat keinen Arsch, kein Tittchen und sieht aus wie Schneewittchen. Jeder in der Klasse hat sich die Fotos heruntergeladen, und viele fanden ihren Spruch lustig. Ich hatte das Gefühl in den Boden versinken zu müssen, bekam Hautausschlag und konnte einige Tage nicht zur Schule gehen. Jeden Morgen, wenn ich die Klasse betrat, kam ich mir nackt vor wie ein Schaf, das geschoren wurde und von zähnefletschenden Wölfen belauert wird. Der freundliche Mann hat mich getröstet: Jede Krise birgt auch eine Chance in sich. Er hat recht behalten, ich habe all meine Kraft auf das Lernen konzentriert und wurde bald Klassenbeste, mit der sich jeder gutstellen wollte.

Heute endlich ist es wahr geworden, ich bin volljährig, volljährig!

Ich werde meinen edlen Ritter treffen, und er wird mir das versprochene Geschenk machen. Vielleicht ist es ein Heiratsantrag. Ich überlegte, mit welchen Worten ich meine begeisterte Zustimmung zum Ausdruck bringen könnte. In vier Stunden werde ich es wissen. Ich tanzte zu meinem Schreibtisch und holte aus der hintersten Ecke der Schublade die kleine Streichholzschachtel hervor, in der ich das Kristallherzchen aufbewahrte. Ich küsste es inbrünstig, legte mir die Kette an und betrachtete mich im Spiegel.

Von unten rief meine Mutter: »Hilf mir Charlotte, Oma und Tante Elli sind gerade angekommen, ich habe in der Küche zu tun, der Tisch muss noch gedeckt werden. Nimm das gute Geschirr für sechs Personen und den silbernen Kerzenleuchter!«

»Ja, Mutter ich komme«, antwortete ich brav und dachte, warum kann das an meinem Geburtstag nicht Hilde machen? Nur ungerne ließ ich mich aus meinen Träumen reißen, aber ich begrüßte höflich die Verwandtschaft, nahm mit gespielter Dankbarkeit die Glückwünsche und Geschenke entgegen, aber ich konnte immer nur an mein erstes Rendezvous und das geheimnisumwitterte Geschenk denken.

Mutter hatte einen Schweinebraten mit Rotkohl und Klößen gemacht, weil das für sechs Personen leicht zuzubereiten war, und Vater für dieses Gericht schwärmte. Als sie das Herzchen auf meinem Ausschnitt entdeckte, bestrafte sie mich mit einem tadelnden Blick. Ich esse ungerne Schweinefleisch weil es kalorienhaltig ist, mir wäre Hühnchen lieber gewesen. Ich hatte keinen Appetit und stocherte lieblos auf meinem Teller herum, würgte mir einige Bissen runter, damit Vater keinen Grund finden konnte, sich aufzuregen und zog mich schnellst möglich in mein Zimmer zurück.

Vielleicht war das neue Kleid mit dem langen Schlitz zu sehr ausgeschnitten für mein erstes Rendezvous, ich sollte ein bewährtes, biederes Kleid wählen, dachte ich und bat Hilde um ihren Rat. Ich erzählte ihr von dem geplanten Treffen mit meinem Traummann und verlangte von ihr strickte Geheimhaltung, sie platzte vor Neugierde. Vor dem Spiegel hielt ich einige Kleider an mich. Hilda versprach mir hoch und heilig, dass sie schweigen kann und fand das neue Kleid umwerfend. Meine Neuerwerbung war schnell angezogen, Netzstrümpfe dazu, und Hilda lieh mir ihre hochhackigen, roten Lackschuhe. Der Schlitz vom Kleid war so lang, dass man den Ansatz der Strümpfe sehen konnte, das empfand ich als ordinär, eine Strumpfhose musste her: »Na, wie sehe ich aus?«

»Wie Helena, als sie von Paris entführt wurde«, kicherte meine Schwester, die nun meine Komplizin war. Ich wollte gut riechen und stieg in die Badewanne, rubbelte mich kräftig ab und betrachtete meinen Körper im Spiegel. Ich glitt mit den Händen über meine Hüften, die seit dem Skandalfoto runder geworden waren und betastete meine Brüste. Sie waren klein aber fest und rund, ich war zufrieden. Der freundliche Mann sollte mich zur Frau machen, alles wollte ich ihm schenken, wenn er mich will, und ich wollte ihm gefallen! Ich musste heute unbedingt seinen Namen erfahren, er hatte sich bisher immer bedeckt gehalten.

Ich war verliebt und könnte vor Glut zerspringen. Noch eine Stunde und er wird mein sein!

Das Rauschen des Föhns riss mich aus meinen Träumen, meine langen Haare sollten locker fallen, wenn er sie liebkoste. Sollte ich Makeup auflegen? Hildas Schuhe drückten ein wenig und waren zum Radeln ungeeignet, aber bis zu unserer Bank im Park wollte ich es schaffen. Ich warf mir die Lederjacke über und schlich die Treppe hinunter, holte mein Fahrrad aus der Garage und radelte los.

Vater rief mir hinterher: »Wohin gehst Du?«

Es war ein befreiendes Gefühl volljährig zu sein, ich winkte freundlich und ließ seine Frage unbeantwortet, radelte singend weiter und dachte, du kannst mich mal kreuzweise. Die Sonne stand schon dicht über dem Horizont und warf lange Schatten, ein lauer Wind umschmeichelte meine Haut, die Vögel stimmten ihr Abendlied an, ich wollte die ganze Welt umarmen und ich trat kräftiger in die Pedale um die schicksalhafte Parkbank schneller erreichen zu können. Der freundliche Mann wartete schon auf mich, er stand auf und küsste brav meine Wange: »Herzlichen Glückwunsch zu Deinem Geburtstag, endlich bist Du volljährig, mein liebes Mädchen.«

»Ja, ja, endlich«, murmelte ich und ein Gefühl der Enttäuschung machte sich breit. Hatte er mein neues Kleid nicht bemerkt, das nicht zu einem »lieben Mädchen« passte, war das die Begrüßung eines feurigen Verehrers? »Ich bin auch mit dem Fahrrad gekommen, ich schlage vor, wir radeln nach Hause. Mein Haus ist nicht weit. Ich habe Dir so viel zu erklären.«

Warum nahm mein Ritter mich nicht in den Arm, warum entführte er mich nicht an einem romantischen Platz, was gab es bei der Liebe zu erklären, fragte ich mich verzweifelt. Süße Worte wollte ich hören, seine Berührung fühlen und seine Leidenschaft spüren, stattdessen schlug er mir ein Gespräch auf seiner spießigen Wohnzimmercouch vor. Meine Euphorie schlug in Panik um, wozu wollte er mich in sein Haus locken, warum hielt er sich bedeckt, was wusste ich überhaupt von diesem Mann, war seine Freundlichkeit nur die Vorbereitung für meine Vergewaltigung? Man liest gelegentlich von vergewaltigten Frauen, die tot im Wald gefunden werden, war ich jetzt an der Reihe ein Opfer zu werden? Ich hätte auf Mutters Warnungen hören sollen, warum müssen die Erwachsenen oft Recht behalten? Mein Wunsch war es sofort zurück zu radeln, und ich fragte ihn ungehalten: »Wie heißen Sie überhaupt?«

Er antwortete freundlich: »Meine Eltern haben mir den Namen Karl-Heinz gegeben, die Vornamen meiner beiden Großväter.«

»Und wie weiter, bitteschön, Sie Versteckspieler?«

Er radelte weiter und hielt vor einer imposanten Villa mit Park und hohen Fenstern. Der feine Kies knirschte auf dem Weg, auf dem wir unsere Fahrräder zu dem geschnitzten Eingangsportal schoben. Auf dem Bogen über der Eingangstür stand in Stein gemeißelt: Villa Sonnenfeld.

»Dort kannst Du meinen Familiennamen lesen«, sagte er lächelnd und stellte sein Fahrrad ab. Ein Hund lief kläffend und schwanzwedelnd auf ihn zu, sprang an ihm hoch und ließ sich streicheln.

»Der Hund heißt Haras, hast Du Angst vor Hunden?«

»Ich mag Hunde sehr, ihre Freundschaft ist beständiger als die der Menschen, ich hätte als Kind gerne einen Hund gehabt.« Meine Panik klang ab, seine Art und das Ambiente hier deuteten nicht auf eine geplante Gewalttat hin aber auch nicht auf einen romantischen Abend. Der erhoffte Heiratsantrag würde sich wohl in den Sternen auflösen. Die Tür öffnete sich und eine Frau in seinem Alter begrüßte uns freundlich: »Hallo, schön, dass ich Dich kennenlernen kann, Karl-Heinz hat mir viel von Dir erzählt, ich heiße Petra.«

Petra ergriff meine Hand und führte mich über das Wohnzimmer auf eine große, halbrunde Terrasse mit einem Blick auf einen finsteren Park und die gespenstige, untergehende Sonne. Die knorrigen Äste der alten Bäume schienen nach mir greifen zu wollen, und die Fontaine, die aus dem Springbrunnen schoss, sah aus wie eine Lanze, die mich treffen könnte.

»Unser Sohn kommt noch hinzu, was kann ich Dir zu trinken anbieten?«

Meine Füße schmerzten, weil die Schuhe zu eng waren, und ich hatte das Gefühl in dem falschen Film gelandet zu sein. Was wollte diese Frau von mir, sollte ich mit ihrem Sohn verkuppelt werden, und wo blieb Karl-Heinz, fragte ich mich verzweifelt und ließ mich wie betäubt in einen Gartensessel fallen.

»Schön Euch beieinander zu sehen. Zur Feier des Tages habe ich Champagner geholt.« Karl-Heinz stellte vier

Gläser auf den Tisch und füllte sie übermütig, so dass sie überschäumten: »Ach, da kommt ja Richard.«

Ich dachte mich trifft der Schlag, über die Terrasse kam Mongo auf mich zu, reichte mir seine Hand und verbeugte sich ungeschickt. Ich erhob mich verblüfft und reichte ihm meine Hand, die er lange und übertrieben schüttelte.

»Das ist die Charlotte von der wir oft erzählt haben, und das ist unser Sohn Richard«, stellte uns Petra vor.

»Weiß ich doch, wir waren in derselben Schule, nur zwei Klassen auseinander.«

Der Hausherr reichte jedem ein Glas und strahlte als hätte er selbst Geburtstag, er stieß mit mir an: »Meine liebe Charlotte, endlich kann ich Dich in meinem Haus begrüßen, wie schön, dass Du geboren bist und es Dich gibt, auch wenn ich leidvolle sechzehn Jahre auf diesen Moment warten musste. Du bist meine geliebte, leibliche Tochter und Richard ist Dein Bruder. Deine Mutter und ich haben uns nach der Geburt von Richard getrennt. Der Mann mit dem Deine Mutter zusammenlebt, ist Dein Stiefvater, und ich könnte nicht sagen, dass ich von ihm begeistert wäre.«

Ich merkte wie meine Knie weich wurden, suchte Halt an der Lehne, ließ mich kraftlos in den Gartensessel fallen und rang nach Luft: »Und wer ist Hilde?«

»Hilde ist Deine Halbschwester, sie ist die Tochter Deiner Mutter und Deines Stiefvaters.«

Das Bild meines Geliebten zerschmolz, wie Schnee in der Frühlingssonne, ich fühlte, dass sein Blick auf mir ruhte, aber ich konnte ihn nicht ansehen und starrte den Boden an. Es dauerte einen Moment, bis diese Wendung in meinem Kopf angekommen war, das mein Weltbild umkrempelte. Eigentlich freute ich mich darüber, dass ich nicht die Gene meines Stiefvaters in mir trug, den ich fürchtete aber wenig achtete. Noch vor einer Stunde wollte ich mich ihm hingeben! Wie grottenfalsch hatte ich seine väterliche Zuneigung interpretiert, ich alberner, verliebter Teenager.

»Bei der Scheidung musste ich zusichern mich fern von Dir zu halten, bis zu Deiner Volljährigkeit. Glücklicherweise wollte Dein Stiefvater unseren Richard nicht annehmen, daher konnte wenigstens er in unserem Haus aufwachsen. Für mich war es eine schwere Bürde mein Kind all die Jahre nur aus der Ferne beobachten zu dürfen. Heute endlich ist Dein achtzehnter Geburtstag, und Du bist hier!«

»Ich kann keine eigenen Kinder bekommen und bin sehr glücklich über die Kinder meines Mannes, die ich wie eigene betrachte«, schaltete sich Petra mit verblüffender Offenheit ein. Richard blickte mich genauso verdutzt an, wie ich ihn, offensichtlich war das alles auch neu für ihn: »Ich wollte schon immer eine große Schwester haben, nur sollte sie nicht so aufgedonnert sein, wie Du.«

Ich trank in einem Zug meinen Champagner aus, der im Mund schäumte und mich berauschte. Langsam fasste ich mich und sah Karl-Heinz an, er füllte mein Glas erneut und legte seine Hand auf meine Schulter: »Ein Studium der Philosophie, willst Du das noch?«

»Mir hat er auch philosophische Bücher geschenkt weil er das an der Uni selbst lehrt. Ich möchte lieber einen technischen Beruf ausüben, Du bist jetzt seine ganze Hoffnung«, flüsterte Richard mir ins Ohr, als seien wir langjährige Kumpels.

»Wir würden uns darüber freuen und gerne die Kosten Deines Philosophiestudiums übernehmen«, schaltete sich Petra ein.

Ich hatte meinen Geliebten verloren dafür einen liebevollen Vater gefunden, der offensichtlich in gesegneten finanziellen Verhältnissen lebte und mit Petra und Richard harmonisch verbunden war. In unserem Haus herrschte Krach, Gewalt und Kargheit, die Villa Sonnenfeld erschien mir jetzt wie ein Hort des Glücks und die Fontaine des Springbrunnens mutierte von einer bedrohlichen Lanze zu einem silbern glänzenden Wasserstrahl in der Abendsonne.

»Ja, ich will«, sagte ich wie bei einer Trauungszeremonie, Petra hatte Tränen in den Augen und Richard kicherte ungeniert. Mein neuentdeckter Vater nahm mich in seine Arme, diese Umarmung war anders, als ich sie mir vor einer Stunde noch vorgestellt hatte. Ich drückte ihn fest an mich und empfand Geborgenheit und Vaterliebe. All meine dunklen Befürchtungen waren verflogen, wie die Wolken eines Gewitters, die Regen gespendet hatten und abgezogen sind.

Die Rückkehr des Traumprinzen

Der Tag begann romantisch, mein Mann und meine Tochter hatten sich mit Kerzen vor meinem Bett aufgebaut, sangen mir ein Ständchen und gratulierten mir zu meinem fünfunddreißigsten Geburtstag. Es war schwer mich mit einem Geschenk zu überraschen, alles, was ich mir wünschte, konnte ich mir kaufen. Meine Lieben hatten Karten für einen gemeinsamen Besuch der Festspiele in Bayreuth beschafft, obwohl das Anhören einer Fünfstundenoper für Roland ein echtes Opfer darstellte. Ich fand diese Geschenkidee gelungen und freute mich auf die Musik, auf mein neues Kleid und die zur Schau gestellte Garderobe bei diesem Ereignis. Ich ließ meine Gedanken schweifen, mit fünfunddreißig hieß es Abschied nehmen vom Bild der jungen Frau. Die ersten grauen Haare zeigten sich, die ich unbarmherzig ausriss, mein Popo wurde runder, der Busen flacher, und meine Gesichtsfalten waren mit Creme nicht mehr zu kaschieren. Insgesamt war ich jedoch zufrieden mit mir und meinem Leben.

Das war nicht immer so. Ich kam mit sechzehn Jahren nach der Wende aus Dresden nach Bayern, ohne eine Berufsausbildung. Ich war geblendet von dem westlichen Warenangebot in den Kaufhäusern und den Gehältern, die gezahlt wurden. Das Geld rieselt vom Himmel, dachte ich und stellte schnell fest, diese Vermutung gilt nicht für Frauen ohne jede berufliche Qualifikation. Neugierig auf das Leben, verliebte ich mich in meinen Traumprinzen, der jedoch auch anderen Frauen gefiel. Er kam oft nicht alleine in unser Stammlokal, ich war besorgt und habe geheult, und er hat gelacht. Eines Morgens war Jürgen verschwunden, so wie der Sonnenschein, der vor einem herannahenden Gewitter hinter den Wolken verschwindet, und der mich verzweifelt zurückließ. Mir war es nicht möglich meinen sächsischen Akzent abzulegen, ich wurde als Ossibraut gemobbt, die Welt hier schien mir aufgeblasen und verlogen, und ich hatte Sehnsucht nach Dresden.

Nach vielen gescheiterten Versuchen fand ich eine Lehrstelle als Kauffrau in einem neugegründeten Autohaus. Ich merkte bald, dass diese junge Firma auf wackligen Füssen stand, das war mir egal, ich wollte unbedingt einen Ausbildungsplatz. Der Firmengründer verfügte über wenig Eigenkapital und seine Erfahrungen als Geschäftsführer waren bescheiden, und die Konkurrenz am Ort war groß. Die erste Krise ließ nicht lange auf sich warten, die Heizung fiel mitten im Winter aus, der herbeigerufene Monteur stellte spöttelnd fest, dass die Heizung keinen Defekt hatte aber der Tank leer war, der erst vor zwei Monaten mit zwanzigtausend Litern Heizöl vollgetankt wurde. Wir hatten in nur zwei Monaten eine Tankfüllung verfeuert, kauften eine kleine Menge Heizöl nach, drehten sofort die Thermostatventile herunter und froren im Büro und im Ausstellungsraum mit der großen Glasfront.

Die Bank hatte dem Autohaus eine Kreditlinie von hunderttausend DM eingeräumt, jeweils am Monatsanfang waren die Gehälter und die Pacht fällig und das Konto stand dann oft kurz unter seinem Limit. Für die Zulassung eines Neufahrzeugs war der Kraftfahrzeugbrief erforderlich, der bei der Bank hinterlegt war und nur gegen Bezahlung ausgelöst werden konnte. Das Konto war dann überzogen, aber ohne Fahrzeugbrief war kein Verkauf möglich. Der Filialleiter unserer Bank hatte ein

Auge auf mich geworfen, daher schickte mich der Chef zur Auslösung der Kraftfahrzeugbriefe zur Bank. Ich musste dem Filialleiter schöne Augen machen und ihm versprechen, nach Erhalt der Bezahlung durch den Kunden, das Geld sofort bei der Bank einzuzahlen. So rettete sich das Autohaus von Monat zu Monat über die Runden. Mir machte die Arbeit dort Spaß, ich kümmerte mich um die Buchhaltung und den Ersatzteilverkauf und der Chef um die Werkstatt und den Fahrzeugverkauf. Wir stellten schnell fest, dass der Fahrzeughandel wenig lukrativ war, die Kunden erwarteten vom Handel Rabatte, die über unserer Marge lagen oder drehten uns ein überteuertes Gebrauchtfahrzeug an. Nur die Werkstatt und der Ersatzteilverkauf erzielten bescheidene Gewinne. Den großen Gewinn erzielte der Fahrzeughersteller! Wir wurden wie Leibeigne behandelt, mussten teuer die Verschleißteile über den Hersteller einkaufen und er nahm Einfluss auf unsere Disposition der Ausstellungs- und Vorführwagen. Auf diese Weise gelangte manch ungeliebter Ladenhüter in unserem Ausstellungsraum.

Bei der gemeinsamen Lösung der Probleme lernte ich den Inhaber Roland besser kennen, und als sich meine Tochter Barbara ankündigte, stellte er mir einen Heiratsantrag. Ich zögerte weil ich ihn als geldgierigen Spießer empfand, er fünfzehn Jahre älter war und für mich nur eine Liebe aus zweiter Hand. In mir schlummerte die vage Hoffnung meiner ersten großen Liebe Jürgen wieder zu begegnen. Ich lebte mit Roland ohnehin wie Mann und Frau zusammen, das Kind sollte nicht unehelich geboren werden, und eine Ehe versprach Absicherung und finanzielle Vorteile. Also ließen wir die Kirchenglocken läuten.

Barbara war inzwischen sechzehn Jahre alt, ein ver-
wöhntes Einzelkind, vielleicht, weil wir uns durch die
Arbeit im Autohaus zu wenig um sie kümmern konnten.
Sie war faul, aufsässig und zupfte hingebungsvoll an Gi-
tarrenseiten, ohne dass eine Melodie erkennbar war.
Wenn ich mit ihr reden wollte, musste ich sie auf dem
Smartphone anrufen, an dem sie unablässig herumhan-
tierte. Sie watschelte umher wie ein aufgedonnerter Pfau,
mit gefärbten Haaren und wickelte Roland um den Finger, dabei war es fraglich, ob sie den Realschulabschluss
schaffen würde. Meine Tochter benutzte ungefragt meine
Kleider und Schuhe und versuchte mir klarzumachen,
dass sie, im Gegensatz zu mir, jeden Mann aus unserem
Bekanntenkreis haben könnte, diese junge aber unfertige
Konkurrentin.

Zu meiner Geburtstagsfeier waren Freunde, die Inhaber
der Autohäuser und unser Bürgermeister gekommen, es
wurden Reden gehalten, viel getrunken und getanzt. Als
sich ein weiterer Gast anmeldete, ging ich gut gelaunt zu
Tür. Beim Öffnen traf es mich wie ein Blitz, der in unser
Haus einschlägt. Gutaussehend und braungebrannt stand
Jürgen mit einem riesigen Blumenstrauß vor der Tür und
gratulierte mir charmant zum Geburtstag, als hätten wir
uns gestern erst gesehen.

»Ich kann nicht, wir haben Gäste, ich komme morgen
um achtzehn Uhr in die Eule«, stammelte ich, nahm die
Blumen und schob ihn aus der Tür.

»Wer war das denn?«, wollte Roland wissen.

»Ein Blumenstrauß von unserem Lieferanten wurde abgegeben«, schwindelte ich mit aufgesetztem Lächeln, nur
meine Tochter durchschaute sofort meine Lüge und warf
mir einen strafenden Blick zu, als sei sie die Erziehungs-
berechtigte. Erinnerungen wurden wach, ich zitterte am

ganzen Körper und musste mich in die Küche zurückziehen.

Die Eule war früher unser Stammlokal, als ich dort ankam, schwenkte Jürgen ein Glas Rotwein und lächelte mich mit seinem unwiderstehlichen Blick an: »Carmen, Du bist meine Traumfrau und noch genau so anziehend, wie damals. Ich hätte nie weggehen dürfen, aber ich hatte keine Wahl. Ich bin so glücklich Dich wiedergefunden zu haben.«

Ich bestellte mir einen trocknen Weißburgunder, verschränkte die Arme und lehnte mich abwartend zurück.

»Die Russenmafia war hinter mir her, ich musste abhauen ohne eine Spur zu hinterlassen. Die hätten Hackfleisch aus mir gemacht und auch Dich nicht verschont. Ich konnte Dich nicht vergessen und in vielen Nächten überkam mich die Sehnsucht nach Dir. Wenn ich mit einer anderen Frau zusammen war, habe ich sie immer mit Dir verglichen, aber keine reicht an Dich heran.«

»Ich glaube Dir kein Wort und kenne Deinen Hang zum Übertreiben. In sechzehn Jahren war es Dir nicht möglich von einer Telefonzelle mich anzurufen? Die Russenmafia muss einen langen Atem haben und wird wohl einen Grund haben, wenn sie hinter Dir her ist.«

Er beschwor mich und packte mich so fest am Arm, dass es schmerzte. Da erinnerte ich mich, dass er auch damals einen Hang zu Gewalttätigkeiten hatte: »Meine Flucht hatte mir nicht geholfen und ich landete im Gefängnis, aber selbst da war man vor diesem Gesindel nicht sicher.«

»Du tust mir weh, lass meinen Arm los! Es war damals sehr schmerzlich für mich, ich fühlte mich verlassen, einsam, betrogen von Dir und hatte wenig Lebensmut.«

Jürgen ließ meinen Arm los und setzte wieder seinen Charme ein: »Ich war damals sehr jung, sicherlich würde ich mich heute anders verhalten. Ich will jetzt mein Leben in feste Bahnen lenken und ich bitte Dich, mir dabei zu helfen.«

»Ich bin nicht mehr das unschuldige kleine Mädchen, das Du kanntest. Ich bin eine gestandene, verheiratete Frau und habe eine verzogene Tochter. Ich sehe keine Zukunft für uns, auch wenn ich gerne an unsere gemeinsame Zeit zurückdenke.«

Er legte lammfromm seine Hand auf meine: »Ich kann Dich ja verstehen, ich war ein gewalttätiger Taugenichts und habe mich mit Weibern herumgetrieben, aber glaube mir, ich habe mich geändert. Heute stößt mich mein früheres Leben ab, ich vermisse Beständigkeit und Familienglück. Ich will einen Neuanfang wagen, dafür brauche ich Dich als Partnerin, nur mit Dir kann ich das schaffen. Ich habe einen Internetversandhandel ins Leben gerufen, der erfolgversprechend angelaufen ist.«

»Ich verstehe davon nichts und wünsche Dir viel Erfolg. Ich habe vor sechzehn Jahren mit meinem Mann ein Autohaus gegründet. Am Anfang war es schwer für uns, heute läuft der Laden rund und die Arbeit macht mir Spaß. Komm uns mal besuchen, dann zeige ich Dir alles und stelle Dir Roland vor.«

Diesen Dialog wollte ich beenden und mahnte zum Aufbruch. Er fragte: »Werden wir uns wiedersehen?«

»Vielleicht«, flüsterte ich und wehrte seine Umarmung ab.

Roland war an diesem Abend zum Skatspielen außer Haus. Ich zündete ein Feuer im Kamin an, öffnete eine Flasche Rotwein und musste an Jürgen denken. Die Zeit mit ihm war himmlisch, wir kamen tagelang nicht aus dem Bett heraus. Er hat mich immer aufs Neue überrascht, konnte so zärtlich sein, fand die Stellen, die mich besonders erregten, ich habe das Liebesspiel nie intensiver erlebt als mit ihm. Wie blass und langweilig war dagegen die seltenen sexuellen Begegnungen in meiner Ehe. Jürgen will einen Neuanfang mit mir *wagen*, diese Formulierung macht auf sympathische Weise seine Hilflosigkeit erkennbar, musste ich ihm nicht eine zweite Chance geben? Die Erinnerung ließ meine Gefühle hochfliegen wie die Funken im Kamin.

Mein Handy machte sich bemerkbar und riss mich aus meinen Träumen. Barbara teilte mir per SMS mit, dass sie heute Nacht bei einer Freundin schlafen würde. Sie fragte mich nicht einmal mehr danach.

Meine zärtlichen Erinnerungen landeten unsanft auf dem Boden der Realität, wie bei einer Bauchlandung eines Flugzeugs, dessen Fahrwerk sich nicht ausfahren lässt. Ich musste mir eingestehen, dass Jürgen sich nicht wirklich geändert hatte, er war unverändert gewaltbereit, wie sein schmerzender Handgriff gezeigt hatte. Nur ein verliebter Teenager konnte seinen Versprechungen Glauben schenken. Auch wenn ich diesen Liebesrausch rasend gerne noch einmal erleben möchte, das Rad des Lebens lässt sich nicht zurückdrehen, man bekommt nicht alles, und ich war mit meinem Leben zufrieden.

Ich fasste den Entschluss weiter mit Roland zusammen zu bleiben.

Einige Tage später kam ich von der Zulassungsstelle zurück in unseren Ausstellungsraum und fand Barbara und Jürgen in einem Cabriolet sitzend vor. Barbara, die sich nie für Autos oder den Verkauf interessiert hatte, erklärte ihm, mit einladend lächelnden Gesten, die Funktionsweise des elektrischen Aufklappmechanismus.

»Mama, der Herr ist kürzlich nach Bayern gezogen, er kennt Dich noch aus der Schulzeit und interessiert sich für unser Cabrio, das ist doch geil«, zirpte mein Töchterlein.

»Hallo Carmen, ich freue mich Dich wiederzusehen. Ich hoffe, Du hast unsere gemeinsame Schulzeit in so guter Erinnerung wie ich. Unser Wiedersehen müssen wir unbedingt feiern! Ich kenne ein fantastisches Restaurant mit einem unvergleichlichen Blick auf die Donau, ich möchte Dich heute Abend zum Essen einladen, sage einfach zu.«

»Ich habe *nicht nur* gute Erinnerungen an diese Zeit und würde einer Einladung nur folgen, wenn sie auch für meinen Mann gilt, aber ich bin in den nächsten vier Wochen völlig ausgebucht. Ich *will* Deiner Einladung nicht folgen.«

Sein Gesicht verfinsterte sich, er atmete schwer, klammerte sich am Lenkrad fest und schwieg. Dann schaute er, als hätte er sich eine neue Strategie zu Recht gelegt, strahlend Barbara an: »Hat die hübsche Juniorchefin heute Zeit?«

»Wenn es Pizza gib, komme ich gerne mit«, antwortete sie schnell, neigte ihm den Blick zu und ließ ihre langen Wimpern klimpern.

»Um die junge Dame glücklich zu machen, werde ich ihr die geilste Pizza aller Zeiten organisieren. Überraschung, ich komme gegen achtzehn Uhr hier vorbei.«

Barbara sah mich mit einem triumphierenden Lächeln an, als wolle sie mir sagen: Selbst Dein Jahrgang spricht auf mich an, ich bin der Star und Dein Platz ist in der zweiten Reihe.

Als Jürgen abends vorfuhr, trug er ein weißes Dinnerja-
cket mit einer roten Nelke im Knopfloch. Meine Tochter,
herausgeputzt wie ein Pfau, mit meinen neuen, hochhackigen Plateauschuhen, eilte ihm entgegen, als würde sie
von Richard Gere abgeholt, mit Küsschen links und
Küsschen rechts. Er sprang um den Wagen herum, riss
ihr mit einer Verneigung die Tür auf und fuhr mit quietschenden Reifen davon. Barbara kam erst gegen zwei
Uhr morgens zurück, das hatte mir den Schlaf geraubt,
ich musste diese Verbindung unterbinden.

In den nächsten Wochen trafen sich die Beiden regelmäßig, er führte sie in die Disco, zeigte ihr seine Lieb-
lingsplätze, nannte sie Babsi, musizierte mit ihr und half
ihr sogar bei den Schularbeiten. Dann kaufte er bei uns
das gebrauchte Mercedes Cabrio, das schon seit über
einem halben Jahr auf dem Hof stand. Ich war über den
Verkauf beglückt, nur als ich erfuhr, dass er mit dem
Wagen und meiner Tochter über das Wochenende verreisen wollte, musste ich einschreiten.

»Ich werde diese Fahrt mit allen Mitteln verhindern,
und Du musst dieses verrückte Abenteuer beenden«,
stieß ich erregt hervor, packte Jürgen am Revers und
zwang ihn sich zu setzen. Mich erschreckte diese Furie in
mir, die ihr Junges gegen einen Angreifer verteidigen
musste.

»Höre ich aus Deinen Worten etwa Eifersucht? Ich bin
hingerissen von Babsi, ihre Jugend beschwingt mich, ihre
Anmut und Wildheit erwecken Erinnerung an unsere
frühen Jahre, sie ist ein wahrer Jungbrunnen für mich,
warum sollte ich sie aufgeben?«

In meiner Erregung fehlten mir die passenden Worte,
als ich mich neben ihn setzte: »Ich beschwöre Dich, ma-

che sie nicht zu Deiner Geliebten, es gibt Gründe die mit Eifersucht nichts zu tun haben.«

Er lehnte sich selbstgefällig im Sessel zurück: »Sie ist glücklich, wenn wir zusammen sind, ist das nicht die wichtigste Begründung? Du willst nicht zu mir zurückkehren, mit Babsi kann ich mir ein neues Leben vorstellen, ich bin verrückt nach ihr!«

Ich holte tief Atem und schrie heraus: »*Barbara ist Deine Tochter!*«

Jürgen sprang auf und schlug mir mit der flachen Hand ins Gesicht: »Wiederhole das noch einmal!«

»Barbara ist Deine Tochter, und ich bin nicht stolz auf ihren gewalttätigen Vater«, versicherte ich im beherrschten Ton, »ist Dir nie aufgefallen, dass sie Deine Augen hat und Dein Grübchen am Kinn?«

Er schlug sich mit beiden Fäusten vor die Stirn und ging leise murmelnd auf und ab, eine Welt schien in ihm zusammenzubrechen. Ich habe ihn noch nie so hilflos gesehen und so verzweifelt. Sein Umherwanken erinnerte mich an einen Falter, der immer und immer wieder gegen die heiße Glühbirne fliegen musste.

»Wann kommt Barbara zurück? Ich muss sie sprechen.«

»Ich denke so gegen achtzehn Uhr.«

»Sag ihr, dass ich komme und sie heute sehen muss.« Jürgen taumelte zu seinem Cabrio und raste davon.

Roland wusste, dass er nicht Barbaras leiblicher Vater war, aber er hatte keine Ahnung wer der Vater sein könnte. Ich hielt es im Interesse des Kindes für richtig, ihm die Vaterrolle anzuvertrauen und auf diese Weise eine Familie zu bilden. Es war mir wichtig meiner Tochter eine unbeschwerte Kindheit zu bereiten und wollte ihr schon vor Jahren erklären, dass Roland nicht ihr leiblicher Vater war. Sicherlich auch aus Feigheit hatte ich den Zeitpunkt immer wieder verschoben. Ein Kind ahnt oft Ungereimtheiten, die wie mystische Nebel zwischen den Erwachsenen wallen, vielleicht war Barbara deshalb so aufsässig und kratzbürstig. Als Kind hätte ich mir eine Mutter, wie ich eine war, auch nicht gewünscht. Ich steckte viel Energie in unser Autohaus und hatte meiner Tochter zu wenig Aufmerksamkeit, Aufrichtigkeit und Liebe geschenkt. Sie machte es mir von Anfang an schwer sie lieb zu haben, und ich war nur unzureichend in der Lage ihr Liebe zu schenken, die andere Mütter im Überfluss haben, und die Kinder benötigen, wie die Luft zum Atmen.

Rolands Liebe musste sie sich erwerben durch schulische Leistungen, Wohlverhalten und Anschmiegsamkeit. Heute kann sie Roland manipulieren mit dem Einsatz schmeichelnder Worte zum richtigen Zeitpunkt und ihrer weiblichen Koketterie.

Am Abend fuhr Jürgen vor und schlich sich in Barbaras Zimmer. Ich saß zufällig auf dem Balkon und konnte durch das gekippte Fenster jedes Wort verstehen. Sicherlich war das Gespräch nicht für ungebetene Zuhörer gedacht, aber als Mutter fühlte ich mich verpflichtet zu bleiben. Ich spitzte die Ohren und hatte ein unbehagliches Gefühl dabei.

»Hallo Jürgi, toll, dass Du noch vorbeikommen konntest. Hast Du ein Hotel für unser Megawochenende ausfindig gemacht?«

»Wir können nicht fahren, ich muss *unaufschiebbar allein* eine Reise antreten. Es tut mir unendlich leid.«

»Warum kann ich nicht mitkommen? Ich habe mich so auf unser gemeinsames Wochenende gefreut.«

Er atmete schwer und suchte nach Worten: »Es gibt Ereignisse im Leben, denen muss man sich stellen. Ich kann mich nicht an ihnen vorbeimogeln, sie holen mich überall ein.«

»Du hast mich zur Frau gemacht und die erhabensten Gefühle in mir geweckt, es gibt für mich nichts Wichtigeres als unsere Liebe, und die ist nicht gemogelt.«

»Du bist eine wunderschöne, aufblühende Frau, ich könnte Dein Vater sein und bin viel zu alt für Dich. Bald wird ein junger Mann dich entdecken und Dir all die Liebe schenken, die Dich glücklich macht und, anders als unsere, eine Zukunft hat.«

»Ich will Dich und keinen jungen Mann, ich kann Jünglinge nicht ausstehen.«

Er nahm Barbara an die Hand und führte sie zum Fenster: »Siehst Du die drei Sterne da oben, sie bilden die Deichsel zum großen Wagen, die vier Sterne daneben kann man als Wagenräder betrachten, und der Stern in der Verlängerung der Hinterachse ist der hellste Stern am nördlichen Himmel. Ab heute heißt er Babsi, und er wird auch in tausend Jahren noch erstrahlen und Zeuge unserer Liebe sein.«

»Du brauchst nicht zu mogeln, lasse uns gemeinsam fliehen, der Stern wird uns beschützen.«

Als er schwieg, hörte ich Barbaras Schluchzen und fühlte schmerzliche Erinnerungen in mir aufsteigen, die ich meinem Kind gerne erspart hätte.

Jürgen griff nach ihrer Gitarre:»Ich habe ein Lied für Dich komponiert, das singe ich nur einmal und nur für Dich.« Er trug sein Lied mit weicher, ausdrucksstarker

Stimme vor, als müsse er seine ganze Seele heraus singen. Ich fühlte, wie meine Augen feucht wurden.

Babsi, Du bleibst der Sonnenschein in meinem Leben,
Du hast mir endlich einen Halt gegeben.
Deine Liebe zu fühlen ist ein *unverdientes* Glück,
denn ich blicke auf ein *verwegenes* Leben zurück.
Nur mit Dir könnte ich hoch fliegen,
doch des Schicksals Mächte kann niemand besiegen.
Belastet mit Schuld trete ich meinen Weg an,
einen Weg, den *ich nur* alleine gehen kann.
Wenn Du mich vermisst in der lauen Nacht
wirst Du von unserem Stern beschützt und bewacht.

Er verließ die Schluchzende, zog leise die Tür zu und fuhr eilig davon.

Am nächsten Morgen schreckte mich eine kleine Notiz im Lokalteil unserer Zeitung auf: Auf der Bundesstraße sechzehn hat sich gestern Nacht ein schwerer Unfall ereignet. Der Fahrer eines Mercedes Cabrios ist mit einem Brückenpfeiler kollidiert. Das Fahrzeug fuhr ungebremst auf den Pfeiler, der Fahrer war sofort tot.

Das eigene Haus

Endlich wieder Wochenende, die Sonne lachte, die Kinder spielten im Hof mit ihren Nachbarkindern, Amalie blätterte im Liegestuhl in der Wochenendzeitung, und ich versuchte, ein Lied pfeifend, mein Fahrrad zu reparieren. Da vernahm ich die schneidende Stimme des Vermieters vom Balkon im Obergeschoss: »Sie haben wieder einmal die Mülltonne nach der Leerung nicht ausgespült, wie oft muss ich noch darauf hinweisen, dass ihre Tonne zum Himmel stinkt. Statt am Fahrrad zu basteln, sollten Sie vorher Ihre Pflichten erledigen!«

»Ich glaube, dass es nicht zu meinen Pflichten gehört die Mülltonne nach jeder Leerung zu spülen, da wir für unseren Müll Plastiktüten verwenden«, antwortete ich, mein Pfeifen verstummte, und meine Frau klappte die Zeitung zusammen.

»Unser Hof ist kein Spielplatz für Nachbarkinder, die sollen Lärm auf ihrem eigenen Hof machen, nicht hier«, fuhr Herr Bechtle mit seinem Wort zum Sonntag fort.

Wir zogen uns mit den Kindern in die Wohnung zurück, die beschwingte Wochenendlaune war verpufft wie ein abgebranntes Feuerwerk, von dem nur noch der ätzende Schwefelgeruch übrigblieb. Ich goss uns Wein ein und ließ mich in den Sessel fallen: »Die Fälle häufen sich, bei denen der Segen von oben kommt und unsere Lebensfreude torpediert. Ich habe es satt! Es ist wahrscheinlich keine gute Idee mit dem Vermieter in einem Haus zu wohnen, der Interessenkonflikt ist dabei vorprogrammiert. Wir sollten uns um ein eigenes Haus bemühen.«

»Auf dem Sparbuch befinden sich einige tausend Euro, und der Bausparvertrag wird erst in zwei Jahren zuteilungsreif. Wie willst Du ein Haus finanzieren?«, gab Amalie zu bedenken und schluckte ihren Wein, als wollte sie sich Mut antrinken.

»Die Zinsen sind derzeit günstig und man kann einen noch nicht zuteilungsreifen Bausparvertrag beleihen. Nach dem Verkauf unserer Aktien könnten wir über neuntausend Euro verfügen und ich könnte ein Darlehen von meiner Firma beantragen, schließlich habe ich gute Karten bei unserem Geschäftsführer. Er befürchtet, dass ich zur Konkurrenz abwandern könnte.«

»Selbst wenn wir nur ein Reihenhaus außerhalb von Karlsruhe kaufen würden, auch wenn es reparaturbedürftig wäre, werden mindestens zweihundertachtzigtausend Euro fällig. Die Reparaturen könntest Du teilweise mit Deinem Bruder zusammen im Laufe der kommenden Jahre erledigen.«

»Die Familie müsste dann jahrelang auf einer Baustelle leben, kostenlos sind selbst durchgeführte Reparaturen auch nicht und es bliebe ein altes Haus«, gab ich zu bedenken und schenkte Wein nach. Mit steigendem Weinkonsum wurden die vorhandenen Probleme immer kleiner, trotz eines nötig werdenden Umzugs begeisterten sich die Kinder für das eigene Heim, nachdem wir von zwei Kinderzimmern geschwärmt hatten. Am Abend wurde der Beschluss gefeiert, *endlich den Hauskauf in Angriff zu nehmen.* Amalie durchforstete das Internet nach Hausangeboten mit Geschick und Ausdauer, denn wir suchten nach einem Angebot ohne Maklergebühr. Sie machte ein Objekt ausfindig, das nahe an meinem Arbeitsplatz gelegen war und mit einem Preis von zweihundertachtzigtausend die gesetzte Obergrenze einhielt.

Mein Bruder Alexander, der als Bauingenieur über Erfahrungen auf dem Bau verfügte, begutachtete das Objekt unserer Begierde. Er stellte in einer Liste die Reparaturen zusammen, die vor dem Einzug erledigt werden sollten und solche, die später erfolgen konnten.

Bei dem Gang zur Bank zur Klärung der Finanzierung machten wir uns gegenseitig Mut. Mein Einkommen war zwar überdurchschnittlich, die Eigenkapitalbasis hingegen sehr bescheiden. Amalie zog sich ein figurbetontes, ausgeschnittenes Kleid an und blickte den Filialleiter der Sparkasse erwartungsvoll an, wie einen edlen Ritter, der sie vor einer wilden Horde von Vermietern beschützen könnte, und ich flirtete mit der Kreditsachbearbeiterin. Nachdem die Grundschuldeintragung über ein Firmendarlehn in der Rangfolge hinter der der Bank eingestuft wurde, erhielten wir die Kreditzusage, für die die Bank einen leicht erhöhten Zinssatz forderte.

Zur Unterzeichnung des Kaufvertrages mussten wir den Notar aufsuchen, einen liebenswerten, älteren Herrn, der seine einstündige Vertragslesung so monoton hielt, dass sein Vortrag in einer Schauspielschule als ein besonders abschreckendes Beispiel vorgeführt werden könnte. Bei seinem lieblosen Gemurmel wurde uns klar, dass der gesegnete Beruf eines Notars keine Kundenpflege erforderlich machte.

Mit der Kündigung unserer alten Wohnung wurden den Terminen für die Reparaturarbeiten zeitlich enge Grenzen gesetzt. Alexander und ich bauten das Dachgeschoss aus und wollten dort zwei Kinderzimmer einrichten. Es erhob sich die Frage, ob Dachflächenfenster oder Dachgauben zum Einsatz kommen sollten.

Ich betrachtete mir mit Inbrunst alle Dachgauben der Umgebung nach Größe, Form und verwendetem Material und erregte dadurch den Spott meiner Frau: »Du leidest an der Gauberitis, einer krankhaften Neigung immer und überall Gauben betrachten zu müssen.«

Für die Errichtung einer Gaube war eine behördliche Genehmigung und die Zustimmung der Nachbarn erforderlich, Dachflächenfenster waren einfacher und billiger einsetzbar, daher entschlossen wir uns für diese Lösung. Dadurch war ich schlagartig von der Gauberitis geheilt.

Im Erdgeschoss wurden die speckigen Auslegteppiche entfernt und durch Parkettfußböden ersetzt, alle Wände wurden gestrichen, und ein Fachbetrieb ersetzte die marode Ölheizung durch eine Gasheizung kombiniert mit Solarzellen auf dem Dach.

Der Umzug wurde mit Freunden in ein Umzugsfest verwandelt, auf dem nicht nur gearbeitet wurde. Die Umschulung der Kinder vollzog sich reibungslos. Max und Laura mussten sich einen neuen Freundeskreis aufbauen und in der Klasse innerhalb der bestehenden Hackordnung ihren Platz erkämpfen. Diese Herausforderung wird von den Erwachsenen oft unterschätzt. Die Terrasse und das Gärtchen wurden umgestaltet und die Fassade erhielt einen neuen Anstrich. Die Nachbarn durften bei unserem Kennenlernfest alles bewundern.

Die erste unangenehme Überraschung hatten wir schon erlebt, das Finanzamt verlangte vierzehntausend Euro Grunderwerbssteuer. Wir hatten schon etwas von dieser Steuer gehört, dass sie jedoch so gnadenlos nach dem Gang zum Notar, noch vor dem Einzug, uns ins Haus flatterte und sofort fällig gestellt wurde, das war ein Meisterwerk unserer Finanzverwaltung. Jeden Lieferanten wird das mit Neid erfüllen, der seinen Kunden Zahlungsziele einräumen muss.

Weitere Hiobsbotschaften ließen nicht lange auf sich warten und trübten die Freude an unserem Eigenheim. Wir erhielten eine Rechnung über neuntausendachthundert Euro von einem uns unbekannten Makler. Es stellte sich heraus, dass der Vorbesitzer diesem Makler einen nicht exklusiven Verkaufsauftrag erteilt hatte. Glücklicherweise konnten wir nachweisen, dass wir unser Angebot nicht über diesen Makler erhalten haben, der auch bei dem Notartermin nicht anwesend war, wir verweigerten die Zahlung.

Verdruss entstand, als nach einem Gewitter sich eine Wasserlache im Kinderzimmer bildete. Eine Reihe von Dachziegeln war in die Regenrinne abgerutscht. Die Dachlatten hatten sich an einer Stelle gelöst. Ursache: Verfaulte Dachbalken. Der herbeigerufene Dachdecker klopfte alle Dachbalken und Ziegel ab und teilte uns mit, dass das Dach komplett mit Dachstuhl erneuert werden müsse, und wir sollten uns auf Kosten von mindestens zwanzigtausend Euro einstellen. Über einen solchen zusätzlichen Betrag konnten wir nicht verfügen, selbst wenn wir den Familienschmuck verkaufen würden. Also musste eine andere Lösung gefunden werden. Alexander und ich stellten fest, dass nur die zwei Dachbalken verfault waren, die sich unter der schadhaften Dachstelle befanden aber nicht alle Dachbalken. Bei der Beschreibung des Zustandes unseres Daches hat der Fachmann bewusst übertrieben, um an einen dicken Auftrag zu gelangen. Wir schraubten vier Bohlen zur Stabilisierung der beiden maroden Balken an und befestigten darauf die abgerutschten Dachlatten und Ziegel, und siehe da, das Dach war wieder dicht.

Für die nächste Überraschung sorgte unser Tiefgaragenplatz. Die gemeinsame Tiefgarage gehörte den Besit-

zern der umliegenden Reihenhäuser und wurde von dreißig Parteien genutzt. Für Unruhe sorgten zwei aufgebro-
chene Autos, der Zugang wurde den Tätern erleichtert,
weil sich das Rolltor zur Tiefgarage wieder einmal nicht
absenken ließ. Die Agentur, die die Verwaltung der Tiefgarage übernommen hatte, berief eine Mitgliederversammlung ein. Dabei wurden zwei Themen zur Sprache
gebracht, Wassereintritt und störanfälliges Rolltor. Für
die kostenintensive Sanierung gegen den Wassereintritt
fand sich keine Mehrheit der anwesenden Eigentümer,
für das Rolltor sollte ein Wartungsvertrag abgeschlossen
werden. Der Miteigentümer Staffelmeier machte lautstark geltend, dass er die Wartungskosten nicht tragen
will, da er das Rollo gar nicht benutzen würde, denn in
der Tiefgarage würde nur sein Fahrrad stehen und kein
Auto. Hingegen sollte die Sanierung des Garagendaches
unbedingt erfolgen, da er sein Fahrrad nur mit Gummi-
stiefeln erreichen könne und das sei eine Zumutung. Sein
abenteuerlicher Vorschlag, der nicht übereinstimmte mit
der Satzung, löste Heiterkeitsausbrüche aus und fand
keine Mehrheit. Herr Staffelmeier fühlte sich unverstan-
den und lächerlich gemacht, und das löste in ihm Rachegedanken aus. Einige Zeit später erhielten wir, wie die
achtundzwanzig Miteigentümer, eine Anklageschrift von
einer Anwaltskanzlei, die Herr Staffelmeier zur Wahr-
nehmung seiner Interessen beauftragt hatte. Die Be-
schlüsse der Mitgliederversammlung seien anfechtbar
und der Miteigentümer Staffelmeier weigere sich seinen
Anteil an den Wartungskosten des Rollos zu tragen. Zwar
wurde die Klage abgewiesen, aber ich wurde ungehalten.
Statt in der Sonne sitzen zu können, musste ich mich mit
der lästigen Satzung beschäftigen, an einer weiteren Ei-
gentümerversammlung teilnehmen, die aufkeimenden

Animosität der Eigentümer ertragen und einen Anwalt auswählen. Mich erinnerte diese unselige, gemeinsame Nutzung der Tiefgarage an das Affentheater, mit dem unser ehemaliger Hauswirt uns das Leben erschwert hatte, und ich wünschte mir sehnlich eine Einzelgarage statt eines Tiefgaragenanteils.

Max und Laura hatten sich in ihren neuen Schulklassen gut eingelebt und fühlten sich in der mehr ländlich geprägten Umgebung recht wohl. Auch Amalie war um Kontakte bemüht und besuchte einen Volkshochschulkurs zu dem Thema: Zeitgemäße Kindererziehung, der ihr Kontakte zu einigen Müttern aus der Nachbarschaft bescherte.

Die Sommerferien rückten näher und damit stellte sich die Frage, wie wir in diesem Jahr die Ferienzeit gestalten könnten, die wir üblicherweise zusammen mit den Kindern verbrachten. Das Bankkonto bewegte sich nahe am Limit und riet ab von einer Reise ans Mittelmeer, wie im Vorjahr. Mir war auch die Renovierung des Badezimmers wichtiger, das mit seinen dunklen, geflickten Fliesen und den kleinen, verkalkten Becken wie ein Relikt aus längst vergangenen Zeiten anmutete.

Ich war enttäuscht vom Verhalten von Max und Laura während des Vorjahresurlaubs. Gepäcktragen war ihnen ein Gräuel, nichts war ihnen fein genug, die durch zahlreiche Staus unterbrochene Anreise wurde in endlosen Kommentaren beklagt, als sei ich verantwortlich für die Wartezeit in dem heißen Auto, und die Betrachtung der vorbeigleitenden landschaftlichen Schönheiten wurden missachtet und durch hektisches Nesteln an den Mobiltelefonen ersetzt. Ich war zu der Überzeugung gelangt, dass unsere Kinder zu verwöhnt waren und einen Denkzettel benötigten. Ich hatte in Erfahrung gebracht, dass die Stadt Karlsruhe, bei einer geringen Kostenbeteiligung, eine Freizeit in einem Zeltlager für Daheimgebliebene durchführt. Da könnten unsere verwöhnten Gören einmal das einfache Leben kennenlernen, und ich könnte das eingesparte Geld für Fliesen ausgeben. Amalie hielt die pädagogische Maßnahme zwar für sehr sinnvoll, wollte selbst lieber mit den Kindern zusammen wieder an das Mittelmeer fahren. Mit meinem Hinweis auf den miesen Kontostand konnte ich sie nicht erschrecken, sie war der Auffassung, dass die Geldbeschaffung Männersache sei, und dass ich den Engpass schon irgendwie überbrücken werde. Sie begann von den lauen Abenden, der romantischen Ferienwohnung mit dem gigantischen Spielplatz und dem Bad im warmen Meer zu schwärmen und hatte die Kinder schon auf ihre Seite gezogen.

Ich sprach von der kurzen Anfahrt, dem Lagerfeuer im Zeltlager, dem gegrillten Lamm, der abenteuerlichen Kanufahrt auf der Pfinz. Die Kameradschaft bei gemeinsamen Spielen sei geiler als das Stillsitzen bei den Erwachsenen. Die Begeisterung der Kinder für meine Argumente hielt sich jedoch in Grenzen, ich musste noch ein Sahnehäubchen aufsetzen:»Was haltet Ihr davon, wenn wir nach dem Zeltlager im Dachgeschoß Euer eigenes Bad bauen würden, Ihr könntet Fliesen selbst aussuchen, vielleicht solche mit Elefanten und Vögeln, sie selbst verkleben, und ihr hättet Euer eigenes Reich.«

Die Stimmung kippte um, und mein Vorschlag wurde angenommen mit drei gegen eine Stimme. Ich wollte ohnehin ein einfaches Bad im Dachgeschoß einbauen und hatte vor dem Einzug schon die Versorgungsleitungen dorthin verlegen lassen. Ein kleines Dachflächenfenster für ein Bad war vorhanden und die sanitären Arbeiten konnten Alexander und ich erledigen. Mir war klar, dass die Einweisung für Max und Laura zum Fliesenverlegen aufwendiger war, als die Fliesen selbst zu verlegen, aber die Kinder sollten an die Arbeit herangeführt werden, auch wenn sie bald die Lust dazu verlieren könnten.

Nach der Rückkehr aus dem Zeltlager berichteten die Kinder enttäuscht von ihren Erfahrungen. Trotz der dicken Schlafsäcke sei es nachts kalt gewesen, die Mücken stellten eine Plage dar, der Regen hatte Pfützen auf der Wiese hinterlassen. Statt Lamm am Spieß gab es auf einem Gaskocher erwärmtes Büchsenfleisch mit Bohnen, nur die Kanufahrt sei ein Knaller gewesen. Der Abschlusskommentar fiel einstimmig aus, wie bei einer Diätenerhöhung im Bundestag: Wir werden im nächsten Jahr wieder mit den Eltern verreisen.

Zum Geburtstag des Vaters besuchten wir meine Eltern und verbrachten das Wochenende gemeinsam mit den Kindern in Berlin. Meine Geburtsstadt hatte seit ihrer Ernennung zur deutschen Hauptstadt, eine rasante Entwicklung erfahren, nicht nur bei den Mietpreisen. Der oft müde belächelte Aufbau Ost konnte hier beobachtet werden. Die Autobahnzufahrten wurden erweitert, die Stadt- und U-Bahnen wurden saniert, große Einkaufszentren entstanden, die Altbauten einiger Stadtviertel wurden liebevoll restauriert, und die Stadt wurde die Heimat für viele Maler, Schriftsteller und Filmemacher. Max und Laura waren begeistert von dem Programm, das ihre Großeltern für dieses Wochenende zusammengestellt hatten. Trotz einer glanzvollen Geburtstagsfeier mit dreißig Gästen, musste ich schmerzlich beobachten, dass meine Eltern seit ihrem Ruhestand körperlich abgebaut hatten. Die kurze Ansprache musste mein Vater von einem Zettel ablesen, bei seinem stehenden Vortrag suchte er Halt an einer Stuhllehne und seine Stimme hatte an Dynamik verloren. Mir wurde schmerzlich vor Augen geführt, dass es mein Elternhaus irgendwann nicht mehr geben wird.

Eine böse Überraschung erwartete uns bei der Rückkehr. In der Wasserleitung, die aus verzinkten Rohren bestand, hatte der Rost ein Loch gefressen. Das Wasser lief über den neuverlegten Parkettboden und die Treppe in den Keller. Dort sammelte es sich und stand bei unserer Rückkehr sechzig Zentimeter hoch. Die Kinder waren begeistert, holten Schlitten und Schlauchboot hervor und nutzten diese neuentstandene Wasserfläche zum Planschen. Ich drehte eilig die Wasserzufuhr ab und umwickelte die schadhafte Steigleitung mit Dichtung und Schelle, und Amalie fragte besorgt nach einer Leitungswasserversicherung. »In Anbetracht der angespannten Kontolage habe ich keine Versicherung gegen Leitungswasserschäden abgeschlossen«, antwortete ich kleinlaut, und ihr Blick verriet mir, wie sie über meine Entscheidung dachte.

Wir rüsteten uns mit Eimern aus und begannen, im kalten Wasser stehend, den Flüssigkeitssegen Eimer für Eimer in den Ausguss zu befördern, während die Kinder begeistert im Schlauchboot von einem Raum in den anderen ruderten. Nach einer Stunde war es uns gelungen den Wasserpegel zu halbieren, und wir mussten eine Pause einlegen. Nach einer weiteren Stunde des Schöpfens war der Pegel auf drei Zentimeter reduziert und die Eimer ließen sich nicht mehr befüllen, es musste eine Schaufel eingesetzt werden. Wir waren beide völlig erschöpft und meine Rückenmuskulatur begann sich zu verkrampfen. In meiner Not rief ich eine Installationsfirma an und fragte nach einer Absaugpumpe und erhielt zur Antwort: »Bei einer Wasserhöhe von nur drei Zentimetern gibt es nur eins: Weiterschaufeln.«

Aus Furcht vor weiteren Leckagen ließen wir die Steigleitung erneuern, dazu mussten die neuverlegten Badezimmerkacheln teilweise wieder abgeklopft werden. Der Parkettboden quoll im Bereich der Treppe auf und musste ausgetauscht werden. Zur Trocknung der Räume wurden Kondensatoren aufgestellt, die rund um die Uhr geräuschvoll ihre Arbeit verrichteten und unser Einschlafen erschwerten. Es dauerte einige Wochen bis die Räume ausgetrocknet waren und wir das Parkett ausbessern und die Fliesen anbringen konnten, bis dahin mussten wir auf einer Baustelle leben.

Nach einigen Jahren hatte sich unsere neugepflanzte Gartenhecke so weit gestreckt, dass unsere Terrasse nicht mehr eingesehen werden konnte, und das Gefühl von Privatsphäre wurde gestärkt, auch in einem Reihenhaus. Die Pflege der Blumen hatte Amalie übernommen, ich war für das Mähen des Rasens zuständig und die Kinder sollten sich um das Gießen des Gärtchens kümmern, eine Pflicht, die sie sehr bald vernachlässigten. Wir nannten den Garten unser kleines Paradies und setzten uns unten den Sonnenschirm und ließen die vergangenen fünf Jahre Revue passieren. Die Kinder hatten sich einen neuen Freundeskreis aufgebaut und sich für das Gymnasium qualifiziert. Mit linkslastigen Ansichten und aufmüpfigem Verhalten zeigte uns Max was Pubertät bewirkt, während Laura zickte und mit ihren Freundinnen über jede Begebenheit in Gekicher verfiel. In den Jahren hatten wir fünf Prozent der Schulden getilgt, da jedoch die Annuität gleich bleibt, werden im Laufe der Jahre die Zinsen geringer und die Rückzahlung beschleunigt sich. Die Immobilie hatte auch einen Wertezuwachs erfahren, der Spielraum für weitere Hypotheken eröffnete. Im Gegensatz zu den Mieten, erhöhte sich unsere monatliche Belastung nicht, obwohl mein Einkommen stieg.

»In unserer Gemeinde hat sich der Preis für Bauland seit unserem Kauf um dreißig Prozent erhöht. Wenn wir gewartet hätten, könnten wir gar nicht so viel ansparen, wie sich die Preise zwischenzeitlich erhöht haben«, räsonierte Amalie und goss sich einen Orangensaft ein.

»*Bauland wird künstlich knapp gehalten* und damit teuer gemacht. Als die Europäer nach Amerika kamen und einen Claim absteckten, erklärten sie den Indianern: Das Land darf niemand betreten, es gehört jetzt mir. Die verwirrten Indianer, die frei durch das Land zu streiften gewohnt waren, hatten kein Verständnis dafür, dass die Invasoren mit Zäunen das Indianerland aufteilten, sie empfanden das als genauso unsinnig, wie die Privatisierung von Luft, Wasser und Feuer. Ich denke, dass Boden nicht Eigentum von Personen sein sollte, es sollte Eigentum der Gemeinschaft sein.«

Amalie setzte wütend ihr Saftglas ab: »Sprichst Du Dich für eine Enteignung unseres mühsam erworbenen Grundstücks aus?«

»Die Eigentumsrechte bei Bauland sind auch heute schon eingeschränkt, wenn wir Erdöl unter unserem Garten entdecken würden, würde es nicht uns gehören, und einen Hubschrauberlandeplatz darf ich auch nicht errichten. Ich spreche mich dafür aus, dass der Staat jedem seiner Bürgern *Bauland gegen eine Benutzungsgebühr* zur Verfügung stellt und Firmen ein Fabrikgelände, ohne

137

Eigentumserwerb. Die Höhe der Gebühr könnte von der Attraktivität des Standortes abhängig gemacht werden.«

»Willst Du nicht, dass unsere Kinder dieses Haus einmal erben? Wie soll das funktionieren, wenn das Grundstück dem Staat gehört?«

Die Sonne war weiter gezogen, erhitzte immer noch die Gemüter, und ich schob den Sonnenschirm nach: »Es gibt etwas Vergleichbares, das Erbbaurecht. Kirchen, denen ein kinderloser Bauer sein Äckerlein vermacht hatte, das inzwischen Bauland geworden ist, verpachten das Baugrundstück für neunundneunzig Jahre an Bauwillige, die sollten fromm sein, müssen dann kein Baugrundstück kaufen und dürfen darauf ein Haus errichten. Der Pachtvertrag für das Grundstück und das Haus können vererbt werden.«

»Wenn jeder Bürger einen Anspruch auf Bauland hat, wo soll des Bauland plötzlich herkommen?«

»Ich halte es für machbar, jedem erwachsenen, deutschen Bürger einen Anspruch auf hundert Quadratmeter Bauland einzuräumen, ich will es *Bürgerbauland* nennen. Wenn der Anspruch zuteilungsreif wird, könnte ein Ehepaar über die gleiche Grundstücksfläche verfügen, wie wir mit unserem Reihenhäuschen. Wer sein Grundstücksanspruch nicht nutzt, weil er lieber in einem Hochhaus wohnen will, der kann seinen Anspruch anderweitig einbringen oder ihn verkaufen.«

»Willst Du das alte Ehepaar aus dem Haus vertreiben, das nur Anspruch auf zweihundert Quadratmeter hat, aber in einer Villa mit einem dreitausend Quadratmeter Grundstück lebt?«

Ich rückte näher an sie heran und hatte das Gefühl leiser sprechen zu müssen, als würde ich mich an einer Verschwörung gegen die Nachbarn beteiligen: »Ich halte es nicht für gerechtfertigt so viel Bauland in Anspruch zu nehmen, nur weil das Geld vorhanden ist, wenn es Familien mit Kindern gibt, die sich kein Heim leisten können. Eine *Umverteilung der Grundstücke, losgelöst von der Finanzkraft*, halte ich für ein erstrebenswertes Ziel, aber sie kann nur über Generationen erfolgen, nicht schlagartig, und sollte von einer Mehrheit der Bürger gewollt sein. Die gigantischen Gewinne bei der Umwandlung von Acker- in Bauland würden entfallen und den Spekulanten, die Bauland horten, würde die Geschäftsgrundlage entzogen.«

Amalie lachte laut auf: »Ich höre schon den Aufschrei der Häuslebesitzer: Enteignung durch die Hintertür, meine Altersabsicherung ist ruiniert, Revolution! Eleganter scheint mir die Lösung von Onkel Franz in Berlin. Er ist Mitglied in einer *Wohnbaugenossenschaft*, die Wohnraum schafft, aber *keine Gewinne erzielen will*. Die Miethöhe verändert sich kaum, weil sie sich nach den ursprünglichen Baukosten richtet und nicht nach den steigenden Marktpreisen.«

»Die Wohnbaugenossenschaft kann steigende Mieten abfedern, an der Preisexplosion für Bauland kann sie nichts ändern.« Ich hielt meinen Vorschlag für ein erstrebenswertes gesellschaftspolitisches Ziel, musste jedoch feststellen, dass meine Gedanken bei meiner Frau mehr Frustration als Freude ausgelöst hatten. Möglicherweise denkt die Mehrheit der Deutschen so, wie sie. Ich wollte unsere Debatte mit einem versöhnlichen Abschluss ausklingen lassen: »Wir mussten Einschränkungen hinnehmen, aber unsere Entscheidung für ein eigenes Haus war richtig. Wenn es kein *Eigentum* gäbe, müsste man es erfinden. Niemand pflegt sein Haus oder Auto sorgfältiger als ein Eigentümer, das mussten auch die Kommunisten erfahren.«

Amalie strich mir sanft über die Hand: »Ich habe erfahren, dass unsere Nachfolger es nicht lange im Haus bei Familie Bechtle ausgehalten haben und ausgezogen sind. Die Spannungen zu diesem Vermieter haben offensichtlich nicht nur wir als ätzend empfunden. Ich fühle mich hier wohl und halte unseren Hauskauf rückblickend für eine gute Entscheidung.«

Der Autor und sein Dorf

Auf meinem Schreibtisch türmte sich zerknülltes Papier, es war bekritzelt mit Gedanken zu meinem neuen Roman: Das Haus am Bach, die ich verworfen hatte. Oft wachte ich nachts auf, hatte eine Idee oder fand eine verbesserte Formulierung, dann sprang ich aus dem Bett und schrieb den Gedanken auf. Wenn ich einen Tag später den Text las, störten mich einige Worte, und ich suchte nach einer anderen Formulierung. Heute glotzte mich der Bildschirm meines Rechners mit dem blöden Blick einer angeketteten Kuh an. Ich litt unter einer Schreibblockade und musste eine Pause einlegen. Bei meinem letzten Roman hatte ich vor einem Jahr zwanzig Verlage angeschrieben und sauber vorbereitete Leseproben mit Exposé und Angaben zum Autor beigefügt. Die meisten Verlage unterzogen sich nicht der Mühe einer Antwort, nur in zwei Fällen wurde eine Absage geschickt. Eine davon las ich jetzt: »Wenn wir uns nicht zu einer Veröffentlichung Ihres Werkes entschließen können, so soll das keine Bewertung Ihres Buches darstellen...« Offensichtlich hat der Lektor mein Werk als mangelhaft eingestuft, sonst hätte er Interesse an einer Veröffentlichung gezeigt.

In mir schossen Fragen empor, wie Geysire, die vom Erdinneren ausgespuckt werden: Habe ich das Zeug zu einem Autor, gelingt es mir, Ereignisse treffend und gut formuliert zu beschreiben, sind meine Figuren glaubhaft, ist die Handlung konsequent und spannend aufgebaut, ist meine Betrachtungsweise außergewöhnlich und für den Leser erhellend, sind die verwendeten Metaphern passend, und erweckt mein Buch Freude beim Lesen? Früher hätte ich diese Fragen mit einem „Ja" beantwortet, heute mit einem „Vielleicht."

Ich entschloss mich, das erste Kapitel an meinen Sohn, meinen Bruder und an einen Freund, der Literatur studiert hatte, zu schicken, mit der Bitte um Beurteilung. Die Antworten ließen lange auf sich warten und waren lückenhaft und überwiegend von Wohlwollen getragen und deshalb wenig hilfreich für mich. Ich verplemperte meine Zeit, trank mehr als mir zuträglich war, hatte am nächsten Tag einen vernebelten Kopf und schlechte Laune. Dieses Stimmungstief muss beendet werden, dachte ich, und beschloss an die Ostsee zu fahren.

Am ersten Abend besuchte ich dort eine Autorenlesung. Der Referent war mit dem Deutschen Buchpreis ausgezeichnet worden. An der Lesung nahmen etwa fünfzig Zuhörer teil. Der Autor las mit Witz und Charme drei Kapitel aus seinem neuesten Roman vor und bekam viel Beifall. Jeder Zweite kaufte ein Buch und wartete geduldig, um es von ihm signieren zu lassen. Davon konnte ich nur träumen!

Am nächsten Morgen traf ich diesen Autor zufällig am Strand wieder und wir kamen ins Gespräch. Ich bewunderte ihn wegen seines Erfolgs. Er klagte über Zeiten der finanziellen Not und Lebensphasen voller Depressionen, die ihn jedoch zu neuer Sensibilität verholfen hätten.

»Wie haben Sie einen Verlag gefunden, der Ihre Bücher druckt?«, forschte ich vorsichtig nach.

»Ich war fleißig, und ich hatte Glück. Weniger als ein Prozent der eingesandten Manuskripte werden gedruckt und von den Gedruckten werden über achtzig Prozent wieder eingestampft, die Chancen erfolgreich zu sein, selbst für gute Schriftsteller, sind bescheiden.«

»Manch verzweifelter Autor veröffentlicht sein Buch im Selbstverlag. Diese Verlage legen die Kosten auf den Autor um und sind weniger an einer Vermarktung interessiert, mehr am Abkassieren von Gebühren. Goethes Bücher sind auch zunächst im Selbstverlag erschienen«, ergänzte ich seine Anmerkung, »woher schöpfen Sie den Stoff zu Ihren Büchern?«

»Gelegentlich entdecke ich in der Zeitung eine Notiz, aus der sich eine Geschichte machen lässt, oft ranke ich eine Handlung um ein aktuelles Thema, und manchmal wandele ich den Stoff eines anderen Autors ab, auch Gedankenklau gehört zu unserem Geschäft. Die trefflichsten Geschichten schreibt das Leben selbst. Die meisten meiner Figuren haben Ähnlichkeit mit Menschen, die mir irgendwann begegnet sind.«

Der Strand war gut besucht, Animateure boten den Gästen Strandspiele an, und der Sand schien mir heller und feiner als an der Adria. Von Ferne hörte man die Klänge eines Kurkonzerts. Wir liefen, in unser Gespräch vertieft, die Strandpromenade entlang, und als uns ein kühler Wind entgegenschlug, lud ich meinen Gesprächspartner in das Strandcafé ein. Nach der Wende wurden die Häuser hier liebevoll restauriert und wir fühlten uns in vergangene Zeiten versetzt. Ein adretter Kellner nahm die Bestellung entgegen und tupfte dabei mit seinem Stift und flinker Hand auf ein Display. In dem Ambiente, geprägt von der Vergangenheit, wünschte ich mir wieder den guten, alten Notizblock zurück.

»Mir fiel bei der Lesung auf, dass Sie sich einer einfachen, fast ordinären Sprache bedienen.«

Er schmunzelte und rührte in seinem Kaffee: »Ich habe im Laufe der Jahre meinen Stil entwickelt, ich will auch junge Menschen ansprechen, die eine derbe Ausdrucksweise erwarten.«

Ich wollte zahlen und winkte dem Kellner: »In ihrem Werk finden sich kritische Worte zur Religion und der

Kirche, besteht dabei nicht die Gefahr, die religiösen Gefühle von Lesern zu verletzen?«

»Es ist ein Roman und kein Sachbuch. Ich lege manchen meiner Figuren eine Überzeugung in den Mund, die meiner eigenen entspricht, das Werk wirkt sonst nicht authentisch. Es ist nicht meine Absicht einen Leser zu verletzen, es wird sich jedoch nicht immer vermeiden lassen, man kann es nicht jedem recht machen.«

Am Nebentisch nahmen zwei ältere Paare Platz und begannen zu tuscheln und uns anzustarren. Schließlich kam der Herr im blauen Anzug an unseren Tisch: »Könnten Sie bitte dieses Buch für meine Tochter Angelika signieren, sie hat alle Ihre Bücher verschlungen.«

Der mit dem Deutschen Buchpreises Ausgezeichnete flüsterte mir beim Aufbruch zu: »Das ist der Preis für den Ruhm, genießen Sie die unbeschwerte Zeit ohne Ruhm!«

Auf der Rückfahrt ließ ich die Ansichten dieses Schriftstellers auf mich wirken, und als ich zuhause meinen Rechner hochfuhr, gelang mir ein erster Satz auf Anhieb. Vielleicht wirkte die Nähe zum Ruhm beflügelnd, aber ich strebte nicht nach Ruhm, ich wollte nur einen Roman schreiben, der gedruckt wird. Wenn sich mein Werk in bescheidenen Stückzahlen verkaufen ließe, wäre ich zufrieden. Mich tröstete die Anmerkung eines Literaturkritikers: Wenn Sie gute Literatur suchen, werden Sie bei Bestsellern selten fündig.

Nach der Vollendung meines Romans: Das Haus am Bach, widmete ich mich in der Winterzeit der Lyrik. Meine Gedichte waren mehr von atmosphärischer Dichte geprägt als von Handlung und machten ein Umdenken erforderlich, ich kam nur sehr langsam voran. Völlig unerwartet teilte mir ein Verlag aus München mit, dass er an meinem Roman interessiert sei, und ich sollte die fehlenden Kapitel nachreichen. »Wie kann ich mich gegen den Diebstahl von geistigem Eigentum schützen, kann ich beweisen, dass ich der Urheber dieses Romans bin, welche finanziellen Forderungen sind bei Autorenverträgen üblich?«, diese Fragen schossen mir durch den Kopf, als ich den Brief des Verlags erneut las, und ich ergoogelte mir einige Antworten aus dem Internet. Schon nach einigen Wochen erfolgte eine Einladung nach München, und ich musste mich einer Art Kreuzverhör unterziehen. Ich fühlte mich wie ein Angeklagter, der von mehreren hochintelligenten Anwälten und Experten in die Zange genommen wurde, freundlich in der Form, hart in der Sache. Nach dem Verhör zeigte der Verlag immer noch Interesse, es begann die Zeit der Druckvorbereitung. Zusammen mit einem Lektor wurden einige Kapitel überarbeitet, dabei musste ich um einige meiner Formulierungen kämpfen, um sie gegen den Rat vom Lektor zu erhalten.

Es dauerte Monate, bis ich endlich ein gedrucktes Exemplar in den Händen halten durfte. Als mich mein Name von der Titelseite anlachte, ging mir ein kalter Schauer über den Rücken. Auf dem Umschlag sah man eine Kinderschar, die vor einem Schwarzwaldhaus fröhlich um einen Brunnen tanzte neben dem großen Schatten einer Hexe. Mich überschüttete ein Gefühl, gemischt aus Stolz, Glück und Zufriedenheit, das mich an meine lange zurückliegende Abiturfeier erinnerte. Ich befreite das Buch von seiner Folie und ließ die Seiten durch meine Hand rieseln, dann drehte ich mit dem Buch in der Hand eine Pirouette und umarmte den Lektor. Es stellte die Krönung unseres Fleißes dar, geprägt von einem fortwährenden Ringen um treffende Formulierungen, einem Streichen von entbehrlichen Beiworten, einer Überprüfung auf logische Zusammenhänge und einer nicht endenden Suche nach Fehlern. Ich ließ mir die Freude an meinem Werk nicht nehmen, auch wenn ich schon auf der zweiten Seite einen Fehler entdeckte, der offensichtlich die anstrengende Fehlersuche unerkannt überlebt hatte.

Gegen die statistische Wahrscheinlichkeit verkaufte sich mein Roman, wie warme Semmeln. Der Verlag teilte mir nach kurzer Zeit mit, dass eine zweite Auflage notwendig sei, und ich solle mich auf Autorenlesungen und eine Fernsehdiskussion vorbereiten. Am Monatsende schwang sich mein müdes Girokonto zu nie gekannten Höhen auf, das Honorar rieselte vom Himmel, wie erfrischender Regen bei einem Gewitter. Mein Lektor und ich waren mit den Vorbereitungen für die zweite Auflage beschäftigt, da erhielt ich einen merkwürdigen Brief von einem Herrn Franz Bäuchle, Bürgermeister von Schöpflingen im Schwarzwald. In dem Brief war die Rede von meiner segensreichen Tätigkeit, meiner bilderreichen, poetischen Sprache, und er bat mich mit salbungsvollen Worten um eine Zusammenkunft.

Schöpflingen war eine Wortschöpfung von mir für das Dorf, in dem mein Roman spielte, und nun stellte sich heraus, dass es wohl tatsächlich einen Ort mit diesem Namen im Schwarzwald gab. Die Gemeinde Schöpflingen war von achthundert Einwohnern bewohnt, die sich überwiegend von der Landwirtschaft ernährten. Ich entschloss mich aus Neugierde dieser Einladung zu folgen.

Herr Bäuchle zeigte mir mit stolzgeschwellter Brust seine Gemeinde, die jetzt geprägt war vom Wahlkampf um das Bürgermeisteramt. Der Amtsinhaber Bäuchle musste sich dem Herausforderer Scholz von der SPD stellen, und die beiden Kandidaten lächelten uns von zahlreichen Wahlplakaten zu. Auf manchen Plakaten wurden diese Pappmännchen mit aufgemalten Bärten oder Brillen verunziert und machten einen lächerlichen Eindruck. Ich lief durch Schöpflingen, ein verschlafenes Provinznest, es wirkte auf mich wie ein Spielplatz in den Ferien. Nur selten störte ein Auto oder Radfahrer die ländliche Idylle, und der Ort hatte tatsächlich eine gewisse Ähnlichkeit mit dem erfundenen Dorf in meinem Roman.

»Leider stimmen manche Details nicht mit der Beschreibung in Ihrem Buch überein«, jammerte Franz Bäuchle, ein agiler Mann, etwa fünfzig Jahre alt, klein und mit kurzen Armen und Beinen ausgestattet. Sein Bauchumfang war gewaltig und schwappte in zwei Wellen über den Gürtel. Sollte das Sprichwort: Nomen est Omen, zutreffend sein, und der Name einen Hinweis geben, dann müsste mein Gesprächspartner Wampe heißen, nicht Bäuchle. Die Endsilbe: -le, wird üblicherweise für Verkleinerungen benutzt.

»Viele Leser Ihres Buches kommen hierher und fahren enttäuscht wieder ab, weil sie nicht finden wonach sie suchen. Das will ich ändern, wenn ich wiedergewählt werde!«

Wir liefen über den asphaltierten Marktplatz und der Bürgermeister stampfte mit seinem zu kurz geratenen Beinchen trotzig auf den Asphalt, wie ein kleines Kind, das seinen Willen nicht bekommt: »Hier müsste Kopfsteinpflaster sein, und das Rathaus müsste aus rotem Backstein errichtet sein, das wollen die Leute sehen.«

Wir liefen zum Bach hinab und der aktive, kleine Mann zeigte mir das Haus am Bach: »Wenn das Haus mit Schindeln gedeckt wäre, und ein Brunnen davor zum Wasserschöpfen einladen würde, wäre das ein Ambiente, das zu der Beschreibung in Ihrem Buch passen würde?«

Ich betrachtete mir gründlich das Haus mit dem Nutzgärtchen, hörte den Bach plätschern, die Vögel zwitschern und bemerkte: »Es passt verblüffend gut, nur stört die Betonbrücke, die den Bach überspannt, ich habe eine überdachte Holzbrücke beschrieben, in der sich die Kinder versteckt haben.«

Herr Bäuchle kratzte sich hinter dem Ohr: »Ich hab ein Investitionsprogramm aufgelegt: Unser Dorf soll schöner werden, dafür konnte ich sogar Landesmittel locker machen. Aus diesem Topf können wir Schönheitsreparaturen bezahlen, aber eine neue Brücke ist da nicht drin. Wir könnten die vorhandene Brücke mit einer Holzverkleidung versehen, dann sieht man den Beton nicht mehr.«

Der Bauer hatte den Bürgermeister erkannt, unterbrach seine Arbeit im Stall und gesellte sich zu uns. »Grüß Gott, Willi, was macht Dein Kalb?«

»Grüß Gott, Franzl, das Kalb wird durchkommen. Willst Du immer noch meinen Hof nach dem unseligen Buch umgestalten?«, brummte der Bauer.

»Ich will Dir den Herrn Feller vorstellen, er ist der Autor dieses erfolgreichen Buches. Du plagst Dich mit Deinen Rindern ab, und bist Du davon reich geworden? Nein! Die Touristen kommen freiwillig zu Dir und wollen hier ihr Geld abladen«, flötete der Bürgermeister und legte dem Bauern die Hand auf die Schulter, als seien sie Brüder, die beide für das Wohl des Hofes verantwortlich sind.

»Ich mag keine Touristen, sie behindern mich bei meiner Arbeit mit ihren blöden Fragen.«

»Mein lieber Willi, schau' Dir Dein Dach an, es ist alt und hat Löcher. Je mehr Löcher es hat, desto näher bist Du dem Himmel. Hast Du Geld es zu reparieren? Nein! Für diese Fälle habe ich ein Programm entwickelt, ich, Euer Bürgermeister. Du trägst zwanzig Prozent der Kosten für Dein neues Schindeldach, der Rest wird aus meinem Programm bezahlt.«

Willi überlegte lange, man merkte, wie er sich anstrengen musste um diesen Vorschlag zu begreifen: »Ist da kein Pferdefuß dabei, Du Schlitzohr?«

»Ich, der alte und bald auch der neue Bürgermeister, kann mir keine Pferdefüße erlauben. Wenn mein Vorschlag schlecht wäre, würdest Du in den Dorfkrug rennen und mich anschwärzen.«

»Da kannst Du einen drauf lassen«, lachte der Bauer.

»Wenn Du mit der Abwicklung Deines neuen Daches zufrieden bist, kann ich Deinen Wunsch nach einer autarken Wasserversorgung erfüllen. Wir bauen Dir einen Brunnen passend zum Schwarzwaldhaus, oben rund, gemauert, mit Zieheimer, aber unten mit moderner Pumpe, dann müssen Deine Kühe nicht mehr das teure Chlorwasser saufen. Wäre das ein Angebot?«

Der Bauer strahlte, wie ein Sportler bei der Überreichung der Goldmedaille und streckte zur Bekräftigung der Vereinbarung dem Bürgermeister seine Hand hin: »Auf meine Stimme kannst Du zählen.«

Bei der leichten Steigung auf dem Rückweg ins Dorf kam Herr Bäuchle ins Schwitzen, und wir mussten stehen bleiben. Ich fragte: »Könnte die gezielte Anpassung des Dorfes an die Buchvorlage, mit dem Ziel Touristen anzulocken, als Betrug ausgelegt werden?«

»Das sehe ich anders. Ja, ich möchte als Bürgermeister wiedergewählt werden, und Ihr Buch soll mir dabei helfen. Die Landwirtschaft wirft wenig ab, und ich schaffe mit der Belebung des Tourismus eine Alternative. Als Shakespeares Drama ein Welterfolg wurde, haben die Stadtväter von Verona einen Balkon ausgewählt und ihn Romeo und Julia Balkon genannt, der heute zum Pflichtprogramm für Italienreisende zählt. Hat jemand das als Betrug gebrandmarkt? Nein.«

Als er einige Male durchgeatmet hatte, fuhr dieser eifrige Macher fort:»Mein Konkurrent hat den Wahlslogan: Was soll's, wählt Scholz. Ist in diesem dummen Spruch ein Programm erkennbar? Nein. Er versucht durch ein Versprechen zum Bau einer Grundschule bei jungen Eltern zu punkten, dabei hat er nicht einmal ein passendes Grundstück, dieser sozialistische Traumtänzer.«

Am Rathaus angekommen, deutete der Bürgermeister auf die Fassade:»Sehen Sie die Risse und das Geschmiere mit Grafity. Die Fassade schreit nach Erneuerung. Ich werde sie mit roten Klinkerplatten belegen lassen, die sind haltbar und das Gebäude wirkt dann wie ein Backsteinbau.«

In seinem Büro zündete sich der vom Tourismus Boom berauschte Bürgermeister eine Zigarre an und goss zwei Gläser Schwarzwälder Kirschwasser ein:»Zum Wohle! Ich würde es begrüßen, wenn in Ihrem Lebenslauf unser Dorf Erwähnung fände. Hatten Sie nicht einen Jugendfreund hier? Wir könnten Sie dann in unserer nächsten Gemeinderatssitzung zum *Ehrenbürger von Schöpflingen* ernennen.«

Das Kirschwasser war hochprozentig, ich musste husten. Er schmunzelte, guckte mich mit seinen listigen Schweinsäuglein an, blies seinen blauen Zigarrenrauch

150

aus und wartete auf meine Reaktion. »Ein Ehrenbürger sollte kirschwasserfest sein, ich bin es nicht. Bis mich Ihr Brief erreichte, hatte ich keine Ahnung, dass es den Ort Schöpflingen überhaupt gibt. Ich habe mir viel Mühe gegeben eine nicht vorhandene Ortsbezeichnung zu erfinden, offensichtlich ohne Erfolg. Es sollte der Phantasie meiner Leser überlassen bleiben sich ein Dorf auszumalen. Ich will meinen Lebenslauf nicht mit Schöpflingen schmücken und hoffe auch ohne Ehrenbürgerwürde ein Schriftsteller zu sein, der gerne gelesen wird.«

Diesem ehrgeizigen Männlein gefiel meine Antwort nicht, er setzte mit einer heftigen Bewegung sein Schnapsglas ab und stapfte trotzig zum Fenster: »Der Nachbargemeinde werde ich, der Bürgermeister, schon zeigen, was gute Lokalpolitik bewirken kann. Richtig, der Marktplatz sollte mit Kopfsteinpflaster ausgelegt sein! Das könnte die Baufirma von meinem Schwager günstig erledigen.«

»Ist für öffentliche Aufträge nicht eine Ausschreibung erforderlich, und ist Kopfsteinpflaster nicht laut, wenn der Berufsverkehr rollt?«, gab ich zu bedenken.

»Die Ausschreibung deichseln wir schon. Den Marktplatz wandeln wir in eine Fußgängerzone um, das liegt im Trend zur Lärmreduzierung und freut die Geschäftsinhaber, von denen viele zu meinen Parteifreunden zählen. Wir werden auf dem Marktplatz Schrittgeschwindigkeit einführen, dann wird es zu Staus im Berufsverkehr kommen, und wir bekommen vom Land bald eine Ortsumgehung. Sehen Sie, so wird Lokalpolitik gemacht.«

Herr Bäuchle lud mich zum Essen in den Dorfkrug ein, dem ersten und einzigen Gasthaus am Platz. Nach der gescheiterten Ernennung zum Ehrenbürger, startete er mutig einen weiteren Annäherungsversuch. Beim Eintreten begrüßte ich den Wirt:»Guten Tag.«

Im Badischen sagen wir:»Grüß Gott«, der Bürgermeister deutete auf mein schwarzes Hemd,»es freut mich aber, dass Sie die richtige Farbe gewählt.« Als wir auf unseren Platz im Erker zugingen, der sein Stammplatz zu sein schien, rief er:»Otto, bring uns zwei Viertele und die Karte. Hast Du heute Schäufele?«

Der Wirt brachte zwei Gläser Weißwein und die Karte, mir fiel auf, dass er eine gewisse Ähnlichkeit mit Herrn Bäuchle hatte.»Mein lieber Otto, begrüße Herrn Feller, den wortgewaltigen Schriftsteller, dem wir hier so viel zu verdanken haben.«

Das Geschwätz am Stammtisch verstummte und die Stammtischredner erhoben sich und prosteten uns mit ihren Bierkrügen zu, Otto verneigte sich übertrieben tief, und mein redegewandter Gastgeber streckte sich um mir auf die Schulter zu klopfen. Ich fühlte mich wie die Königin von England, der ihr Volk zujubelt, und die mit huldvollen Gesten und pausenlosem Lächeln diesen Rummel als lästige Pflicht abarbeiten muss. Mein Gegenüber sprach lobend von dem schönen Baden, erklärte mir den Unterschied zwischen Baden und Württemberg, sowie zwischen Schäufele und Kassler und verschlang dabei eine doppelte Portion. Nach dem Essen setzte sich der Wirt an unseren Tisch und beide stimmten das Badnerlied an:

Das schönste Land in Deutschlands Gaun
Das ist mein Badner Land!
Es ist so herrlich anzuschaun
Und ruht in Gottes Hand.

Beim Refrain stimmten die alten Herren am Stammtisch lautstark mit ein:
Drum grüß ich Dich mein Badner Land,
du edle Perl im Deutschen Land,
Frischauf, frischauf,
frischauf, frischauf,
frischauf, frischauf mein Badner Land.

Wir tranken erneut Kirschwasser, diesmal auf Kosten des Hauses und danach auf Einladung der Stammgäste, die der Bürgermeister nicht ablehnen durfte.

»Ich gebe es ehrlich zu, ich habe Ihr Buch noch nicht gelesen, die Wirtschaft lässt mir wenig Zeit, aber meine Frau war ganz begeistert«, beichtete Otto. Er erzählte stolz von seinem Anbau, zu dem ihm sein Bruder, der wackere Wahlkämpfer, das Grundstück organisiert hatte. Die Bettenkapazität im Ort sei dem Ansturm nicht mehr gewachsen und auch der Anbau sei inzwischen zu klein.

Otto zog sich kurz zurück und aus dem Vorraum war ein Tuscheln und Rumpeln zu hören, dann öffnete sich die Tür und eine Blaskapelle drängte in die Gaststube, begleitet von drei jungen Tänzerinnen in Tracht mit Bollerhüten. Mir zu Ehren führten sie uns einen Volkstanz vor, und die reifen Herrn am Stammtisch beobachteten aufmerksam die Röcke, die bei Drehbewegungen hochgewirbelt wurden. Die lüsternen Blicke, das nicht ganz tonsichere Spiel der Kapelle und der tollpatschige Tanz der drei Grazien, verliehen der Darbietung etwas Provinzielles. Nach dem Tanz kamen die Töchter Schöpflingens an unseren Tisch und überreichten mir, mit einem tiefen Knicks, einen Präsentkorb mit Affentaler Wein, Kirschwasser und Schwarzwälder Schinken.

»Was halten Sie von meinen Plänen zur Verschönerung unseres geliebten Heimatorts?«, erkundigte sich neugierig der Bürgermeister.

»Ich danke für das Geschenk und die Bewirtung. Wenn durch mein Buch der Ort einen Aufschwung nimmt, freut es mich für Sie. Für meine Leser wünsche ich, dass sie sich mit ihrer Phantasie einen Ort ausmalen und nicht ein hingetrimmtes Schöpflingen besuchen.«

Als ich nach einigen Jahren erneut Schöpflingen besuchte, fand ich einen im Aufbruch befindlichen Wallfahrtsort vor. Es waren zwei neue Hotels entstanden, der Markplatz und das Haus am Bach waren nach der Buchvorlage umgestaltet worden, und die großen Reiseveranstalter hatten diesen Ort in ihr Programm aufgenommen. Gruppen von Touristen ergossen sich über den Marktplatz und fielen in die neuerrichteten Straßencafés und Souvenirläden ein. Die Fassade des Rathauses wirkte wie die Kulisse in einem schlechten Film. Der ätzende Rauch des Kommerzes waberte durch alle Gassen von Schöpflingen. Bauer Willi war zum Fremdenführer mutiert und erklärte mit seinem bescheidenen Wortschatz den Besuchern die Geschichte des Hauses am Bach. Er machte auf mich einen wohlhabenden aber unglücklichen Eindruck, als wäre er lieber bei seinen Kühen geblieben. Schöpflingen florierte offensichtlich, aber es hatte seine Unschuld verloren und hatte keine Ähnlichkeit mit dem Dorf des Autors.

Der Verräter

Wir trafen uns jeden zweiten Mittwoch bei Andrea, weil wir hofften, dass ihre Wohnung noch nicht verwanzt war. Jens erzählte uns von seiner Inszenierung des Dramas: Die Räuber, die nicht den Beifall der Genossen von der SED gefunden hatte. Die sozialistische Grundeinstellung der Bauern und das ausbeuterische Verhalten der Adligen sei unzureichend herausgestellt worden. Die Aufführung wurde, nach der Premiere, aus dem Programm gestrichen. Er war verzweifelt, mit der Inszenierung der Dreigroschenoper wurde ein anderer Regisseur beauftragt. »Ich darf Schiller nicht sozialistisch umdeuten, aber ich kann nichts anderes als Inszenieren, was soll ich jetzt machen?«, fragte er und unterdrückte seine Tränen.

Andrea schnitt den Apfelkuchen an, den sie für das Treffen der DDR-Kulturschaffenden gebacken hatte. Jens bediente sich und berichtete: »Im westdeutschen Spiegel ist ein Artikel über die hohe Selbstmordrate in der DDR erschienen, der offensichtlich von einem Insider geschrieben wurde.«

»Wenn die Stasi den erwischt, erhält er Gelegenheit in Bautzen über seinen Artikel nachzudenken, und das ist kein Vergnügen«, kommentierte Boris, der als Theaterkritiker schon mit der Stasi in Berührung gekommen war.

»Wir sind alle vom Sozialismus in unserer Heimat geprägt, aber wünschenswert wäre eine Befreiung von der Zensur durch die Einheitspartei«, bekannte ich und nahm mir auch ein Stück Apfelkuchen.

»Aus Bautzen kommt selten jemand zurück, und die Wenigen sind seelische Wracks«, ergänzte Boris.

»Die Stasi hat ihre Informanten in fast alle Kreise unserer Gesellschaft eingeschleust, ich hoffe, dass es ihr bei uns, den Intellektuellen im Arbeiter- und Bauernstaat, nicht gelingen wird«, bekundete ich und verdrängte die Vorstellung, dass einer von uns ein Verräter sein könnte.

»Wollt ihr hier Trübsal blasen? Ich kann Euch eine erfreuliche Neuigkeit melden: Ich werde in einer Neuverfilmung die Anna Karenina spielen, die Dreharbeiten beginnen in vier Wochen, und ich freue mich riesig darauf«, rief Doris begeistert aus, dabei schwappte etwas Kaffee aus ihrer Tasse über, und sie angelte sich übermütig ein Eckchen Kuchen von meinem Teller.

Andrea hatte Ränder unter den Augen und wirkte bedrückt: »Ich habe meinen neuen Roman, Die Hochstaplerin, fertiggestellt. Du hast ihn gelesen mein kritischer Boris, hat er Dir gefallen?«

»Dein Protagonist ist eine Frau, das trifft den Zeitgeist, Männer haben zu lange die Literatur beschäftigt, die Handlung wird mit stimmigen Bildern untermalt und Deine Formulierungen sind exzellent. Den Schluss musst Du anders gestalten, die vorliegende Fassung wird keine Druckfreigabe erhalten.«

Andrea zuckte zusammen und antwortete verzweifelt: »Nur dieser Schluss passt zu meiner Hochstaplerin, ein SED-konformer Schluss macht aus meinem Roman Trivialliteratur.«

Ich mochte Andrea gern, der Gedankenaustausch mit ihr beflügelte meine Kreativität beim Schreiben, und sie hatte mit vierzig Jahren nichts von ihrer fraulichen Ausstrahlung verloren. Mich beschäftigte ihre schlechte seelische Verfassung seit einiger Zeit, ich nahm die Verzweifelte in den Arm und tröstete sie: »Lass mich Deine Hochstaplerin lesen, vielleicht finden wir gemeinsam einen Schluss, der eine Freigabe ermöglicht, ohne den Roman zu verhunzen.«

Nach Kaffee und Kuchen öffnete Jens eine Flasche Edel-Weinbrand und fragte:»Wer kennt diesen brisanten Spiegelartikel über steigende Selbstmordraten in der DDR? Ich weiß nur, dass durch die weitere Zunahme der Selbstmorde von Jahr zu Jahr, die Statistik darüber nicht mehr veröffentlicht werden darf. Was nicht sein soll, darf es nicht geben.«

Ich hob die Hand:»Ein Besucher aus der Schweiz hat mir den Spiegelartikel überlassen, ich kann ihn Euch kopieren. Ich weiß nicht, wer ihn verfasst haben könnte, ich habe allenfalls einen Verdacht.«

Boris schenkte sich ein zweites Glas Weinbrand ein und schwenkte es bedrohlich in der Luft umher:»Ich habe gehört, dass sich ein Stasi-Informant Zugang zum Originaldokument beim Spiegel verschafft hat. Der Text wurde auf einer Reiseschreibmaschine des Herstellers Olivetti geschrieben, von denen gibt es in der DDR nur wenige. Die Stasi sucht danach. Hat jemand von Euch eine Olivetti?«

»Ich habe keine Olivetti, aber ich finde es heldenhaft, einen solchen Artikel zu verfassen, und an den Klassenfeind zu leiten. Wir sind zu angepassten Schafen verkommen«, ereiferte ich mich. Andrea schob mir wortlos ihr Romanmanuskript zu. Dabei fiel das oberste Blatt auf den Boden, ich bückte mich danach, um es aufzuheben. Als ich aufblickte, habe ich mit Entsetzen entdeckt, dass unter der Tischplatte eine Wanze versteckt war! Diese winzigen Spione wurden benutzt, um einen Raum abzuhören. Ich richtete mich auf, deutete mit der einen Hand auf die Position der Wanze, mit der anderen Hand auf mein Ohr und richtete den Blick zum Himmel, alle haben mich sofort verstanden. Das Radio wurde angestellt, das erschwert ein Abhören, und das Thema wechselte zum Sommerurlaub auf der schönen Insel Rügen.

Am nächsten Morgen besuchte ich Andrea, die wieder unter ihrer Depression litt. Sie zweifelte an ihrer Befähigung zum Schreiben, sie misstraute den Kollegen, sie klagte über ihre vor zwei Monaten zerbrochene Beziehung, und sie fühlte sich von der Obrigkeit bedroht. Obwohl ich eigentlich nicht ihr Typ war, verstanden wir uns gut. Unerwartet, legte sie ihre Arme um mich und küsste mich lange, als müsse sie Kraft aus meinen Lippen saugen, dann gestand Andrea: »Ich habe den Artikel gesch…«, ich hielt ihr den Mund zu und zeigte auf die Wanze unter der Tischplatte.

»Die habe ich mit einem Hammerschlag in die Wanzenhölle befördert.«

Ich nahm sie wortlos an die Hand, entfernte die Abdeckung des Lichtschalters im Flur und zeigte auf die dort eingebaute Wanze, in der Küche war der Spion hinter dem Küchenschrank versteckt und im Bad unter dem Spülkasten. Ich nahm die Überraschte an die Hand, und wir verließen schweigend die Wohnung, um einen unbelauschten Spaziergang machen zu können. Ich machte ihr klar, dass die Olivetti Schreibmaschine sofort versteckt, besser noch, vernichtet werden muss.

Wir gingen in ein Café, sie bestellte eine Trinkschokolade, weil die Säure im Kaffee ihr Magenschmerzen bereitete: »Die Olivetti ist an einem sicheren Ort. Ich werde nicht in meine Wohnung zurückkehren, ich werde in der Datscha von Ulrike ein paar Tage untertauchen. Manche Dissidenten werden zwangsausgebürgert, aber ich betrachte die DDR als meine Heimat und will hier bleiben. Für die kapitalistische Presse bin ich nicht wegen der Brillanz meines Artikels interessant, sondern nur, weil ich aus dem kommunistischen Bereich etwas Ungünstiges ausplaudere, das sich gut vermarkten lässt, ich fühle mich als Nestbeschmutzerin.«

»Du bist keine Nestbeschmutzerin, sondern eine mutige Aufklärerin. Ich frage mich, wie es Dir gelungen ist, dem Spiegel Deinen Bericht zuzuspielen.«

»Bei dieser Frage mache ich von meinem Aussageverweigerungsrecht Gebrauch«, spöttelte Andrea, ohne zu lachen.

Ich wollte meine Gesprächspartnerin aufheitern und bemühte dafür einen Witz, den ich pikanterweise von einem SED-Bonzen gehört hatte: »Bei einem Bergrennen kommen von zwanzig gestarteten Autos nur zwei im Ziel an. Als erster der amerikanische Teilnehmer, danach der russische. Man befürchtete in der Wiege des Kommunismus, dass eine Überlegenheit der amerikanischen Technik gegenüber der russischen daraus abgeleitet werden könnte. In der Prawda stand am nächsten Tag der folgende Bericht: Bei einem dramatischen Bergrennen hat der russische Wagen einen hervorragenden zweiten Platz errungen, während der amerikanische sich mit dem vorletzten Platz zufrieden geben musste.« Der zarte Hauch eines Lächelns huschte über ihr Gesicht, als wir Abschied nahmen, ihre Depression blieb.

In der folgenden Nacht wurde ich durch energisches Klingeln geweckt. Ich ahnte nichts Gutes, schlüpfte verschlafen in meinen Morgenmantel und öffnete die Wohnungstür. Zwei Herren in dunklen Ledermänteln wiesen sich als Mitarbeiter des Ministeriums für Staatssicherheit

aus und forderten mich auf mitzukommen. Beim Anklei-
den wollte einer der Herren anwesend sein und begleitete
mich dann zu einem wartenden Lieferwagen. Im Inneren
des fensterlosen Fahrzeugs befanden sich vergitterte Zel-
len, die an Hundekäfige erinnerten, und in denen weitere
Personen transportiert wurden. Die Fahrt dauerte eine
knappe Stunde, und ich hatte den Eindruck, der Lieferwagen fuhr einige Schleifen, vielleicht um die echte
Fahrzeit zu verfälschen. Endlich hielt der Wagen an, man
hörte Stimmen und das knarrende Geräusch eines sich
öffnenden Schlagbaums. An einer überdachten Rampe
wurde die Fahrzeugtür geöffnet, und wir wurden aufgefordert, auszusteigen. Ein Wachmann begleitete mich zu
einer Zelle, deren Tür hinter mir mit einem metallischen
Krachen geschlossen wurde. Mein Domizil bestand aus
einer Pritsche, einem Stuhl, einem Waschbecken und
einer WC-Schüssel, die in den Boden eingelassen war.
Der Raum war ohne Fenster und von der Decke warf eine
Glühbirne schwaches Licht. Ich setzte mich auf den Stuhl
und wartete. Irgendwann musste ich eingenickt sein, ein
lautes Entriegeln weckte mich, und die Zellentür öffnete
sich. Ein Uniformierter brachte mir Anstaltskleider, Unterwäsche, Zahnbürste und Handtuch und forderte mich
auf, meine eigenen Kleidungsstücke und Gegenstände in
einen bereitgestellten Karton zu legen.
»Wo bin ich hier, warum wurde ich festgenommen?«,
fragte ich erregt.
»Bitte legen Sie auch Ihre Uhr ab. Ich darf Ihnen keinerlei Auskunft geben.« Der Wärter nahm den Karton an
sich und zog krachend die Tür hinter sich zu. Ich zog mir
die Anstaltskleider an und streckte mich auf der Pritsche
aus um über mein Schicksal nachzudenken. Die Verhaf-
tungsaktion bei Nacht und der Transport in fensterlosen

Hundezwingern trägt die Handschrift der Stasi. Mein Fehlverhalten muss politischer Natur sein, Straftaten habe ich nicht begangen. Ich versuchte mich an das belauschte Treffen bei Andrea möglichst genau zu erinnern: Ich habe die Befreiung von der SED-Zensur gefordert, habe auf eingeschleuste Stasi-Informanten hingewiesen und bin im Besitz einer illegalen Kopie des Spiegels. Das alles sind Vergehen gegen die Obrigkeit, aber sie rechtfertigen nicht diese Inhaftierung. Es muss einen anderen, mir unbekannten, Grund geben. Könnte mein Gespräch mit Andrea während unseres Spazierganges belauscht worden sein, über ein Richtmikrophon oder eine in ihren Mantel eingenähte Wanze? Wirre Gedanken überfluteten meinen Kopf, war Andrea am Ende nicht Opfer sondern Stasi-Informantin? Meine absurden Gedankenspiele wurden unterbrochen durch das laute Öffnen der Zellentürklappe. Mir wurde ein Blechteller mir zwei Scheiben Brot und Wurst hereingeschoben, und die Klappe schnappte sofort wieder zu.

Es waren keine Geräusche vernehmbar, ich wusste nicht ob es Tag oder Nacht war, und wie viel Zeit ich in dieser Zelle verbracht hatte, ich war dazu verdammt, zu warten. Das metallische Dröhnen der sich öffnenden Zellentür weckte mich, ein Wachmann führte mich aus der Zelle einen fensterlosen Gang entlang. Als uns eine andere Person entgegenkam, musste ich mich mit dem Gesicht zur Wand stellen, damit ich diese Person nicht erkennen konnte. Er brachte mich in einen Verhörraum. Das finstere Verließ war mit Pressspanmöbeln und einem Telefon ausgestattet. Ich hatte stehend zu warten bis ein in Zivil gekleideter Mann eintrat und mir einen Stuhl anbot.

Er blätterte in der mitgeführten Akte: »So, Sie sind also der Egon Brand, Schriftsteller, geboren am 14.April 1946.«

»Mein Name ist Egon Brand, und ich möchte wissen, warum ich hier festgehalten werde.« Ich versuchte meine Wut zu unterdrücken.

»Kennen Sie Andrea Kaufmann?«, wollte er wissen, ohne meine Frage zu beantworten.

»Ja.«

»Wann haben Sie Frau Kaufmann zuletzt gesehen?«

»Am Tag vor meiner Entführung.«

Der Mann auf der anderen Seite des Schreibtisches war etwas älter als ich, sprach sächsische Mundart und war klein und beleibt: »Sie wurden nicht entführt, sondern im Interesse der Sicherheit für unseren Staat in Gewahrsam genommen. Was hatten Sie mit Andrea zu besprechen?«

»Wir sind Schriftsteller-Kollegen und treffen uns regelmäßig zu einem Gedankenaustausch.«

»Frau Kaufmann ist spurlos verschwunden, kennen Sie Ihren Aufenthaltsort?«

»Ich weiß nichts von ihrem Verschwinden und kenne ihren Aufenthaltsort nicht.«

Der kleine Mann erhob sich von seinem Stuhl, seine Stimme wurde drohend: »Das glauben wir Ihnen nicht! Wer einen Straftäter deckt, macht sich auch strafbar. Also noch einmal, wo hält sich Andrea versteckt?«

»Ich weiß es nicht, ich habe nicht einmal eine Vermutung. Wir sind Kollegen aber nicht befreundet, Andrea würde mich nicht in ihre Pläne einweihen«, spielte ich die Bedeutung unserer Bekanntschaft herab.

»Sie versuchen uns Ihre Kenntnisse vorzuenthalten. Sie bekommen Gelegenheit in Ihrer Zelle über Ihr staatsfeindliches Verhalten nachzudenken. Wenn wir Frau

Kaufmann festnehmen können, sind Sie frei. Finden wir sie nicht, kommen Sie nach Bautzen. So einfach ist das.« Er betätigte einen Klingelknopf und der Wachmann führte mich zurück in mein ungastliches Domizil.

Wie lange ich mich schon in dieser Zelle befand, konnte ich nicht abschätzen. Wenn ich schlafen wollte, wurde ich geweckt, durch laute Marschmusik, oder das Betätigen der Türverriegelung, das mich hochschrecken ließ, oder schwankende Zellentemperaturen. Ich war desorientiert und hatte keinen Kontakt zu Menschen und begann damit, laut Geschichten zu erzählen, nur um eine Stimme zu hören. Irgendwann wurde ich erneut zu einem Verhör abgeholt. Mein Gegenüber wiederholte seine Frage: »Sagen Sie uns wo sich Andrea versteckt hält.«

»Ich weiß es nicht, und es gibt keinen Grund, warum sie ausgerechnet mir das hätte mitteilen sollen.«

»Ich hatte gehofft, dass es Ihnen in der einsamen Zelle einfallen würde. Bedenken Sie, so unerträglich eine Situation im Leben sein mag, es gibt immer noch eine Steigerung.«

Er machte dem Wachmann ein Zeichen und ließ mich in eine Spezialzelle einsperren. Diese Zelle war so eng, dass ich nur stehen oder hocken konnte, die unteren fünf Zentimeter waren mit kaltem Wasser gefüllt, und von oben tropfte Wasser. Ich versuchte dem herabfallenden Tropfen auszuweichen, damit er nicht auf meinen Kopf fiel. Nach einer Weile war ich erschöpft, und der Tropfen fiel immer auf dieselbe Stelle des Kopfes und löste ein Zucken aus. Ich wollte eine Toilette aufsuchen, aber niemand reagierte auf mein Rufen. Mein Darm entleerte sich in die Anstaltskleidung, und ich fühlte mich besudelt und entehrt. Als ich anfing zu schreien, schleiften mich zwei Stasi-Knechte zurück in meine Zelle.

Ich war wieder allein in diesem kalten, stummen Gehäuse und versuchte mit Eifer und kaltem Wasser die Spuren der stinkenden Exkremente zu entfernen, ein entwürdigendes Unterfangen. Dann setzte ich mich in meiner notdürftig gereinigten, nassen Hose auf den Stuhl und überdachte meine Situation. Die DDR bemühte sich um internationale Anerkennung und wollte nicht als Unrechtstaat gebrandmarkt werden, daher kam vorzugsweise die sogenannte weiße Folter zum Einsatz, die keine Verletzungsspuren bei den Opfern hinterließ. Wie lange könnte ich einer körperlichen Folter widerstehen, fragte ich mich besorgt. Ich musste die Qualen der Isolationshaft unterbrechen, ich wollte Zeit gewinnen und meinen Folterknechten einen Streich spielen. Entschlossen klopfte ich an die Zellentür und rief: »Ich möchte eine Aussage machen!«

Mein Peiniger empfing mich mit einem triumphalen Grinsen: »Nun, Herr Brand, ich freue mich, dass Sie endlich Ihrer staatsbürgerlichen Pflicht nachkommen wollen, wo finden wir die Westspionin?«

Ich wusste, dass sich Andrea in der Datscha von Ulrike versteckt hatte, davon durfte die Stasi nichts erfahren. Also versuchte ich die Verfolger zu einem möglichst weit davon entfernten Schlupfwinkel zu schicken. Falls ich mich einmal hätte verstecken müssen, hatte ich ein stillgelegtes Fabrikgebäude außerhalb von Berlin für mich ausfindig gemacht. Das beschrieb ich dem Stasi-Offizier sehr detailliert und fügte hinzu: »Dorthin könnte sich Frau Kellermann geflüchtet haben.«

»Sollten Sie versuchen uns zu täuschen, werden Sie es bereuen, mein lieber Herr Brand, dann machen wir Ihnen ein Feuer unter dem Hintern, das Ihrem Namen alle Ehre macht.« Er kritzelte eine Notiz auf seinen Block und überreichte sie dem Wachmann. Ich durfte in meine Zelle zurückkehren und erhielt frische Anstaltskleidung und einen Apfel, zusätzlich zu den üblichen Brotscheiben. Ich wusste, dass mein Problem nicht gelöst war, nur aufgeschoben, aber ich war aus der angeordneten Isolation ausgebrochen und hatte Zeit gewonnen. Nach einiger Zeit hörte ich das Krachen der Türentriegelung, das mich immer wieder zusammenzucken ließ, und der Aufseher führte mich auf dem vertrauten Weg in den Verhörraum. Ich dachte, die Häscher können nichts gefunden haben, also werden sie ihre Verhörmethoden verschärfen.

Bei meinem Anblick erhob sich der pummlige Sachse hinter dem Schreibtisch und schüttelte mir die Hand, ohne dass ich mich hätte wehren können: »Ich habe fest damit gerechnet, dass Sie zur Einsicht gelangen und wir Freunde bleiben können. Wir konnten diese teuflische Westagentin Kellermann in dem Fabrikgebäude festnehmen. Sie wird keine Gelegenheit mehr haben unsere Republik beim Klassenfeind zu diffamieren.«

Meine Knie wurden weich, und ich ließ mich auf einen Stuhl gleiten. Es dauerte einige Zeit, bis ich meine Fassung wieder erlangt hatte. »Hat sie einen Fluchtversuch unternommen?«, fragte ich ungläubig, denn ich war der Überzeugung, dass Ihre Festnahme nur eine Finte darstellen konnte.

»Was wir machen, das machen wir gründlich. Das Gebäude war umstellt, sie hatte keine Chance zu entkommen. Eigentlich haben wir sie in der Datscha von ihrer

Schulfreundin Ulrike vermutet, aber da ist sie nie aufgekreuzt. Erst Ihr Tipp hat uns den richtigen Weg gezeigt.«

»Ich habe diese erfolgreiche Schriftstellerin als überzeugte, aufrechte Kommunistin kennengelernt und halte eine Tätigkeit als Westagentin für ausgeschlossen. Was geschieht mit Frau Kellermann jetzt?«

Der feiste Schreibtischtäter mir gegenüber, der Rechtstaatlichkeit mit Füßen trat, lehne sich selbstgefällig zurück: »Sie wird uns das Versteck ihrer Schreibmaschine zeigen und die Kontaktperson beim Spiegel nennen. Von ihren Verbrechen wird sie nicht gerne berichten, aber wir haben unsere Methoden, auch die, die den Helden spielen wollen, zum Reden zu bringen.«

In meinem Kopf kreisten die Gedanken wie in einem Karussell, ich fühlte mich als Verräter und versuchte meine Gedanken zu ordnen. Andrea konnte in der Datscha nicht untertauchen, weil die Stasi schon vorher dort war. Sie hat zufällig, ohne mein Wissen, mein fiktives Versteck gewählt und wurde nach meiner Aussage festgenommen. Welche Ironie des Schicksals, für diese Frau empfinde ich nur Hochachtung und Bewunderung. Meine angestaute Wut platzte heraus und ergoss sich wie glühende Lava, die zum Erkalten verurteilt war, über diesen verhassten Schreibtisch: »Sie haben mich nachts verhaftet, haben mich ohne Anklage wochenlang festgehalten, und haben mich misshandeln lassen. Damit haben Sie gegen Gesetze der DDR verstoßen und werden sich dafür verantworten müssen.«

»Gut, dass Sie dieses Thema ansprechen. Wenn Sie entlassen sind, werden wir Sie beobachten. Hohenschönhausen ist ein geheimer Ort und dient der Sicherheit unserer Republik. Sollten Sie irgendwelche Einzelheiten ausplaudern, betrachten wir das als Verrat eines Staatsgeheimnisses, und Sie sind schnell wieder in Ihrer Zelle hier. Habe ich mich klar ausgedrückt?«

Die Mittwochtreffen der Literaten wurden in die Wohnung von Boris Seibold verlegt. Wir hatten keine Nachrichten über den Verbleib von Andrea und befürchteten, dass sie in dem berüchtigten Stasi-Gefängnis in Bautzen festgehalten wurde. Aus Furcht vor einer erneuten Verhaftung wagte ich nicht über Details meiner Verschleppung durch die Stasi zu sprechen. Meine Freilassung nach Andreas Verhaftung nährte die Vermutung, dass ich sie verraten habe. Es schmerzte mich diesen Verdacht einiger Literaten bei unseren Gesprächen zu fühlen.

In dieser Zeit erhielten unsere Treffen regen Zulauf von anderen Kulturschaffenden der DDR, von Filmemachern, Professoren, Verlegern und Kirchenvertretern. Wir hatten gelernt, die Abhörvorrichtungen zu enttarnen und fürchteten uns nur vor Stasi-Spitzeln in den eigenen Reihen. Die Literatur konnte nicht werteneutral bleiben, sie musste Position beziehen und Missstände ansprechen im Rahmen unserer bescheidenen Möglichkeiten.

Die Wirtschaftsleistung der DDR stagnierte auf tiefem Niveau, die Unzufriedenheit der Bürger wuchs täglich. In der Sowjetunion verkündete Michail Gorbatschow eine Erneuerung der Gesellschaft und eine Abkehr von der Politik der militärischen Stärke und Aufrüstung. Die in der DDR stationierte Rote Armee wurde nicht mehr als eine bedrohliche Besatzungsmacht empfunden. Die DDR-Bürger forderten Meinungs-, Versammlungs- und Reisefreiheit, die friedlichen Montagsdemonstrationen begannen. Die Demonstranten hatten ein anerzogenes Vertrauen in die kommunistische Ideologie und eine Abneigung gegen die Macht des Kapitalismus. Sie strebten

167

nach Freiheit garniert mit Konsum, der im sozialistischen Lager weit hinter dem kapitalistischer Länder her hinkte. In intellektuellen Kreisen hoffte man auf einen *dritten Weg,* einer Synthese zwischen dem *gescheiterten Kommunismus* und dem *entfesselten Kapitalismus.*

Die Wiedervereinigung der beiden deutschen Staaten war kein Zusammenschluss von Partnern auf Augenhöhe. Bei der Wende wurde der maroden DDR der Kapitalismus übergestülpt, die zarte Pflanze der sozialen Errungenschaften wurde abgewickelt. Der DDR-Bürger musste lernen als Produktionsfaktor betrachtet zu werden, der nach den Bedürfnissen der Wirtschaft eingesetzt wird, oder der als Arbeitsloser an den gesellschaftlichen Rand abgeschoben wird. Der Tanz um das goldene Kalb lockte die erfolgreichen Montagsdemonstranten.

Die Wiedervereinigung, nach vierzig Jahren der Trennung, löste einen unvorstellbaren Jubel in Ost- und Westdeutschland aus, der bald durch eine realistische Einschätzung der Lebensverhältnisse gedämpft wurde. Der eine Teil der Deutschen war mit dem Einsammeln von Vermögen beschäftigt, das ihre Vorfahren vor einem halben Jahrhundert verloren hatten oder erwarb Betriebe, die ihnen die Treuhand auf einem Silbertablett servierte. Der andere Teil der Deutschen konnte endlich über die DM verfügen, besaß jedoch kein Vermögen. Die Bürger aus den neuen Bundesländern stürzten sich auf den Erwerb von Autos, Computern, Fernsehern und buchten Auslandsreisen. Die erkämpften Freiheiten wurden von der schnell wachsenden Pflanze des Konsums überwuchert. Das Streben nach einem dritten Weg verfiel in einen Dornröschenschlaf.

Die schriftstellerische Arbeit wurde durch die Verfügbarkeit von technischen Geräten erleichtert und durch den internationalen Erfahrungsaustausch bereichert. Die Kulturschaffenden der früheren DDR verloren ihre bespitzelte, elitäre Position und tauchten ein in das Heer von Schriftstellern, die abliefern mussten, was der Markt verlangte, vorzugsweise Kriminalromane.

Ich war nun Bürger der Bundesrepublik Deutschland, die bisher der Hort des kapitalistischen Klassenfeindes war. Ich nutzte die Möglichkeiten, die die freiheitliche, demokratische Grundordnung einräumten und beantragte Einblick in die Stasi-Akten. Ich hoffte dort entlastende Hinweise zu finden, denn an dem Schicksal von Andrea fühlte ich mich mitschuldig. Die Mitarbeiterin der Gauck-Behörde überreichte mir einen Aktenberg, der auf einem Wagen gestapelt war: Vier große Aktentürme. Ich konnte mir vorher nicht vorstellen mit wieviel Aufwand die DDR ihre eigenen Bürger bespitzelt hatte. Rückblickend wundert es mich nicht, dass ihre Wirtschaft unproduktiv war. Ein Viertel der verfügbaren Arbeitskräfte war für die Bespitzelung abgestellt und entfiel weitgehend für produktive Tätigkeiten.

Die Lektüre der teilweise geschwärzten Stasi-Akten förderte manche Überraschung an den Tage. Ich war schockiert, zu erfahren, dass Andrea im Stasi-Gefängnis Bautzen inhaftiert war und dort, kurz vor der Wende, gestorben ist. Es war für mich unfassbar, dass die beliebte Doris Schlager die Stasi-Informantin in unserem literarischen Kreis war. Man hatte gedroht, die Rolle der Anna Karenina mit einer anderen Darstellerin zu besetzen und ihre Schauspielkarriere zu beenden. Sie hat Spitzeldienste geleistet, um der Schauspielkunst weiter huldigen zu können.

169

Der Umfang meiner Akte hätte zu dem Trugschluss verleiten können, dass ich eine wichtige Person gewesen sei. Ich hatte die Details längst vergessen mit wem ich telefoniert hatte, wann ich den Spiegelartikel gelesen hatte, welchen systemkritischen Witz ich erzählt hatte, wo ich Andrea getroffen hatte…Ich konnte in den Akten lesen, dass ich erst nach verschärften Verhörmethoden zu einer Aussage zum Aufenthaltsort der Westspionin bereit gewesen war, die schließlich zu ihrer Verhaftung geführt hatte. Welche Ironie, die akribisch angelegten Stasi-Akten hatten meine Rolle eines Verräters bestätigt.

Der Freund im Bistro

Ramona kam eilig auf mich zu: »Du sollst sofort zum Chef kommen, er sieht heute nicht gut gelaunt aus.«

Wenn sich die Chefsekretärin an meinen Arbeitsplatz bemüht, statt zu telefonieren, dann wird der Chef wohl keine frohe Botschaft verkünden. Ich klopfte an seine Bürotür und trat ein: »Guten Morgen Herr Schwarz.«

»Morgen, setzen Sie sich! Den Auftrag an die Stadtwerke haben wir verloren. Die Stadtwerke haben Sie betreut, was haben Sie falsch gemacht?«

»Ich habe zu dem Preis angeboten, den wir abgesprochen hatten, aber wir lagen etwas über dem Wettbewerb.«

»Was haben Sie unternommen, um unser Angebot attraktiver zu machen? Wir hätten die Entkalkungsanlage aus dem Angebot herausnehmen können, und sie separat anbieten.«

Während Herr Schwarz mit mir sprach, unterschrieb er Briefe ohne aufzublicken. Das machte dieser Gernegroß immer, wenn er demonstrieren wollte, wie beschäftigt er war, und wie nebensächlich sein Gesprächspartner erscheinen sollte. Trotzdem versuchte ich sachlich zu bleiben: »Ohne die Entkalkungsanlage werden wir technische Probleme bekommen.«

»Der Verkauf ist auch Psychologie, haben Sie das immer noch nicht begriffen? Das müssen Sie schon dem Kunden überlassen, ob er entkalken will, wir hätten dann unter dem Konkurrenzpreis gelegen.«

»Ich wollte eine technisch einwandfreie Lösung anbieten, daher…«

»Leider werden wir nie feststellen können, ob diese Anlage technisch so großartig ist, sie wird nie gebaut.

Wir haben keinen Auftrag erhalten«, seine Stimme wurde immer lauter und bedrohlicher, »auch der Sieber-Auftrag lag in Ihrer Verantwortung und ist verloren gegangen. Ich kann Versager in meiner Vertriebsabteilung nicht gebrauchen. Sie können Ihre Sachen packen, heute war Ihr letzter Arbeitstag bei uns, guten Tag Herr Tischler.«

Ich schlich an Kollegen vorbei, die mit gesenkten Blicken dasaßen und die diese Neuigkeit auch bei geschlossener Türe nicht überhören konnten. Halb gelähmt und im Zeitlupentempo packte ich meine persönlichen Sachen zusammen, trottete in das nahegelegene Bistro und bestellte einen doppelten Cognac. Der Verlust des Arbeitsplatzes kam ungelegen, ich hatte einen Kredit von viertausend Euro aufnehmen müssen, um meine Autoreparatur bezahlen zu können, wie sollte ich ihn nun zurückzahlen? Mehr noch als die Kündigung störte mich die Art, wie Herr Schwarz mich abgefertigt hatte, ich hatte alles kleinlaut hingenommen. In dieser Abteilung litt man unter Herrn Schwarz, aber keiner der scheißfreundlichen Kollegen hatte meine Partei ergriffen.

An dem Tisch im Erker saß ein etwa dreißigjähriger Mann mit dunkelgelockter Haarpracht, eine Brille verlieh dem Gesicht etwas Intellektuelles, seine lebhaften, dunklen Augen beobachteten mich. Er nahm sein Rotweinglas und prostete mir zu, als seien wir alte Freunde, während ich meinen Cognac hinunterstützte. Ich hatte den Wunsch über mein Elend mit irgendjemanden zu sprechen und ging zaghaft auf seinen Tisch zu.

»Na, hat Dir das Leben einen Streich gespielt?«, forschte er vorsichtig, »wir duzen uns hier alle, ich heiße Jens.« Er erhob sich leicht und rechte mir die Hand.

»Mein Chef, dieses Arschloch, hat mich auf fiese Art gefeuert. Ich habe einen Haufen Schulden und keinen Job mehr, dafür viel Freizeit.«

»Unter den Chefs scheint es nur Arschlöcher zu geben«, spöttelte Jens, »wie lange warst Du in der Firma? Hast Du silberne Löffel in der Kantine geklaut oder seine Frau gevögelt?«

Ich setzte mich und bestellte mir noch einen doppelten Cognac: »Ich heiße Walter, bin seit drei Jahren in der Firma und habe mir nie etwas zu Schulden kommen lassen. Der Chef stand von oben mächtig unter Druck und brauchte einen Schuldigen.«

»Dann solltest Du eine Abfindung einfordern.« Jens tippte auf eine Nummer in seinem Handy: »Hallo Werner, hier Jens. Alles im Lot? Wie hoch ist die Abfindung nach dreijähriger Betriebszugehörigkeit? Dachte ich mir, danke, ich schicke Dir morgen einen Walter vorbei, der ist verzweifelt, kümmere Dich bitte um ihn.«

Jens gab mir die Telefonnummer von Werner: »Vereinbare kurzfristig einen Termin mit ihm, wenn Firmen einen Brief von einem Anwalt erhalten, lassen sie es oft nicht auf einen Prozess vor dem Arbeitsgericht ankommen, und Du hast bald ein halbes Jahresgehalt auf Deinem Konto, bist schuldenfrei und kannst Dir noch viele Cognacs leisten.«

Nach kurzer Zeit unterbreitete mir mein alter Arbeitgeber ein gutes Angebot und ich ging in das Bistro, um mich bei Jens zu bedanken: »Alles kam, wie Du es gesagt hast, ich danke Dir und möchte Dich zum Essen einladen.«

»Nett von Dir, ich bleibe lieber hier, Du kannst mir einen Rotwein spendieren. Du siehst gut aus, hast gute

Umgangsformen und machst einen intelligenten Eindruck auf mich, bist Du verheiratet?«

Mich hatte diese Anmerkung abgestoßen, war er schwul und suchte ein Gespielen? »Ich bin nicht verheiratet und habe auch keine unehelichen Kinder. Ich liebe meine Unabhängigkeit.«

»Das passt ja ausgezeichnet, testen wir einmal, ob Du zum Casanova taugst. Siehst Du die junge Frau dort an der Bar? Sie ist gelegentlich hier, wenn Du sie erobern willst, musst Du Dir etwas Originelles einfallen lassen, nur auf solche Anmache springt sie an.«

Sie gefiel mir, ich war derzeit unbeweibt, und Jens Aufforderung stachelte meinen Ehrgeiz an. Ich sah sie lange an, sie erwiderte kurz meinen Blick und lächelte. Ich stand auf und setzte mich neben sie: »Haben Sie schon gehört, dass unsere Kanzlern Merkel zum Islam übergetreten ist?«

Sie lachte aufmunternd und schüttelte ihr blondes Köpfchen: »Das C im Parteinamen CDU steht für christlich, das sollte eine Kanzlerin und Parteivorsitzende der CDU nicht missachten.«

»Das wurde auf dem CDU-Sonderparteitag geändert, C steht jetzt für Commerz.«

»Das wäre wenigstens ehrlich, würde aber Stimmen kosten, das kann sich keine demokratische Volkspartei leisten«, kam die charmante Antwort von Annette. Mit diesem Namen stellte sie sich vor.

Wir tranken Sekt, kamen uns beim Plaudern näher, und ich durfte sie nach Hause fahren. Vor ihrer Tür hoffte mein gewecktes Verlangen auf eine Einladung, aber es blieb bei einem Wangenkuss. Wir verabredeten uns für den nächsten Tag, dann endlich wurde mein Flehen erhört. Ich war gerne mit Annette zusammen und freute mich darauf sie wiederzusehen. Als ich Jens im Bistro wieder traf, fragte er sofort: »Na, konntest Du sie erobern?«

»Erobern ist nicht die treffende Bezeichnung, ich nenne es aufeinander zugehen. Wir verstehen einander und sehen uns regelmäßig.«

»Langsam, langsam, lass sie an der langen Leine laufen, wir haben noch anderes vor, und Du wolltest doch unabhängig bleiben. Zunächst müssen wir eine wirtschaftliche Grundlage für unsere Unternehmungen schaffen. Du hast eine Eigentumswohnung und Deine Bank hat eine Grundschuld eingetragen, ferner hast Du die Abfindung. Du gehst morgen zu Deiner Bank und kaufst für fünfhunderttausend Euro Schweizer Franken ein.«

»Spinnst Du?« Ich sprang so heftig auf, dass mein Stuhl umfiel und die Gäste sich nach uns umdrehten, »ich habe noch nie an so großen Rädern gedreht, und die Bank wird dabei nicht mitspielen!«

»Die Bank spielt gerne dabei mit, sie verdient eine fette Provision. Du zeichnest nur die Schweizer Franken und willst sie nicht ausgehändigt haben. In zwei Wochen hast Du fünfzehn Prozent Gewinn, so eine Chance kommt nur alle zehn Jahre.«

Ich setzte mich wieder und dachte nach. Lockt er mich mit dem schnellen Geld um mich zu ruinieren und sich zu bereichern? Nein, er kommt an dieses Geld nicht heran und bisher waren seine Vorschläge erfolgreich: »Nehmen wir an die Bank spielt mit, was mache ich mit so viel Geld? Es gibt fast keine Zinsen in der Schweiz, wie sollen die fünfzehn Prozent zustande kommen?«

Er rückte näher an mich heran und flüsterte mir ins Ohr: »In wenigen Tagen wird der Schweizer Franken um fünfzehn Prozent aufgewertet, danach verkaufst Du Dein halbes Milliönchen wieder und hast, nach Abzug aller Provisionen, siebzigtausend Euro mehr auf Deinem Konto.«

»Wenn die Aufwertung nicht kommt, was dann, lande ich im Schuldturm?«

»Die kommt so sicher wie das Amen in der Kirche. Im schlimmsten Fall verkaufst Du die Franken wieder und zahlst an die Bank eine Provision, der Schuldturm muss frei bleiben für echte Schurken.«

Ich verbrachte eine unruhige Nacht, rannte drei Mal zur Toilette, hatte ein schlechtes Gewissen, da ich mich durch Devisenspekulation bereichern wollte. Trotzdem entschloss ich mich die Schweizer Franken zu kaufen. Wie es Jens prophezeit hatte, zeigte sich die Bank äußerst zuvorkommend und interessiert an dem Geschäft und klärte mich pflichtgemäß über Risiken bei Devisengeschäften auf. Schon in der folgenden Woche las ich in der Sonntagszeitung: Der Schweizer Franken wurde um fünfzehn Prozent aufgewertet.

Eigentlich waren wir erst um sechzehn Uhr verabredet, aber in meiner Euphorie rannte ich sofort ins Bistro und wollte ihn dort erwarten, einmal wollte ich vor ihm dort sein. Das gelang mir auch diesmal nicht, Jens saß schon an seinem vertrauten Platz im Erker und winkte mir triumphierend zu:»Na, was willst Du mit all Deinem Geld im Schuldturm?«

»Ich denke mir steht das Spekulationsgeld nicht zu, ich habe es nicht verdient, irgendein anderer verliert dieses Geld bei einer Aufwertung. Ich möchte Dir etwas davon abgeben, es war Deine Idee, und es würde mir helfen mein Gewissen zu erleichtern.«

»Wir brauchen für unsere Pläne Kapital, ich benötige kein Geld. Die Schweizer betreiben eine solide Finanzpolitik, die EU leider nicht. Der Markt musste auf die Europolitik reagieren, auch ohne Deinen Deviseneinkauf. Du solltest in die gehobenen Kreise unserer Gesellschaft vordringen.«

Seit dem Frühstück hatte ich nichts mehr gegessen, verspürte Hunger und bestellte eine Pizza und eine weitere für Jens, dieses Geschenk nahm er widerspruchslos an.

»Ich will nicht reich sein, das bringt keinen Segen, das steht sogar in der Bibel. Wenn es einen Weg gibt in diese Kreise einzudringen, ohne reich zu sein, würde es mich interessieren, denn man kann nur etwas beurteilen, wenn man es kennt.«

»Diesen Weg zeige ich Dir. Zuerst verkaufst Du Deinen wackligen Peugeot und legst Dir ein Mercedes Cabrio zu. Gebraucht, dafür müssen zwanzigtausend Euro ausreichen, wir müssen sparen. Dann brauchen wir noch zwei maßgeschneiderte Anzüge und Hemden, ich kenne da einen namhaften Schneider, Du musst eine gute Figur abgeben.«

»Ich habe Konfektionsgröße fünfzig und benötige keinen maßgeschneiderten Anzug. Viel Geld für Garderobe auszugeben, halte ich für Verschwendung, die ich nur Frauen verzeihen würde. Ich habe keinen Bock zu einem gestylten Lackaffen zu pubertieren.«

»In gewissen Kreisen spielt Geld keine Rolle, und die erwarten eine solche aufwendige Verkleidung, gewissermaßen als Zugehörigkeitssymbol, auch wenn Du sie nicht magst. Beim demonstrativen Konsum kommt es nicht darauf an, ob Preis und Qualität stimmen, wichtig ist allein, dass ein teures Produkt von anderen erkannt wird. Die riesige, störende Aufschrift: Pierre Cardin, wird nicht als hässlich empfunden sondern als schick, weil jeder erkennen kann, dieses Hemd war teuer.«

»Welche Verrenkungen erwartest Du noch von mir in dieser Promi-Komödie?«

Jens schnitt sich ein großes Stück Pizza ab, als gelte es, einen dicken Brocken zu schlucken und fragte vorsichtig: »Kennst Du Dich in der Welt der Oper aus?«

»Ich hatte Klavierunterricht und habe eine gute Stimme, aber in einer Oper bin ich selten, weil ich die Handlung meist trivial finde.«

»Die Oper will nicht durch eine psychologisch schlüssige Handlung überzeugen sondern Emotionen wecken, und das gelingt mit tragischen, trivialen Texten am besten. Der Besucher will tief bewegt, eine Arie summend, nach Hause gehen. Ich habe Dir einen Opernführer mitgebracht und habe die wichtigsten Werke angekreuzt, die solltest Du kennen. Auf dieser CD findest Du die wichtigsten Opernsänger, präge Dir die Namen ein.«

Ich blätterte in dem umfangreichen Opernführer: »Was führst Du im Schilde, soll ich mich im Opernhaus bewerben?«

»Die Frau vom General Herrmann soll Dich in die feine Gesellschaft einführen, und die liebt das Drama und die Oper. Sie ist eine aparte, gebildete Frau, etwas älter als Du, es ist also keine Strafe sich an solche Frau heranzumachen.«

»Ich kann mir nicht vorstellen, dass General Herrmann darüber begeistert sein würde, und wie soll das funktionieren, soll ich sie mit meinem Cabriolet umkreisen und dabei jodeln?«

»Sie hat ein Freitagsabonnement und ist alle vier Wochen in der Oper. Meistens sagt ihr Mann kurzfristig ab, dann versucht sie seine Karte zu verkaufen. Das ist Deine Chance, Du kaufst die Karte und sitzt neben ihr. Freitag in einer Woche wird Aida gespielt, bis dahin musst Du ein Opernexperte sein, wenn Du mit ihr ein Gespräch führen willst.«

Ohne große Begeisterung prägte ich mir bekloppte Handlungen der gekennzeichneten Opern ein, hörte die bekanntesten Arien und wagte mich am Freitag zum Kauf einer Karte in die Höhle der Löwin. Das musste sie sein, schlank, elegant und kartenschwingend. Ich kaufte die Karte und lud sie in der Pause zu einem Glas Sekt ein und versuchte ein Gespräch zu eröffnen: »Mir gefällt die Inszenierung gut und finde die Prinzessin Amneris ist erstklassig besetzt.«

»Vor drei Jahren habe ich die Aida in Verona erlebt, dort hat mir die Inszenierung noch besser gefallen.«

»Die grandiose Chorszene am Anfang stelle ich mir in einer Freilichtbühne beeindruckend vor«, versuchte ich zu fachsimpeln.

»Die steinernen Sitzbänke hatten sich tagsüber aufgeheizt und strahlten abends Wärme ab, und die italienischen Zuhörer waren ergriffen und lasen den Text im Schein von Feuerzeugen mit, das hatte etwas Romantisches.«

Ihre funkelnden, ausdrucksstarken Augen ließen Leidenschaft erahnen, die verlockend war, ich wollte sie wiedersehen. Ich gab ihr meine Handynummer, und wir vereinbarten, dass sie mich anrufen sollte, wenn wieder eine Karte zu verfallen drohte.

Als ich Jens im Bistro wiedertraf, wollte er alle Details über den Opernabend erfahren: »Ihr Mann ist mit der Armee verheiratet, an seiner Seite kann sie ihre Leidenschaft nicht ausleben. Sie benötigt einen Verehrer, und erwartet von ihm, dass er für sie durchs Feuer geht. Achtung! Höchste Sicherheitsstufe! Ihr geht nur zu Opernveranstaltung gemeinsam sonst kein gemeinsames Auftreten. Keine Liebesbriefchen, die immer dann wieder auftauchen, wenn es am unpassendsten ist, keine verliebten Blicke und kein verstecktes Händchenhalten. Ihr könnt die anonyme Hochhauswohnung von Ricardo benutzen, der ist meistens in Mexiko. Es ist am besten, wenn Ihr Euch an einem festen Tag dort trefft, dann entfallen die verräterischen Telefonate für eine Verabredung.«

Nach einer Woche rief mich Frau Herrmann an und lud mich zu einer Aufführung von Mozarts Zauberflöte ein. Es war ein beschwingter Abend, wir kamen uns näher, und ich schlug ihr ein Treffen in Ricardos Appartement vor.

»Wenn mein Mann von unserem Treffen erfährt, wird er Sie erschießen«, warnte sie und sah mich prüfend an.

»Ich brenne darauf Sie in den Armen halten zu dürfen und bin zu jedem Risiko bereit«, verkündigte ich theatralisch. Sie belohnte meine heroische Entschlossenheit mit der leidenschaftlichen Hingabe, die ihre Augen versprachen, und wir vereinbarten Treffen jeweils am Donnerstag.

»Na, wer sagt denn, dass die Löwin kein Schmalz frisst«, spöttelte Jens und lauschte schmunzelnd meiner Erzählung, die auf intime Details über Hilda Herrmann verzichtete. »Am Jahresende ist ein Empfang in der französischen Botschaft, da erscheint alles, was Rang und Namen hat, der General soll Dich einführen. Sprichst Du Französisch?«

»Ja, ich kann mich verständlich machen. Warum sollte mich der General, der mich eigentlich erschießen sollte, zu dem Empfang mitnehmen? Ich scheue mich ihm zu begegnen, weil ich ein schlechtes Gewissen habe, denn diese Frau ist ihm angetraut.«

180

»Er hat das schlechte Gewissen, weil er mit der Armee verheiratet ist und seiner Frau nicht geben kann, worauf sie einen Anspruch hat. Er ist insgeheim dankbar, wenn Du ihr Glück bescherst, nur darf seine Ehre nicht besudelt werden. Ihr könnt vögeln bis die Knie wund sind, nur darf es nicht ruchbar werden, verstanden?«

»Er kennt mich nicht, allenfalls aus Hildas getürkten Opernberichten, welchen Grund sollte er haben ausgerechnet mich einzuladen?«

Jens dachte nach, nahm einen kräftigen Schluck Rotwein und schlürfte laut vernehmlich, als wolle er seinen Vorschlag auf der Zunge zergehen lassen: »Hilda soll Dich zum Essen in ihr Haus einladen und den Opernbegleiter ihrem Mann vorstellen. Du entwickelst Dich zum Hausfreund, da Du dem General die lästigen Opernbesuche abnimmst. Nur wird er Dir auf den Zahn fühlen, was Deine Herkunft anbelangt, daran müssen wir arbeiten.«

»Arbeitsloser Edelverkäufer mit einer dicken Abfindung, Wehrdienstverweigerer und Hochstapler, das hört sich doch gut an für einen General.«

»Du gehst keiner geregelten Tätigkeit nach, das lässt sich nicht verheimlichen, also werden wir einen Schriftsteller aus Dir machen. Wir fummeln eines meiner Bücher um, anderer Titel, anderes Inhaltsverzeichnis, die ISBN Nummer besorgt mein Verlag, dann erscheinst Du auch bei Google als Schriftsteller. Ich lasse fünf Exemplare unter Deinem Namen drucken, eines davon schenkst Du Hilda mit einer unverfänglichen Widmung. Du solltest Dich mit Literatur beschäftigen und meinen Roman kennen. Das Schöne bei dieser Aktion ist, dass er dann endlich einmal gelesen wird, zumindest von zwei Fans.«

Mir wurde zum ersten Mal bewusst, dass ich über Jens nichts wusste, ich traf ihn immer nur ab sechzehn Uhr im

Bistro. Heute erfuhr ich etwas über ihn selbst, er schien ein wenig erfolgreicher Schriftsteller zu sein. Warum ließ er mich seine wohldurchdachten Pläne ausführen, vielleicht um Stoff für seine Romane zu sammeln? Bei unserem nächsten Treffen las ich Hilda aus *meinem* umgefummelten Roman eine romantische Stelle vor. Sie war gerührt und wollte mehr über meine Werke erfahren.

»Ich arbeite gerade an dem Roman: Vom Winde verdreht, er beschreibt ein Südstaaten-Epos aus der Perspektive der Kriegspferde.« Nach dieser fantastischen, verwirrenden Offenbarung, die für moderne Literaten wichtig zu sein scheint, kamen keine weiteren Fragen. Ich ließ anklingen, dass sie den Opernbegleiter und Schriftsteller ihrem Gatten vorstellen sollte. Zunächst war sie über diesen Vorschlag erschrocken, aber nach einiger Überlegung wurde ihr klar, dass ein Verstecken ihres Opernbegleiters verdächtig erscheinen könnte.

Der General Albert Herrmann war ein großer, schlanker Mann, mit energischem Kinn und forschenden Augen. Er lobte das Rinderfilet und die Kroketten, obwohl Hilda allenfalls die Petersilie auf die Karotten gestreut hatte, die Ausführung lag bei der Köchin. Der General kam schnell zur Sache und fragte: »Kann man von der Schriftstellerei leben?«

»Ich beziehe bei Fertigstellung des Buches ein Einkommen und bin am Umsatz beteiligt, manche Schriftsteller verdienen eine Menge Geld.«

Er wollte sich mit diesen Allgemeinplätzen nicht abspeisen lassen und bot mir einen Cognac an: »Wie wird man Schriftsteller, könnte ich mich auch Schriftsteller nennen?«

Ich schwenkte den Cognac in der Hand und roch daran: »Man kann Schriftstellerei nicht studieren, allenfalls

182

Germanistik oder Literatur. Für mich ist jemand ein Schriftsteller, wenn er ein Buch veröffentlicht hat.«

»Und wann ist er erfolgreich?«

»Ich bin da bescheiden, für mich fängt der Erfolg mit der zweiten Auflage an, nicht mit einer wohlwollenden Rezension.«

»Was hat Ihr Vater beruflich gemacht, und wie sind Sie aufgewachsen?«

Einen unverfänglichen Lebenslauf hatte ich mit Jens abgestimmt und so schwindelte ich, mit einem unguten Gefühl, wie der Baron von Münchhausen: »Mein Vater hatte Industriebeteiligungen in der Schweiz, meine Eltern sind bei einem Unfall ums Leben gekommen, daher habe ich die Jahre vor dem Abitur in einem Internat verbracht.«

»Sie kennen sich in der Welt der Oper aus, wie verträgt sich das mit ihrer Schriftstellerei?«

»Musik und Literatur ergänzen sich auf wunderbare Weise, ich trage gelegentlich bei meinen Autorenlesungen Lieder vor."

»Ich begrüße es, dass Sie Hilda die Freude machen und sie in die Oper begleiten, es ist ein beruhigendes Gefühl sie in guten Händen zu wissen. Wir haben keine Kinder, und ich habe ein schlechtes Gewissen, wenn ich als Soldat wichtige Pflichten erfüllen muss.«

Jens saß auf seinem Platz am Erkertisch und hatte eine Liste vor sich ausgebreitet. Er war zufrieden, dass ich nun regelmäßig im Hause Herrmann verkehrte und eine Einladung zum Empfang der französischen Botschaft erhalten hatte. Ich spürte, wie gut es ihm tat, zu erfahren, dass Hilda feuchte Augen bekommen hatte, als ich ihr die romantische Passage aus *seinem* Roman vorgelesen habe.

Der Bericht zu meinem neuen Buchprojekt: Vom Winde verdreht, aus der Perspektive der Kampfrösser, löste bei Jens wahre Heiterkeitsausbrüche aus.

»Die Glut der ersten Begegnungen mit Hilda geht langsam in Asche über, und seit ich ihren Mann kennen gelernt habe, der mir sympathisch ist, fühle ich mich unwohl bei unseren Treffen. Ich sollte diese Romanze beenden, man darf die Liebe nicht für egoistische Zwecke missbrauchen.«

Jens klappte seine Liste zusammen, schob sein Gesicht dicht heran und sah mir tief in die Augen: »Aufgepasst mein Lieber, diese Asche ist noch heiß! Du hast ohne Grund ein schlechtes Gewissen. Hilda liebt nicht Dich, sie liebt den potenten, gutaussehenden Schriftsteller, mit Dir hat das wenig zu tun. Wenn Du hinken und im Bett versagen würdest, wäre diese Liaison schnell beendet. Die Frau vom General wird sich nicht abschieben lassen, wenn sie merkt, dass Du das beabsichtigst, wird sie Dir die Augen auskratzen.«

»Ich bin überzeugt, dass sie mich liebt und nicht den Möchtegern-Schriftsteller. Meine Augen sollten erhalten bleiben. Wie soll ich mich trennen, ohne dass sie es merkt?«

»Zunächst bleibt alles beim Alten, Du triffst sie donnerstags. Nach dem Empfang werden wir ihre Liebe auf eine Probe stellen, und es wird sich zeigen, ob Du recht behältst.«

Eine Trennung von Hilda schien nicht in Jens Konzept zu passen, ich hatte noch nie erlebt, dass er so heftig reagierte. Er klappte seine Liste wieder auf und informierte mich über einige Personen, die mir auf dem Empfang begegnen werden.

»Überlasse die Offiziere von der deutsch-französischen Brigade Herrn Herrmann, sie sind für uns uninteressant, genauso der Botschafter, der Bürgermeister und die Politiker. Mach Dich an Marlene von Falkenberg ran, sie ist die einzige Tochter eines Großindustriellen, der sich Sorgen macht, dass bei seiner Erbin noch kein Ehemann in Sicht ist. Sie ist fünfundzwanzig Jahre alt und bildschön. Ein Verehrer kann ihre Anmut mit dem Nützlichen verbinden. Diese verwöhnte Göre lebt komfortabel vom Reichtum der Familie, begeistert sich jedoch verbal für eine alternative Lebensweise und unterstützt Hilfsprojekte in Afrika.«

»Wer im Geld schwimmt, dem fällt das Spenden leichter. Dann sollte ich nicht mit meinem Mercedes Cabrio sondern mit dem Fahrrad zu diesem Empfang fahren und sie auf dem Gepäckträger nach Hause fahren.«

»Kann ich nicht empfehlen, es könnte im Dezember recht frisch auf dem Fahrrad sein«, spöttelte mein Gegenüber, »der Vater ist Hobbypilot und fliegt eine Beachcraft Bonanza, Du könntest mit ihm über Deine Zeit als Segelflieger plaudern. Mit seiner Tochter solltest Du Dich lieber über das Elend auf dieser Welt empören.«

»Meine ersten Flugstunden habe ich auf einem Motorsegler zugebracht, mein Fluglehrer Hartmann war ein Kautz, vielleicht kennt ihn der Herr von Falkenberg.«

»Eine Bitte habe ich an Dich, schenke Jaqueline Didier Deine Aufmerksamkeit. Sie ist eine erfolgreiche Schriftstellerin mit französischen Wurzeln und sehr ehrgeizig. Du musst äußerst behutsam sein, als Expertin könnte sie Deine schriftstellerische Laufbahn zerpflücken, sprich nicht über *Deine* von mir geschriebenen Werke, sprich mehr von Deinen Verbindungen zu Literatur-Kritikern, ich werde Dich nächste Woche mit einem bekannt machen.«

Auch diesmal hatte Jens alles bestens für mich vorbereitet und ich fragte mich warum dieser kreative, gut aussehende Mann mich in den Sattel hebt anstatt selbst zu reiten. Mit dem Heranrücken des Empfangs bei der französischen Botschaft wuchs meine Unruhe. Ich schaute mir im Fernsehen französische Sender an, übte vor dem Spiegel die Formulierungen, die meine Rolle verlangte und kam mir recht albern dabei vor. Zwar verspürte ich eine Neugier das Leben der oberen Zehntausend zu beobachten, jedoch ohne Bewunderung für die Menschen, die dieser Schicht angehörten. Man sollte nur über etwas urteilen, wenn man es kennt, sagte ich mir. Die Schönen und die Reichen sind die Macher in unserer Gesellschaft, haben Führungsqualitäten und entwickeln Initiative, aber oft ist Rücksichtslosigkeit, Geiz oder gar kriminelle Energie erforderlich, um ein Vermögen zusammenzukratzen, Ruhm und Glanz haben ihren Preis. Sicherlich ist eine Persönlichkeit mit strategischem Denken erforderlich um General zu werden, aber er muss oft Jahre lang buckeln, Intrigen anzetteln und seiner Gesinnung untreu werden, bevor er zum General ernannt wird. Einen solchen Preis war ich nicht bereit zu zahlen um der Oberschicht anzugehören. Ich hatte eine gründliche Einweisung erhalten, es blieb meine Angst als Hochstapler entlarvt und als Liebhaber der Generalsgattin entdeckt zu werden.

Der Chauffeur der geräumigen Limousine des Generals setzte uns am Pariser Platz neben dem Brandenburger Tor ab, unsere Namen waren auf einer Liste vermerkt, die ein Mitarbeiter diskret überprüfte und zackig vor dem

General salutierte. Wir liefen an dem illuminierten Springbrunnen vorbei und am Eingang wurden uns die Mäntel abgenommen. Eine riesige französische Fahne begrüßte uns beim Eintreten. Ein Buffet mit kleinen Leckerbissen lud zum Naschen ein, Ober flitzten herum und offerierten Gläser mit Champagner und Saft, und im Hintergrund spielte eine Kapelle leise Musik. Der General wurde vom Botschafter begrüßt und stellte mich als Freund des Hauses und Schriftsteller vor, und sofort wurde er von einer Gruppe Offizieren entführt. Eine ältere Dame im langen, gut geschnittenen Kleid trat an Hilda heran, ihre Haare waren etwas zu dunkel gefärbt, der welke Busen war diskret unter einem funkelnden Diamantcollier versteckt:»Quel bonheur de vous revoir«, rief sie mit einer gekünstelt hochklingenden Stimme und verschwand mit der Generalsfrau.

Ich fühlte mich von allen guten Geistern verlassen, betrachtete verlegen die Dekoration und klammerte mich an mein Glas wie an einen rettenden Anker. Der Champagner schäumte im Mund und prickelte auf der Zunge, dieses Getränk ist den Franzosen gut gelungen. Vorsichtig begann ich während des Willkommen-Troubles eine Runde zu drehen und versuchte meine beiden Zielpersonen zu entdecken. In den Gesprächen waren Worte: Prozente, Anteile, Marge und Dollar, häufig bei diesen Krämerseelen zu hören. Um einen stattlichen Mann, der laut Anekdoten erzählte, hatte sich eine kleine Gruppe von Gästen geschart, auf ihn könnte die Beschreibung des Herrn von Falkenberg passen. Der Erzähler war Ausgang fünfzig, hatte graumeliertes, volles Haar, das Gesicht war durch Liften geglättet und wirkte beim Lachen angestrengt, seine kräftige Stimme vermittelte den Eindruck, dass sie gewohnt war sich Gehör zu verschaffen.

»Mein Fluglehrer, ein verdienter Pilot des Zweiten Weltkrieges«, berichtete er, »hat mir als Erstes beigebracht, wie man sich von hinten an ein anderes Flugzeug heranschleicht, um es abschießen zu können, das war ihm das Wichtigste beim Fliegen und nicht mehr aus ihm herauszubekommen.«

Ich gesellte mich zu der Gruppe und ergänzte seine Ausführungen: »Unser Fluglehrer war auch ein Kauz, die eiserne Regel beim Fliegen: Vierundzwanzig Stunden vor dem Flug keinen Alkohol, hat dieser Spaßvogel abgewandelt: Vierundzwanzig Meter vor dem Flugzeug keinen Alkohol, eine Thermosflasche hatte er, um Bier kalt zu halten und nicht um Kaffee heiß zu lassen.«

Damit hatte ich einige Lacher auf meiner Seite und insbesondere die Aufmerksamkeit des Herrn von Falkenberg. Wir plauderten über die Fliegerei, er hatte seine Pilotenausbildung auch auf einem Segelflugzeug begonnen und klagte nun über die altmodische Technik seines Flugzeugmotors, der über fünfzig Liter Benzin pro Stunde verbrauchte und dabei weniger Leistung hatte als ein Porsche. Als wir uns zum Buffet bewegten, winkte er sein Töchterlein herbei: »Marlene, darf ich Dir Herrn…«, er sah mich fragend an.

»Walter Tischler, Schriftsteller«, stammelte ich und reichte ihr die Hand. Ich war erschlagen von ihrer Erscheinung, sie hatte ein anmutiges Gesicht, Grazie in den Bewegungen, eine betörende Stimme und ein unwiderstehliches Lächeln: »Die meisten Gäste hier sind jenseits von Gut und Böse«, witzelte sie, »in Ihnen sehe ich eine erfreuliche Ausnahme.«

»Ihre Jugend verbunden mit Ihrer berauschenden Schönheit macht diesen Empfang zu einem strahlenden Fest, welch ein Glück Sie kennen zu lernen.« Während

188

meines Kompliments hielt sie meine Hand fest umschlungen, als wolle sie gar nicht mehr loslassen. Diese Venus schien beflügelt von der Möglichkeit durch einen Schriftsteller die herrschenden Themen dieses Abends: Geld, Politik und Klatsch, verlassen zu können. Wir zogen uns in eine stille Ecke zurück, und sie fragte nach meinen Büchern.

»Ich werde Ihnen ein Buch widmen, wenn ich die Gelegenheit dazu erhalte.«

»Vor einigen Wochen war ich in Afrika und habe eine Welt erlebt, die schön und erschreckend ist und ganz im Gegensatz steht zu dieser protzigen Veranstaltung. Woher schöpfen Sie den Stoff für Ihre Werke?«

Ich griff nach einem weiteren Glas Champagner vom Tablett eines vorbeigehenden Kellners und setzte mein charmantestes Grinsen auf: »Die schönsten Geschichten schreibt das Leben, daher müssen Sie gut überlegen, was Sie mir erzählen, es könnte in meinem nächsten Roman auftauchen.«

Diese Göttin hatte mir ihr Lächeln geschenkt, bevor sie sich erhob, weil Herr von Falkenberg ihr zuwinkte, und sie entschwebte auf Fußspitzen, wie eine Primaballerina. Mit Bedauern sah ich diesem vollendet gelungenen Teil unserer Schöpfung nach, bis sie in einer Gruppe von sonoren Herren verschwand.

Ein Tusch erklang und es wurde um Aufmerksamkeit für die Grußworte des Regierenden Bürgermeisters gebeten. Er lobte brav die Verdienste der französischen Nation bei der Entwicklung der Demokratie in der Welt und in der ehemaligen Frontstadt Berlin und sprach über die deutsch-französische Freundschaft als Herzstück der Europäischen Union. Die Zuhörer interessierten sich mehr für das Buffet als für die wohlgesetzten Worte des Bürgermeisters, und ich versuchte ein weibliches Wesen zu entdecken, auf das Jens Beschreibung zu der Schriftstellerin Jaqueline Didier passen könnte. Eine Weile schlenderte ich erfolglos umher, schließlich stieg ich die Stufen zu einer Empore hinauf. Von dort entdeckte ich, unten in einer Gruppe stehend, eine lebhaft gestikulierende Frau, auf die seine Beschreibung zutreffen könnte. Sie trug ein langes, figurbetontes, rotes Kleid, verzichtete auf jeden Schmuck, nur eine rote Blüte steckte in ihrem Haar. Ohne Eile ging ich die Treppe wieder hinab und wandte mich dieser Gruppe zu. Jaqueline benötigte keinen Schmuck, die Haut ihres Dekolletees war perfekt, und die Wölbung darunter ließ einen wohlgeformten, festen Busen vermuten. Ihr kräftiges, blondes Haar wirkte nicht gefärbt, es fiel in weichen Wellen auf die Schulter und wippte bei jeder ihrer Bewegungen. Ihre Stimme war etwas zu laut, als wolle sie sich unbedingt Gehör verschaffen, ihre Handbewegungen übertrieben, man fühlte sich fast bedroht.

»Ich möchte in einem Roman nicht mit den politischen Ansichten des Autors konfrontiert werden«, bemerkte eine ältere Dame, die reichlich Schmuck trug.

»Kann ein Autor authentisch sein, wenn er seine innere Überzeugung versteckt?«, empörte sich Jaqueline.

»Ein unterhaltender Roman mag ohne die Einstellung des Autors auskommen«, mischte ich mich in die Diskussion ein, ohne mich vorzustellen, »Literatur darf zu den Problemen der Gesellschaft nicht schweigen. Von Friedrich Schiller bis Boris Pasternak haben sich Schriftsteller zu ihrer Überzeugung bekannt und Bewusstsein beim Leser erzeugt.«

Jaqueline wandte sich mir zu, und in ihrem Gesicht spiegelte sich Überraschung wider aber auch Dankbarkeit für meine Unterstützung.

»Auch unser Victor Hugo hat in seinem Roman: »Les Misérables«, unumwunden die sozialen Missstände angeprangert«, ergänzte eine Dame mit französischem Akzent.

Als sich die Diskussionsrunde auflöste, schlenderte ich mit Frau Didier an die Bar und wir bestellten Rotwein. Ich nannte mit einer leichten Verneigung meinen Namen und eröffnete kokett das Gespräch: »Ich habe eins Ihrer Bücher gelesen, dabei kam nicht nur Begeisterung auf.«

»Aber auch Begeisterung, hoffe ich. Haben Sie etwas mit Literatur am Hut?«

»Ich habe einige Bücher ohne nennenswerten Erfolg veröffentlicht, jetzt habe ich mich mehr der Kritik verschrieben, daher auch meine provozierende Anmerkung.«

»Vielleicht liefern Sie gelegentlich eine Begründung nach zu Ihrer Provokation, für mich ist konstruktive Kritik wertvoller als Lobhudelei. Ich habe mich oft gefragt, wie man zu einem Literatur-Kritiker wird?«

»Einige gestrandete Autoren werden Kritiker«, witzelte ich, »weil sie hochtrabend und unverständlich formulieren können, ähnlich wie Politiker. Ich hatte das Glück ein Seminar bei Ralf Steinbach belegen zu können, das hat mir einige Impulse gegeben, und wir stehen seitdem in Verbindung.«

Als Jaqueline diesen Namen vernahm, schlug sie ihre langen Beine übereinander, rückte näher an mich heran und ihre Augen leuchteten: »Er gilt als Literaturpapst und hat den Ruf ein unberechenbares Ungeheuer zu sein. Wie ist er denn als Mensch?«

Über Jens hatte ich Herrn Steinbach kurz kennengelernt, meine Beurteilung konnte nur sehr oberflächlich
sein. Ich versuchte mich mit Zitaten von Marcel Reich-
Ranicki über die Runden zu retten. Hilda, die sich am
gesamten Abend wenig um mich gekümmert hatte, stolzierte heran und mahnte zum Aufbruch. Sie sah mich in
ein Gespräch mit einer attraktiven Frau vertieft, und ihr
Blick ließ einen Hauch von Eifersucht erkennen.

Jens lauschte andächtig und klopfte mir anerkennend
auf die Schulter, als ich ihm im Bistro vom Verlauf des
Abends berichtete: »Die Begegnung mit Marlene Falkenberg hat mich gebannt, noch nie ist mir eine Frau so
unter die Haut gegangen, ich muss sie unbedingt wiedersehen. Mein Interesse an Hilda ist völlig verblasst.«
»Versuche nicht sie abzuschieben, wer verlassen wird
ist besonders verletzt und schmiedet Rachepläne. Liebe,
die in Hass umschlägt, setzt ungeahnte Kräfte frei. Ich
kann mir vorstellen, dass sie jemanden umbringt, nur um
Dir einen Mord in die Schuhe zu schieben. Bei dieser
Furie müssen wir subtiler vorgehen, nicht Du, sondern
sie muss Dich verlassen!«
»Ich bin überzeugt, dass sie das nicht beabsichtigt.«
Der alte Fuchs schmunzelte als müsse er einen Puber-
tierenden über die Herkunft der Kinder aufklären: »Wenn
sie Dich wirklich liebt, dann müsste sie mit Dir leben
wollen und bereit sein ihren Mann zu verlassen. Du er-
klärst ihr, dass Du mit ihr leben willst und bereit bist, mit
ihr den Bund der Ehe einzugehen. Sie wird ihr kuschliges
Eheleben nicht aufgeben wollen, man darf den General
nicht unterschätzen, dann bist Du der Zurückgewiesene.«
»Mir widerstrebt es solche Spielchen zu treiben, es ist
unfair, und was mache ich, wenn sie mich heiraten will?«

»Dann wäre sie blöd, und das ist sie nicht. Durch ihre Ablehnung darfst Du beleidigt sein und erscheinst zu Euren Verabredungen zu spät oder gar nicht. Das verträgt ihr übersteigertes Selbstwertgefühl nicht, und sie wird Dir den Laufpass geben. Hurra, dann ist der Weg frei für Marlene.«

In den folgenden Wochen zeigte sich, dass seine Einschätzung des Verhaltens von Hilda richtig war. Es freute mich, an die zarten Bande zu Marlene wieder anknüpfen zu können. Ich war enttäuscht, dass ich meine Ausstrahlung auf Frauen elementar überschätzt hatte. Ich fühlte mich wie ein Kind, das enttäuscht ist, wenn es mit einer umgebauten Waschmaschine nicht auf den Mond fliegen kann. Jens tröstete mich, wie ein Vater, der sein verstörtes Kind zu beruhigen versteht: »Du hast auf dem Empfang einen hervorragenden Eindruck hinterlassen und Deine Prüfung mit summa cum laude bestanden. Hilda ist sieben Jahre älter als Du, vielleicht hat das ihre Entscheidung beeinflusst.«

Wir tranken Wein zusammen, orderten ein Menü aus dem nahegelegenen Restaurant, tauschten Witze aus und feierten unseren Erfolg ausgelassen, ich habe Jens noch nie so ausgelassen erlebt. Als ich mich verabschiedete, legte er seine Hand auf meine: »Auch wenn Dein Herz Marlene zufliegt, bitte ich Dich um einen Gefallen. Nimm wieder Kontakt mit Jaqueline auf und versuche sie zu verführen. Es wird nicht leicht sein, sie ist eine begehrte und vielbeschäftigte Frau, und ich kann Dir nicht einmal einen Tipp zu einer geeigneten Vorgehensweise dabei geben.«

Auf dem Heimweg war ich beschwingt und erfüllt von Sehnsucht nach Marlene, und ich wäre mit ihr notfalls nach Afrika gegangen um Aidskranken zu helfen, nur um sie wiederzusehen. Die aufgeblasene Oberschicht, die sie umgab, interessierte mich nicht mehr. Eine Frage beschäftigte mich, warum hetzte mich Jens plötzlich auf Jaqueline, und warum sollte ich mich ausgerechnet ihr und nicht meiner Auserwählten zuwenden? Es machte mir zwar Spaß seine intelligent eingefädelten Pläne umzusetzen, aber ich konnte keinen tieferen Sinn in meinem Tun erkennen. Die ersten Ferienmonate nach meiner Kündigung empfand ich entspannend und wohltuend, ich konnte ausschlafen und meinen Tag frei gestalten. Nach einem halben Jahr des Müßiggangs fehlte mir eine Arbeit, die mich forderte und mir Spaß machte. Konnte ein Lebenssinn darin bestehen als Gigolo von einem Bett in das nächste zu hüpfen? Ich fühlte mich wie Odysseus, der auf seiner Reise von ständig neuen abenteuerlichen Hindernissen aufgehalten wurde, obwohl er lieber zu seiner Penelope heimgekehrt wäre.

Trotz aller Zweifel an der Sinnfälligkeit meines Handelns, rief ich schon am nächsten Tag Jaqueline an: »Hallo, hier Walter Tischler, ich wollte an unser Gespräch beim Empfang der französischen Botschaft anknüpfen und meine kritischen Anmerkungen zu Ihrem Buch nachreichen, und ich würde Sie gern wiedersehen.«

»Ach, der Kritiker, welche Überraschung! *Würden* Sie mich gerne wiedersehen, oder *wollen* Sie es?«

Ich sah sie förmlich am anderen Ende der Leitung grinsen und schluckte zwei Mal: »Ich will es, aber nur wenn Sie es auch wollen.«

»Ich weiß, was ich will und benutze selten den Konjunktiv. Ich bin in den nächsten Woche wieder zurück in Berlin, sagen wir am Dienstag gegen achtzehn Uhr im Adlon?«

»Ich weiß oft nicht, was ich will und benutze dann den Konjunktiv. Dienstag, achtzehn Uhr geht in Ordnung. Warum das teure Adlon statt einer gemütlichen Kneipe, die ich mir leisten kann?«

»Es ist praktischer für mich, weil ich dort übernachte. Keine Sorge, Sie müssen nichts von Ihrem sauer verdienten Kritiker-Honorar opfern, ich lade Sie ein, in der Hoffnung, dass Ihre Anmerkungen dann milder ausfallen.«

Zur verabredeten Zeit ließ sie mich in der Lobby zwanzig Minuten warten, erschien aufgedonnert, wie ein Filmstar, der nach Beifall heischt, und machte klar, dass sie mich nur mit Mühe in ihrem engen Terminplan unterbringen konnte. Jaqueline fragte mich nach meinem Getränkewunsch, bestellte zwei Campari-Orange, und wir sprachen zunächst über den Empfang in der französischen Botschaft, dann über ihr Buch.

»Die Protagonisten in Ihrem Roman rekrutieren sich aus Psychopaten, die provozieren wollen, das finden viele Leser originell, wie Ihr Erfolg zeigt. Andere Leser erwarten einen Gewinn aus der Lektüre eines Buchs, sie wollen intellektuell angesprochen sein: So habe ich die Dinge noch nicht betrachtet, oder das habe ich nicht gewusst. Romanleser wollen zumindest emotional gepackt werden: Diese Handlung hat mich tief bewegt, oder mit dem Typen kann ich mich identifizieren. Diese Erwartungen erfüllt Ihr Roman nach meiner Auffassung nicht.«

Es zeigte sich bald, dass Jaqueline weder an einer konstruktiven Kritik noch an meiner Person interessiert war, die Erfolgsbesessene wollte nur meine vermeintlichen Kontakte zu Literatur-Kritikern für ihren neuen Roman nutzen, dafür schien ihr jedes Mittel recht zu sein. Mit dem Hinweis mir ihre neueste literarische Schöpfung zeigen zu wollen, lockte sie mich in ihr Hotelzimmer. Kaum war die Zimmertür ins Schloss gefallen, fiel auch ihr Kleid. Eigentlich hatte ich wenig Lust zu ihr ins Bett zu kriechen, aber sie verstand es mit ihren vollendeten weiblichen Formen die männliche Lust zu wecken. Ich musste an den Auftrag von Jens denken und war nicht stolz darauf, dass ich meinem Trieb erlag und mich zu ihr ins Bett gesellte. Zunächst wollte sie von mir die Zusage, dass ich sie mit Ralf Steinbach zusammenbringen werde, dann kam ihre Belohnung. Ich ärgerte mich über meine Schwäche und trottete nach Hause, wie ein begossener Pudel, fühlte mich überrumpelt, missbraucht und besudelt.

Im Bistro erwartete mich Jens am nächsten Tag mit gesteigerter Neugier: »Na, wie ist es Dir ergangen, konntest Du die Festung erstürmen?«

»Ich musste keine Festung erstürmen, ich wurde in einen Hinterhalt gelockt und überrumpelt.«

Jens gestikulierte ungeduldig mit den Händen, dabei kippte sein Rotweinglas um, er warf verärgert eine Serviette auf die Lache: »Rede nicht lange herum, hat Dich diese Ikone erhört oder nicht?«

Seine mir nicht bekannte Ungeduld und die in der Luft liegende Spannung beunruhigten mich, und ich wischte mit meiner Serviette den Rotwein vom Tisch nur um Zeit zu gewinnen. Die erwartungsvoll aufgerissenen Augen ermahnten mich nichts Unbedachtes zu sagen, doch ich war ihm eine ehrliche Antwort schuldig: »Ich habe nicht mit einer Ikone sondern, ohne Freude, mit einer Maitresse geschlafen, die sich nicht für mich interessierte, nur für den eignen Vorteil. Sie hat einen schönen Körper, aber ihre Gesinnung lässt mich erschauern. Jede Hure ist ehrlicher, wenn sie zu verstehen gibt, ich gebe Dir meine

Jugend und halte meinen Körper für deine Wünsche hin und erwarte dafür ein gutes Honorar.«

Der Schöpfer meiner Schandtaten ließ sich auf seinem Stuhl zurücksacken, seine Augen verengten sich zu Schlitzen, sein Blick war in die Ferne gerichtet, als würde er eine Fata Morgana sehen: »Diese Frau habe ich abgöttisch geliebt, ich musste jeden Tag an sie denken, obwohl ich ahnte, dass sie das Werkzeug des Satans war. Früher haben wir oft miteinander telefoniert und waren uns nah, aber als sie mich endlich erblickte, ist sie davon gelaufen. Bis heute habe ich gehofft, sie würde ihren Schock im Laufe der Zeit überwinden und irgendwann wiederkommen. Jetzt wünsche ich ihre Rückkehr nicht mehr, und das tut weh!«

Er griff nach dem umgekippten Weinglas und warf es wutentbrannt an die Wand, als sollte durch die Scherben das Zerbrechen des Bildes seiner Ikone symbolisiert werden. Ganz langsam, als wünschte er das Rad der Zeit anzuhalten, erhob er sich und kam hinter dem Tisch hervor. Ich hatte ihn bisher nie anders als hinter dem Tisch erlebt und verharrte erschrocken. Bei jedem Schritt musste er die Hüfte vorschieben, sein eines Bein war kürzer als das andere und nach Außen gedreht, die Folgen einer Kinderlähmung zeigten sich grausam. Jens schleppte sich in Richtung Ausgang, und ich musste mir eingestehen, dass mir nicht einmal sein Familienname und seine Adresse bekannt waren. Es drängte mich ihm nachzueilen, aber ich konnte mich nicht rühren, meine Beine versagten ihren Dienst.

Ich habe ihn nie wieder gesehen.

Die ungleichen Brüder

Endlich Freitagabend und das ganze Wochenende lag vor mir! Erschöpft ließ ich mich in den Sessel fallen. In meiner Firma wurde zum dritten Mal innerhalb von fünf Jahren umorganisiert nach dem Motto: Neue Strukturen mit weniger Personal zur Steigerung der Rendite. Ich bekam erneut einen anderen Chef und andere Kollegen, dabei entstehen Reibungsängste. Um mich zu entspannen, hatte ich einen Chateauneuf du Pape entkorkt, ein Feuer im Kamin angezündet und wollte mir einen Spielfilm im Fernsehen anschauen, auf den ich schon einige Zeit gewartet hatte. Das Hühnchen hatte ich schon vorher aus der Tiefkühltruhe genommen und gewürzt, dann brauchte ich es am Abend nur ins Backrohr zu schieben. Als ich den Wein dekantierte, klingelte das Telefon. Eigentlich wollte ich ungestört bleiben und verspürte wenig Lust den Hörer abzunehmen, aber es klingelte unbarmherzig weiter. Wenn das Klingeln so lange anhält, wird es vielleicht ein wichtiger Anruf sein, dachte ich, und nahm den Hörer ans Ohr.

»Hallo Bernd, hier Alex, geht es gut, was hast Du heute Abend vor?«, fragte mein Bruder mit gezierter Stimme, das war oft ein Vorbote zu einer Überraschung.

»Bei mir gibt es heute Hühnchen, ich bin völlig fertig von der Woche und werde die Beine faul ausstrecken und fernsehen.«

»Das trifft sich gut! Paul hat heute Geburtstag, das hatte ich ganz vergessen, wir können da nicht fehlen. Kannst Du die Kinder für ein paar Stunden übernehmen?«

Begeisterung wollte sich bei mir nicht einstellen: »Nimm Deine Babysitterin, die Kinder lieben sie, ich bin heute erschöpft.«

»Monika ist verreist, Du kannst mich nicht hängen lassen, die Kinder sind abgefüttert und warten nur auf Deine Gutenachtgeschichte, dann kannst Du in Ruhe bei uns fernsehen.«

»Na gut, ich komme zu Euch, wie schon so oft in Notfällen.«

Die beiden Kinder waren lebhaft aber lieb, ich mochte sie gern. Carl liebte mich, weil er von mir zu allerhand Unfug angestiftet wurde, und seine jüngere Schwester eiferte ihm mit besten Kräften nach. Alex wartete schon im Auto und Dorothea stand für letzte kosmetische Korrekturen vor dem Spiegel, gab mir einen flüchtigen Wangenkuss und enteilte mit klackenden Absätzen, nur der Hauch ihres Parfüms blieb an meiner stoppeligen Wange haften.

»Was hast Du uns zu essen mitgebracht?«, Carl sah mich mit großen Augen erwartungsvoll an und Sabine nickte bestätigend.

»Habt ihr nicht schon gegessen?«, fragte ich irritiert.

»Nö, wenn Du den trockenen Zwieback meinst, den Mama hingestellt hat, der ist ja nur für Babys und liegt noch in der Küche.«

Zum Kochen hatte ich keine Lust: »Was haltet Ihr von Pizza?«

»Au ja, ich nehme eine mit Meeresfrüchten, wie im Urlaub.«

Die Pizza wurde nach knapp einer Stunde geliefert, nach dem Essen war Pferdchen spielen und dann Kissenschlacht angesagt. Als die Kinder endlich im Bett lagen, war es dreiundzwanzig Uhr, meinen Fernsehfilm konnte ich vergessen.

Alex hatte an seinem Haus einen Wintergarten angebaut, teilweise durch Eigenleistung, und war sehr stolz
auf sein Werk, das schon ein heftiges Gewitter ohne
Pfützenbildung überstanden hatte. Am Sonntag sollte
dieses Wunderwerk eingeweiht werden und ich wurde zu
seinem Grillfest eingeladen. Die Wettervorhersage versprach Sonnenschein und ich freute mich auf ein fröhliches Beisammensein.

»Kannst Du das Fleisch besorgen und Dich um den
Grill kümmern? Ich schaffe das nicht mehr: Ich bin beim
Tennisturnier eingebunden. Komme etwas früher, damit
das Fleisch nach dem Würzen durchziehen kann und wir
noch Zeit zum Plaudern haben.«

Ich mochte meinen Bruder sehr und war froh, dass ich
nicht als Einzelkind aufwachsen musste und einen älteren
Bruder hatte. Alex war stets der Aktivere von uns, sah
gut aus, konnte Klavierspielen, singen und war ein bril-
lanter Redner. Er wurde, im Gegensatz zu mir, von der
Damenwelt sehr geschätzt.

Wenn von Plaudern die Rede war, dann war zu befürchten, dass Probleme besprochen werden sollten. Das
Einkaufen des Fleisches für zwölf Personen war mit einem gewissen finanziellen Aufwand verbunden, denn die
Herrschaften aßen, im Gegensatz zu mir, kein Schweinefleisch. Das Einkaufen störte mich weniger als die mir
zugedachte Rolle eines Grillmeisters, der vom Rauch
umweht wird, wenig an der Unterhaltung teilnehmen
kann und meist Undank über falsch gegartes Fleisch ern-
tet.

Dorothea half mir beim Würzen des Fleisches, Alex
war noch auf dem Tennisplatz. Sie war eine gutaussehende, gescheite Frau und gab mir das Gefühl, nicht nur
Schwager, sondern auch ein interessantes, männliches

Wesen zu sein. Meine ungestillte, latente Sehnsucht nach allem, was weiblich war, wurde durch ihre Gegenwart gemildert. Mein Bruder kehrte polternd zurück, rief uns den Kurzbericht über seinen Tennissieg zu und verschwand unter der Dusche. Danach gesellte er sich zu uns.

»Der Wintergarten ist teurer geworden als geplant«, gestand er mir, »mein Konto steht am Limit, und nächste Woche will der Heizungsbauer zweitausend Euro haben.«

»Mein liebes Brüderchen, es ist nicht das erste Mal, dass Du fehlerhaft kalkuliert hast und Dein Konto überziehst. Du musst Deine Ausgaben grundsätzlich überdenken, es ist töricht ein Konto zu überziehen, weil die Banken dabei Wucherzinsen berechnen.«

»Das weiß ich auch, aber es hilft mir nicht weiter, der Heizungsbauer droht mit einem Mahnbescheid.«

»Ich kann Dir das Geld vorstrecken, das löst jedoch nicht Deine Finanzmisere, die müsst Ihr in den Griff bekommen.

»Deine Zusage ist sehr beruhigend, ich danke Dir. Was schlägst Du vor zur Sanierung meiner Finanzen?«

Ich warf Dorothea einen entschuldigenden Blick zu: »Ihr müsst Eure Ausgaben herunterfahren, das kann schmerzlich sein, ist aber unabwendbar. Ein Zweitwagen scheint mir entbehrlich, Dorothea kann die Straßenbahn oder das Fahrrad benutzen, solange sie nicht berufstätig ist.«

»Alle in unserem Freundeskreis haben einen Zweitwagen, allein schon um die Kinder aus der Schule oder dem Kindergarten abzuholen«, empörte sich die Dame des Hauses erwartungsgemäß.

»Du fährst einen allradgetriebenen Geländewagen mit über zwei Tonnen Leergewicht und sechs Zylindern. Es ist nicht nur teuer, sondern auch umweltfeindlich diese Masse in Bewegung zu setzen, um eine Person darin zu befördern.«

»Im Winter bietet der Allradantrieb mehr Sicherheit!«

»Den Vorteil für zwei Wochen im Jahr, wenn Schnee liegt, tauschst Du ein mit einem Drama im Parkhaus über das ganze Jahr. Wenn neben mir so ein Dinosaurier parkt, muss ich durch die Heckklappe aussteigen. Die hohen Anschaffungs- und Unterhaltskosten wollen wir nicht unerwähnt lassen, allein die Kosten für einen Satz Reifen.«

»Du hast Recht, aber ich will im Leben auch Spaß haben.«

»Glaubst Du wirklich, dass dieser Wagen Deine Lebensqualität steigert? Ich behaupte er befriedigt nur Deine Geltungssucht bei den versnobten Tennispartnern. Die dafür eingehandelten Schulden sind der Preis für Deine Prahlerei.«

»Auf einen Geländewagen kann ich verzichten, aber der Verkauf der Autos erfordert einige Zeit, was schlägst Du kurzfristig vor?«, schaltete sich Dorothea ein und trommelte ungeduldig mit den Fingern auf der Tischplatte.

»Ihr zahlt teilweise über fünf Prozent Hypothekenzinsen, die liegen inzwischen bei einem Prozent. Ihr geht morgen zur Bank und schlagt eine Umschichtung in der Weise vor, dass fünftausend Euro für den Kontoausgleich bereitstehen und die Zinsen vorzeitig gesenkt werden. Als Köder bietet Ihr der Bank eine Fristverlängerung an und eine Aufwertung der Immobilie durch den Wintergarten.«

»Warum sollte die Bank sich darauf einlassen?«

»Diese Pfeffersäcke, die sich jeden Monat eine neue Gebühr ausdenken, schielen auf Dein hohes Einkommen und wollen Dich als Kunden nicht verlieren. Durch die Eurogeldflut rechnen die Banken langfristig offensichtlich mit einem niedrigen Zinsniveau und werden Dich küssen für Deinen Vorschlag einer Laufzeitverlängerung.«

Durch gesenkte Ausgaben blieben die Finanzen meines Bruders über ein Jahr lang in geordneten Bahnen, Dorothea vermisste ihren Zweitwagen, den sie als Symbol ihrer Unabhängigkeit betrachtete. Sie lastete mir den Verlust an und ließ mich gelegentlich ihre Verstimmung fühlen. Alex war mit seinem Kombi zufrieden und vermisste seinen Geländewagen nicht wirklich. Leider setzte nach einiger Zeit der alte Schlendrian ein, und sein Konto rutschte wieder in die roten Zahlen.

Meine Firma lud mich ein zu einem Seminar mit dem Thema: Mitarbeitermotivation, eine Schulungsmaßnahme, die durch mehrfache Umorganisationen an Aktualität gewonnen hatte. Es bereitete mir Schwierigkeiten meinen Mitarbeitern zu vermitteln, dass zwei von ihnen entlassen werden müssen und die Verbleibenden ihre Arbeit bei gesteigerten Umsatzzielen mitmachen mussten.

Bei einem Rollenspiel während des Seminars fiel mir eine sehr ansehnliche Teilnehmerin auf, die ausgerechnet mir eine gewisse Aufmerksamkeit schenkte. Das war bemerkenswert, denn ich war mit hundertfünfundsiebzig Zentimetern kein stattlicher Mann, mein Bauchumfang war gewaltig, die Nase zu groß und meine Redekunst bescheiden. Insgesamt war ich kein Mann, der anziehend auf Frauen wirkte. Wir hatten einen intensiven Erfahrungsaustausch und verabredeten uns zu einem Glas Wein im Bistro. Sybille fand meine Bewunderung nicht alleine durch ihre attraktive Erscheinung, sondern auch durch ihre soziale Einstellung. Sie wirkte in dieser ehrgeizigen Managerwelt wie eine schützende, von Empathie überzogene Oase. Ihr Alter schätze ich auf achtundzwanzig Jahre, sie hatte brünettes, langes Haar und, im Gegensatz zu mir, eine perfekte Figur. Ich war überwältigt, dass sich eine so anziehende Frau für mich interessierte und unternahm alle Anstrengungen, sie bei unseren Treffen mit originellen Einfällen zu überraschen. Unsere erste gemeinsame Nacht war berauschend, sie schenkte mir Glück und eine nicht gekannte Erfüllung.

Alex lud mich zu einem Abendessen ein und wollte mir sein neuestes Menü vorstellen: Poulet avec Riesling. Mir schmeckte sein Hühnergericht und die Stimmung war gut. Carl und Sabine spielten mit mir Verstecken. Auf meinen Wunsch hin sollte der Keller für Verstecke nicht benutzt werden. Nach der Gutenachtgeschichte kam Alex auf mich zu: »Hast Du Punkte in der Flensburger Verkehrssünderkartei?«

»Nein, ich habe gelegentlich einen Bußgeldbescheid erhalten jedoch ohne Punkte in Flensburg.«

»Ich bin schon wieder geblitzt worden, diesmal mit zweiunddreißig Kilometern pro Stunde zu viel Geschwindigkeit. Jetzt wird meine Fahrerlaubnis voraussichtlich für einige Zeit einkassiert. Du weißt, dass ich viel beruflich unterwegs sein muss, daher die vielen Punkte in Flensburg. Wenn ich angebe, dass Du gefahren bist, könntest Du mir dieses Elend ersparen.«

Mein Bruder lehnte sich gegen alles auf, das von der Obrigkeit kam und mit Einschränkungen für ihn verbunden war. Ich überlegte, ob es heilsam sein könnte, wenn dieser Hitzkopf für einige Zeit auf sein Auto verzichten müsste. Er setzte sich über vieles hinweg und war nicht bereit die Konsequenzen zu tragen. Ich liebte meinen Bruder mit seinen Fehlern und wollte ihn nicht hängen lassen, auch wenn er selbstverschuldet in der Klemme saß: »Ich beteilige mich nicht gerne an solchen Trixereien. Was lässt sich auf dem Foto erkennen?«

Der Ertappte hatte das Foto griffbereit: »Wegen der brüderlichen Ähnlichkeit ist nicht feststellbar wer gefahren ist, oder bist Du zur selben Zeit in Deinem Auto geblitzt worden? Das wäre blöd.«

»Also gut, ich bin damit einverstanden, dass Du mich als den Fahrer in dem Anhörungsbogen aufführst, aber nur dieses eine Mal.«

Dorothea, die von der Küche aus unserem Gespräch gefolgt war, atmete erleichtert auf, weil die Gefahr, dass sie als Fahrerin ihrem Mann zu Seite stehen musste, nun abgewendet war. Diese liebenswerte Frau kam zu uns an den Tisch, lächelte mich kokett an, als würde sie über eine angemessene Belohnung für mich nachdenken, aber sie weihte uns nur in die Pläne für ihre Geburtstagsfeier ein. Ich hatte einmal einen Traum, in dem mir Dorothea auf einem Pferd erschien, wie die heilige Jungfrau von Orleans, nur dass aus der Ritterrüstung nackte Brüste hervorschimmerten. Sie war für mich eine unberührbare Ikone, und ich schob den Gedanken, sie begehrend anzublicken, entsetzt von mir.

Ihr vierunddreißigster Geburtstag sollte im Kreis der Familie gefeiert werden, und ich wollte dies Fest benutzen, um meine neue Freundin Sybille vorzustellen. Alex zeigte sich überrascht, dass ich eine solche Frau erobern konnte, er beobachtete sie mit Aufmerksamkeit und Neugier, wie einen bunten Paradiesvogel und flatterte um sie herum. Dorothea begrüßte meine Angebetete als eine willkommene Erweiterung der Familie, und ich hatte den Eindruck, dass sich die beiden Frauen gut verstanden. Die Kinder freuten sich über eine Tante und tobten mit ihr herum, und das machte ihr Spaß. Ich war angetan von dieser Harmonie, und wir besuchten oft gemeinsam die brüderliche Familie und verbrachten eine glückliche Zeit miteinander.

Als ich an einem Abend nach Hause kam, saß Sybille gedankenverloren im Sessel und starrte vor sich hin. Irgendetwas bedrückte sie, aber sie wollte nicht heraus damit und schwenkte nachdenklich ihr Weinglas, als sollte dabei etwas fortgeschleudert werden. Ich küsste sie auf die Stirn, keine Reaktion.

»Wie war Dein Tag?«

Keine Antwort, das Schwenken des Glases wurde heftiger.

Ich sah ihr fest in die Augen, »Bedrückt Dich etwas?«

Sie wich meinem Blick aus, stand auf und schwankte zum Fenster. Ich fragte: »Kann ich etwas für Dich tun?«

Sie guckte durch das Fenster in die Ferne und gestand: »Ich habe heute mit Alex geschlafen.«

Jetzt taumelte ich benommen auf einen Sessel zu und erhob donnernd die Stimme: »Mit wem hast Du gevögelt?«

»Mit Deinem Bruder Alex! Er stand überraschend vor meinem Büro und lud mich zu einer Fahrt in seinem Boot ein, die wir eigentlich zu viert geplant hatten. Ich fühlte mich zwar überrumpelt, war unternehmenslustig und neugierig und bin nichtsahnend mitgegangen. Die Stille der Natur, die Sonne, das Plätschern der Wellen und seine erotische Stimme machten mich sinnlich, und ich wehrte mich nicht, als seine geschickten Hände über meinen Körper glitten. Ich war wie gelähmt und spürte seinen Kuss kaum und dann ist es passiert.« Sybille weinte leise und putzte sich die Nase.

Ich konnte ihr Geständnis nicht überhören, es traf mich wie ein Schlag in die Magengrube. Ich klammerte mich an den Sessel und brachte kein Wort heraus. Alex hatte Chancen bei vielen Frauen, warum musste sich dieser Nimmersatt ausgerechnet die einzige Frau greifen, die sich mir zugewandt hatte? War er nur rücksichtslos, oder wollte er mir Dominanz beweisen? Wie war es um die brüderliche Liebe bestellt, wenn er bereit war mir solchen Schmerz zuzufügen? Wird meine Liebe zu Sybille diesen Vertrauensbruch überstehen können? Wie wird Dorothea reagieren, und konnte es noch Familientreffen geben, wie bisher? Diese Fragen durchzuckten meinen Kopf, ohne dass ich Antworten fand.

»Ich war glücklich mit Dir, wie mit keiner Frau, aber etwas in mir zerbricht, wie soll es mit uns jetzt weitergehen?«, rief ich erregt und verließ fluchtartig die Wohnung, ohne ihre Antwort abzuwarten. Ich hatte den Wunsch etwas zu zerstören, wollte keinen der Beteiligten sehen und fuhr ziellos mit dem Auto durch die Stadt. Plötzlich tauchte ein Radfahrer vor mir auf, ich hätte ihn fast angefahren, der Schreck riss mich zurück in die Realität und meine trübe Grübelei fand ein jähes Ende.

Am nächsten Tag wollte ich Alex treffen um seine Version der geheimnisvollen Begegnung zu hören. Ich wollte Dorothea nicht begegnen, daher hatten wir uns im Bistro verabredet. Er verspätete sich um eine viertel Stunde, als wäre er ein Filmstar. Mir war es nicht möglich ihn zu umarmen, wie wir es sonst zu tun pflegten. Er bestellte sich einen Wodka, den er bisher noch nie bestellt hatte, starrte sein Glas an, wippte unruhig auf seinem Stühlchen und wartete.

»Was hast Du Dir dabei gedacht?«, fragte ich, um die drückende Stille zu beenden.

»Ich habe gar nichts gedacht, ich bin Opfer meines verdammten Jägertriebs geworden.«

»Dein Leben ist gekennzeichnet durch Opfergänge, ob die bösen Banker Dir Zinsen abverlangen, oder die Raubritter vom Ordnungsamt Deine Fahrerlaubnis einziehen wollen, oder die Freundin des Bruders Deinen Weg kreuzt, immer werden Opfer vom armen Alex verlangt.«

»Du brauchst Dich nicht lustig über mich zu machen, denkst Du für mich ist dieser bedauerliche Ausrutscher angenehm? Warum hast Du so eine verdammt schöne und erotisierende Frau angeschleppt, sie ging mir nachts nicht mehr aus dem Kopf mit ihren vollendeten Formen.«

»Soll sie sich, nach arabischem Vorbild, eine Burga überstülpen, damit das unbeherrschte Alexchen nicht in Versuchung geführt werden kann?«

»Sybille ist freiwillig auf mein Boot gekommen, ich habe sie nicht vergewaltigt!«

»Du hast mit Vorsatz gehandelt und sie überlistet, das ist nicht typisch für die Opferrolle.«

»Ich wollte Dir nichts wegnehmen, ich wollte nur naschen, sie hat mich dazu ermuntert, ich bedauere, dass Du es erfahren hast.«

»Du solltest bedauern, dass Du es getan hast. Wolltest Du mit einer Lüge ewig leben?«

»Ich möchte Frauen glücklich machen, wenn sie sich mir hingeben.«

Seine Darstellung hatte etwas Verharmlosendes, als sollte sie an ein Kind erinnern, das sich in der Buddelkiste von einem anderen Kind die Schippe ausleiht, um gemeinsam eine Burg zu bauen. Ich war zu tief verletzt, um ein solches Bild zuzulassen: »Sybille hat den ganzen Abend geheult, so glücklich hat der Casanova sie gemacht. Du missbrauchst Deine Gabe von der Verführungskunst und bist ein rücksichtsloses, egoistisches Ungeheuer, das zu schlapp ist seine Triebe und Gelüste unter Kontrolle zu bringen. Du warst bereit die brüderliche Harmonie zu opfern, um Deine Geilheit zu befriedigen, und diese traurige Erkenntnis tut weh.«

»So darfst Du nicht reden, Du bist für mich der wichtigste Mensch auf der Welt«, er sah mir zum ersten Mal bei diesem Gespräch fest in die Augen, »ich kann auch nur so sein, wie die Schöpfung mich gemacht hat. Du bist beherrscht und kennst den richtigen Weg, ich hätte gerne ein Scheibchen von Deiner Entschlossenheit. Ich erahne nur den richtigen Weg, bin aber zu schlapp ihn zu gehen, besonders wenn er steil ist. Ich bin ein Waschlappen!«

Wütend und verunsichert ärgerte ich mich über diese einlullende Verniedlichung und ergänzte: »Ja, ein steif gefrorener, spitzer Waschlappen, der seine nützliche Funktion eingebüßt hat und verletzen kann.«

Meine Gefühle gegenüber meinem Bruder und Sybille wirbelten in der Luft herum, wie dunkle Regenwolken, die ich nicht steuern konnte, und ich benötigte Distanz, um sie wieder in den Griff zu bekommen. Kurzentschlossen fuhr ich zum Flughafen und buchte eine Lastminute

Reise in den Süden. Fremde Menschen und verändertes Klima werden mich ablenken, hoffte ich.

Es war überraschend und wohltuend zu beobachten, dass dieser wenig attraktive Junggeselle plötzlich bei der Damenwelt mehr Interesse hervorrief als bisher. Vermutlich wirkt es anziehend auf Frauen, wenn ein Mann nicht nach Aufmerksamkeit heischend auf der Jagd ist sondern still versucht seine Gefühlswelt neu zu ordnen und für eine neue Beziehung unerreichbar erscheint. Auf der Reise wurde mir klar, dass ich mit Sybille zusammen bleiben wollte. Ich musste mir auch eingestehen, dass mich Dorothea als Frau gereizt hatte, natürlich habe ich diese Regung energisch unterdrückt und verbannt, aber es half mir ein gewisses Verständnis für die Schwäche meines Bruders zu entwickeln.

Entkrampft, fast beschwingt kehrte ich von dem Kurztrip zurück und war gespannt auf die Haltung von Dorothea.

Das Ehepaar lud mich, wie in alten Zeiten, zum Essen in das brüderliche Haus ein. Ich versuchte möglichst unverfänglich von meiner Reise zu berichten, und nachdem die Kinder im Bett waren, kam die Zeit für die mit Spannung erwartete Aussprache.

»Ich habe schon früher erfahren müssen«, eröffnete Dorothea das Gespräch, »dass mein Mann kein treuer Ehemann ist. Dieses Scheusal hat sich ausgerechnet Sybille ausgesucht, das nehme ich ihm besonders übel. Wegen der Kinder und des Hauses halte ich eine Trennung nicht für sinnvoll, und ich habe mir Gedanken darüber gemacht, wie hier Gerechtigkeit hergestellt werden könnte.«

Alex wurde auf seinem Stuhl immer kleiner, man hatte den Eindruck er könnte jeden Moment unter den Tisch sinken: »Ihr könnt mir glauben, dass ich auf meine Eroberung nicht stolz bin und möchte mich in aller Form bei Dir und Bernd entschuldigen, auch wenn dies meinen Frevel nicht ungeschehen machen kann. Ich liebe Dorothea und möchte weiterhin mit ihr zusammen leben.«

Die Blicke waren nun auf mich, den Dritten im Bund, gerichtet: »Alex hat mich enttäuscht und verletzt, die brüderlichen Bande, haben Schaden genommen, aber ich will Dir verzeihen und werde versuchen mit Sybille zusammen zu bleiben. In jeder Krise steckt auch eine Chance, wir wollen versuchen diese zu nutzen.«

Alex lächelte erleichtert und wuchs auf seinem Stuhl zurück zu seiner Ursprungsgröße: »Mein Bruder ist mir *der wichtigste Mensch auf der Welt*, und ich bin glücklich, dass mein lüsternes Fehlverhalten diese Bande nicht zerstört hat.«

»Dann kann ich nicht der wichtigste Mensch für Dich sein, eine Doppelspitze kennt man nur von der Politik«, warf Dorothea schnippisch ein.

»Bernd kenne ich länger als Dich, er ist mir daher besonders vertraut, aber Du bist mir *der liebste Mensch auf der Welt*«, bemühte sich Alex seinen entbehrlichen Superlativ zu korrigieren. »Was meintest Du vorhin mit Deiner Anmerkung, Gerechtigkeit wiederherstellen?«

Dorothea setzte sich aufrecht hin, schlug die Beine übereinander, umfasste ihr Knie mit beiden Händen und fixierte ihren sündigen Ehemann: »Im christlichen Abendland darf der Mann nur eine Ehefrau haben, obwohl Du gerne mehrere Frauen hättest, möglichst junge, die Dich dann im Alter hoffnungslos überfordern würden. Im islamischen Kulturkreis darf der Mann mehrere

Frauen haben, aber nur wenn er sie ernähren kann, und die untreue Ehefrau wurde gesteinigt, nicht der Ehemann…«

»Was willst Du uns mit diesem hochtrabenden Exkurs in die Welt der Kulturen mitteilen?«, unterbrach Alex ungeduldig.

»Heute liegen die Dinge in Europa anders. Nach den Jahrhunderten des Mittelalters hat man entdeckt, dass auch die Frau fleischliche Lust empfindet, die manch müder Ehemann nicht befriedigen kann, und man hat die Steinigung bei Untreue abgeschafft. Mann und Frau sollen gleich behandelt werden. Wenn also mein Ehemann gegen seine Treuepflicht verletzt, räumt er mir das Recht ein das Gleiche zu tun.«

»Du willst doch nicht etwa…«

»Genau das will ich! Du kannst dabei erfahren, wie sich das anfühlt.«

Mein Bruder sprang auf, schenkte sich einen großen Cognac ein und fragte empört: »Und wo soll das Opfer herkommen, das Du für Deine Rachepläne missbrauchen willst?«

»In dieser Hinsicht opfern sich Männer gerne. Ich bin nicht so hässlich, dass mein Vorhaben aussichtslos werden könnte«, sie sah mir kokett in die Augen und prostete mir zu, »Bernd ist mir vertraut, und ich wollte schon immer einmal mit ihm das Kopfkissen teilen, jetzt besteht eine gute Gelegenheit dazu, die ich mit Lust ergreifen will.«

Alex ließ sich verzweifelt in seinen Stuhl gleiten: »Das darf nicht sein, Du bist ja schlimmer als ich. Du willst mit meinem Bruder?«

Meine Rachegefühle waren abgeklungen, jedoch ein Denkzettel für meinen erfolgsverwöhnten Casanova erschien mir angezeigt, ich entschloss mich zu einer Anmerkung, die dem hitzigen Disput die Spitze nehmen sollte: »Wenn ich für die Harmonie in Eurer Ehe einen Beitrag leisten kann, dann bin ich gerne bereit es zu tun.«

Es trat eine Gesprächspause ein, man hörte nur das Ticken der Wanduhr und ein schlürfendes Geräusch vom Cognacglas, dann platzierte Dorothea mit katzenhaften Bewegungen ihr Gesäß auf dem Tisch und beendete die Pause entschlossen: »Wann diese Begegnung stattfindet, bestimme ich!«

Alex und ich sahen uns verunsichert an und blieben sprachlos.

»Und noch eins meine Herren, ich will meinen Zweitwagen zurück haben!«

Der verschollene Freund

An einem trüben Novembertag strebten wir der Alma Mater zu. Im Prüfungsraum der juristischen Fakultät Heidelberg konnten Robert und ich nur mit Mühe zwei Plätze ergattern um der Prüfung unseres Kommilitonen Harald beizuwohnen. Professor Dr. Hohlbein war ein ehrgeiziger Prüfer, das war bekannt, bei ihm lag die Quote der bestandenen Prüfungen deutlich unter dem Durchschnitt seiner Kollegen. Es lief nicht gut an diesem Tag für Harald: Von den gestellten Fragen konnte er nur wenige zufriedenstellend beantworten. Schließlich forderte ihn der Professor auf ans Fenster zu treten und fragte den Prüfling: »Was erkennen Sie, wenn Sie hier aus dem Fenster sehen?«

Harald konnte den Zusammenhang mit juristischen Themen nicht erkennen und antwortete verzweifelt: »Kahle Bäume.«

»Sehen Sie«, antwortete der Erhabene im Bemühen seine Zuhörer zu erheitern, »und wenn diese Bäume wieder Blätter tragen, dann dürfen Sie erneut zur Prüfung erscheinen.«

Diese zynische und kaltherzige Verkündung des Prüfergebnisses empfand ich, genau wie Robert, als einen Affront gegen die Studentenschaft, und wir fühlten uns aufgefordert diesem Ekel einen Denkzettel zu verpassen. Der Porsche des Professors stand auf seinem reservierten Parkplatz. Ich holte den Wagenheber aus meinem Auto und mein Freund beschaffte Hohlblocksteine. Im Schutz Dunkelheit hoben wir den Porsche mit dem Heber an und platzierten ihn so auf die Steine, dass die Antriebsräder keinen Kontakt mehr mit der Straße hatten. Wie unsere Vorbilder Max und Moritz, versteckten wir uns hinter einer Hecke und warteten die Rückkehr des Prüfers ab. Eine Weile dauerte es bis er einstieg und losfahren wollte. Die Räder drehten in der Luft, wie die Flügel einer Windmühle, aber der Wagen rührte sich nicht vom Fleck. Der Professor unternahm einen zweiten Versuch, diesmal mit Vollgas, dann lief er verzweifelt um seinen treulosen Liebling herum und entdeckte die Schandtat. Einen Wagenheber konnte oder wollte er nicht bedienen, und juristische Spitzfindigkeiten halfen in dieser Situation nicht weiter. Der ständig unter Zeitdruck stehende Mann beklagte sein Schicksal, stieß wilde Verwünschungen aus und bestellte wütend ein Taxi. Wir amüsierten uns köstlich in unserem Versteck, beklatschten uns gegenseitig und freuten uns über den gelungenen Streich, der eine gewisse Gerechtigkeit herstellte, und die Arroganz des Prüfers nicht ungestraft ließ.

»Wollen wir noch bei Doris vorbeifahren?«, schlug Robert vor, und ich war begeistert von seiner Idee. Doris war eine attraktive Erscheinung, nur war sie zu gut für diese Welt, konnte nicht mit Geld umgehen und wurde oft ausgenutzt. Sie betreute als Kindergärtnerin mit Hingabe die Kleinen im Vorschulalter, engagierte sich bei Amnesty International für politisch Verfolgte und verteilte ihre Liebe, wie aus einem Füllhorn, auf ihre beiden Freunde zu gleichen Teilen. Was sie besonders anziehend machte, war ihre fast nymphomane Lust, die zwei gut ausgerüstete Männer erforderlich machte, um gestillt zu werden. Wir kannten sie schon über ein Jahr, und sie hatte es immer verstanden uns das Gefühl zu geben, dass jeder ihrer Liebhaber gleich wichtig und unentbehrlich für sie war. Ich hatte nie Eifersucht gespürt und erfreute mich an der Harmonie zwischen uns.

Doris teilte uns ihre Beobachtungen an den Kindern mit und reichte uns Waffeln mit selbstgemachter Holundermarmelade und Holundertee. Unsere Angebetete pries in diesem Jahr den Holunder als ungemein gesund. Im Jahr davor war es der Löwenzahn, der inzwischen in Ungnade gefallen war. Wir berichteten von der Prüfung und, in allen Einzelheiten, mit erheiternden Ausschmückungen, von unserem Schabernack mit dem Professor. Es gelang uns aber an diesem Tag nicht ihr ein Lachen zu entlocken, sie wirkte deprimiert, was wir von ihr nicht gewohnt waren.

»Ich muss Euch mitteilen, dass sich das Herzleiden meiner Schwester dramatisch verschlechtert hat. Sie müsste sich einer teuren Operation unterziehen, die derzeit nur in Südafrika durchgeführt werden kann und von der Krankenkasse nicht bezahlt wird.«

»Für alle Probleme gibt es eine Lösung, Du hast ja uns«, beteuerte Robert. Es klang wie ein geheimnisvolles Versprechen.

»Ich pflege sie und würde alles tun, um sie zu retten. Ich mag mir nicht vorstellen, dass sie eines Tages nicht mehr auf dieser Welt ist.«

In dieser Zeit sahen Robert und ich uns täglich. Wir besuchten gemeinsam die Vorlesungen und gestalteten unsere Freizeit, wie unzertrennliche Zwillingsbrüder. Umso entsetzter war ich, als er eines Nachts verschwunden war. Auch von Doris fand ich keine Spur mehr. Über Harald erfuhr ich, dass Robert einem Drogendealer eine größere Geldsumme abgenommen haben sollte und vor der Mafia fliehen musste. Er wagte es nicht einmal mir eine Nachricht zukommen zulassen, was mich enttäuschte und verletzte. Ich fühlte mich nackt, alleine gelassen und stürzte mich auf meine Ausbildung. Das Jurastudium konnte ich mit summa cum laude abschließen und bekleidete bald die Position eines Staatsanwalts in Stuttgart. Im Laufe der Jahre begegneten mir einige begehrenswerte Frauen, die ich ungewollt mit Doris verglich. Zum Heiraten fehlten mir jedoch die Zeit und die Entschlossenheit, wie bei einem Eremiten, der um Erkenntnis ringt und alles, das ihn davon abhält, als störend empfindet.

Meine Heidelberger Zeit lag schon dreißig Jahre zurück, mein Haar war ergraut und mein Bauch zeigte unübersehbare Rundungen. Mein Genussstreben bewirkte bald die Aufgabe meines Kampfes gegen die überzähligen Pfunde. Ich wollte am kommenden Wochenende meinen Urlaub antreten und wollte die dringenden Fälle auf meinen Schreibtisch einem Kollegen übergeben. In einer für Staatsdiener ungewöhnlichen Hast, durchblätterte ich die Akte Krüger, die ich eigentlich weiterreichen wollte und entdeckte darin ein Passfoto, das mich fast vom Hocker gestoßen hätte.

Aus der Akte sahen mich die Gesichter meiner Jugendfreunde an, die mir heute wie ein Bild aus dem Jenseits erschien. Ich überflog die Anklageschrift und traf die Entscheidung, meinen Urlaub zu verschieben. Aus den Unterlagen konnte ich erfahren, dass eine Begegnung zwischen Herrn Konsul Robert Krüger und dem Finanzmakler Harald Schmieder stattgefunden hatte. Bei diesem Treffen wurden zwei Begleiter des Maklers erschossen. Der Konsul war unbewaffnet, kam also als Täter nicht direkt infrage. Was auch durch die Aufzeichnung einer Überwachungskamera bestätigt wurde. Die Frage drängte sich auf, was die beiden Kommilitonen aus der Heidelberger Zeit nach dreißig Jahren zu besprechen hatten, und warum gab es dabei Tote?

Auf diese Frage suchte ich eine Antwort und schaltete unsere Kontakte in Südafrika ein, auch die im Milieu in Stuttgart. Nach einigen Tagen ergab sich folgendes Bild:

Robert Krüger war im Jahr 1986 in Südafrika zum Chef einer Bande aufgestiegen, die ein Vermögen im Gold- und Waffenhandel verdiente. Seine rechte Hand war ein gewisser Daniel Krüger, vielleicht sein Sohn, der hatte den Spitznamen:»Vollstrecker«. Durch den Waffenhandel verfügte Robert über erstklassige Kontakte zu schwarzafrikanischen Regierungen. Die Republik Uganda hatte ihm sogar den Diplomatenstatus eingeräumt. Gerüchten zufolge waren belastende Akten verschwunden. Straftaten konnten ihm nie nachgewiesen werden, deshalb kam es nie zu einer Anklage.

Harald Schmieder hatte der Aufforderung seines Professors nicht Folge geleistet und seine Juraprüfung nicht wiederholt. Er stieg zu einem einflussreichen Finanzmakler auf, sein Immobilienimperium soll durch unzulässige Methoden entstanden sein. Bei Mietern, die nicht bereit waren auszuziehen und damit eines seiner Projekte gefährdeten, tauchten Schlägertrupps auf. Er war risikobereit, verfügte über gute Kontakte zur Finanzwelt und verstand es an den richtigen Stellen zu bestechen. Die gegen ihn erhobenen Vorwürfe konnten nicht bewiesen werden. Alle Klagen wurden abgewiesen.

Ich musste entscheiden, ob die Beweislage für eine Anklage durch die Staatsanwaltschaft ausreichend war. Als erfahrener Staatsanwalt gestand ich mir ein, dass die Sachlage eine Anklage nicht ratsam erscheinen ließ, zumal Robert über diplomatische Immunität verfügte. Ich wollte diese Akte nicht schließen, und ich suchte nach Hinweisen, die eine Anklage rechtfertigen könnten. Neugier plagte mich, warum meine Studienfreunde auf die Gegenseite der Gesetzmäßigkeit geraten waren. Ich verabredete mich mit Robert in einem Café am Schlossgarten. Im Gegensatz zu mir war er schlank geblieben, benötigte keine Brille und hatte einen gepflegten, graumelierten Vollbart.

»Hallo Robert«, begrüßte ich ihn kühl, »was führt einen Waffenhändler nach Deutschland, in das Land, das keine Waffen in Krisengebiete liefern will?«

»Deutschland ist einer der wichtigsten Waffenlieferanten in der Welt, aber ich kann Dich beruhigen, ich habe meine geschäftlichen Aktivitäten schon vor Jahren aufgegeben und bin jetzt im diplomatischen Dienst tätig. Wie geht es Dir?«

»Danke, dass Du heute nachfragst, das hättest Du vor dreißig Jahren tun sollen.«

Robert schenkte Kaffee nach und lehnte sich zurück: »Machst Du mir einen Vorwurf? Der Staatsanwalt kann seine Überheblichkeit ablegen. Ich habe das Geld für die Operation von Doris Schwester beschafft, nicht Du, ich musste dafür einen hohen Preis zahlen. Als es unserer gemeinsamen Freundin schlecht ging, habe ich nächtelang an ihrem Bett gesessen, nicht Du.«

»Ich hatte nicht die Möglichkeit an ihrem Bett zu sitzen«, verteidigte ich mich, »Ihr wart spurlos verschwunden. Wie geht es denn Dors jetzt?«

Robert zögerte, dann klangen seine Worte wie eine Beschwörung: »Sie ist bei Daniels Geburt gestorben und hat mich mit dem Kind allein gelassen in diesem von Gewalt überschatteten Land.«

»Du scheinst den Schicksalsschlag gut überwunden zu haben, Du bist heute eine wohlhabende und einflussreiche Eminenz.«

»Ich bin nach Deutschland zurückgekehrt nicht nur um hier meinen Ruhestand zu verbringen, sondern hauptsächlich, um mit ein paar Schurken abrechnen zu können.«

»Du warst bei dem Treffen unbewaffnet, hast Du eine Vermutung von wem Haralds Begleiter erschossen wurden? «

Als er antwortete zogen sich seine Mundwinkel verächtlich nach unten: »Harald ist eine Schlange, die ihr tödliches Gift verspritzt. Er hat mich an die Drogenbosse verraten, darum musste ich verschwinden, ohne Abschied von Dir zu nehmen.«

Seine Antwort verblüffte mich, sie lieferte der Staatsanwaltschaft, ohne Not, ein Mordmotiv. Ich vermutete, dass dieser intelligente Mann sich seiner Sache sicher sein musste: »Nicht Harald wurde erschossen, sondern seine Begleiter, die an dem damaligen Verrat nicht beteiligt waren.«

»Seine Killer waren ihm über Jahre ergeben, wie Hunde, und haben für ihn geprügelt und getötet. Ohne seine Schlägertruppe ist dieser Finanzhai eine zahnlose Qualle. Sein Tod wäre keine hinreichende Strafe gewesen, mehr Genugtuung bereitet es mir, ihn hilflos und leidend zu sehen! «

»Was wolltet Ihr beide besprechen? Waren seine Begleiter dabei, um Dir Angst zu machen, oder um ihn zu beschützen vor seinem Gesprächspartner?«

»Ich kann auf mich selbst aufpassen. Erwarte nicht, dass ich traurig bin, wenn diese Brut aus der Unterwelt, die mir Angst einflössen sollte, von einem anderen Vollstrecker liquidiert wurde.«

Sein entschlossener Blick und seine hasserfüllten Worte erschreckten mich. Der einst so vertraute Freund erschien mir heute fremd, unheimlich und schizophren. Auf der einen Seite hing er mit Zärtlichkeit an Doris und auf der anderen Seite war er mit kaltblütigen Rachegedanken angefüllt gewesen. Ich hatte nicht den Wunsch ihn wiederzusehen.

Auf der Rückfahrt zu meinem Büro kreisten meine Gedanken um ein Wort aus unserem Gespräch: Vollstrecker. Dieses Wort gehörte nicht zu meinem aktiven Wortschatz. Ich erinnerte mich, dass dieser Ausdruck in dem Bericht über seinen Sohn Daniel Verwendung gefunden hatte.

Ich beauftragte einen Mitarbeiter Nachforschungen über Daniel Krüger anzustellen, und er wurde tatsächlich fündig: Daniel wurde 1986 in Johannisburg geboren, hatte ein Bachelorexamen als Betriebswirt abgelegt und eine Ausbildung zum Scharfschützen bei der Armee erhalten. Er war zusammen mit seinem Vater in Frankfurt eingetroffen und hielt sich wahrscheinlich noch im Raum Stuttgart auf. Es könnte sein, vermutete ich, dass Daniel bei dem Treffen mit Harald als Scharfschütze aus dem Hinterhalt die beiden Begleiter im Auftrag des Vaters erschossen hatte. Ich veranlasste eine rund um die Uhr gehende Überwachung für Daniel.

Einige Zeit später landete eine anonyme Anzeige gegen Harald auf meinem Schreibtisch. Es wurden sehr detailliert die Einsätze der Schlägertrupps aufgeführt, ein Mieter war nach dem Angriff seinen Verletzungen erlegen. Es wurde ein Zeuge benannt, der beweisen konnte, dass

Harald die Einsätze angeordnet hatte. Ferner wurde Material übergeben, dass Scheinfirmen benannte aus seinem Imperium, die allein zum Zwecke des Anlagenbetrugs und der Steuerhinterziehung gegründet wurden. Auch bei anonymen Anzeigen konnte die Staatsanwaltschaft nicht untätig bleiben und hatte Klage gegen den Immobilienmakler erhoben. Während des Prozesses war unser Kronzeuge eingeknickt mit dem Hinweis, er habe Frau und Kinder und könne sich nicht mehr genau erinnern. Der Vorwurf der Anstiftung zum Todschlag musste fallengelassen werden, Harald wurde zu einer Geldstrafe wegen Steuerhinterziehung verurteilt, die er aus der Portokasse bezahlen konnte. Den Staatsanwalt in mir schmerzte es, einen Prozess gegen einen Schurken zu verlieren. Viel zorniger machte es mich, erleben zu müssen, dass eine neu aufgestellte Schlägertruppe, meine Zeugen so unter Druck setzen konnte, dass sie ihre Aussage widerriefen. Ich war wütend, dass der aufwendige Justizapparat dem Treiben dieses Gangsters hilflos zusehen musste, wie ein alternder Tiger, dem alle Zähne ausgefallen waren, und über den sich die Gazellen lustig machten und ihn furchtlos mit ihren Hörnern necken.

Die Überwachung von Daniel lieferte keine neuen Ansatzpunkte oder Auffälligkeiten, obwohl mein Gespür mir sagte, dass er die Leibwächter erschossen hatte. Meine Recherchen zu Daniels Straftaten in Südafrika blieben ebenso ergebnislos wie in Uganda, in den Akten erschien er als reiner Unschuldsengel.

Manche Dinge auf dieser Welt regeln sich von selbst, wenn man genug Geduld aufbringen kann. Eines Nachts wurde ich an einen speziellen Tatort gerufen, eine Villa am Killesberg, es war Roberts neuer Wohnsitz. ein Kriminalinspektor war bereits vor Ort und informierte mich. Während eines Streites zwischen Robert und Harald hatte Daniel einen Schuss abgefeuert, der den Immobilienmakler tödlich traf. Es musste geklärt werden, ob Todschlag oder gar Mord vorlag, oder Notstand geltend gemacht werden konnte. Nach dem Stand der Ermittlungen hatte Harald den unbewaffneten Villenbesitzer mit einer Pistole bedroht bevor er von Daniel erschossen wurde. Meine Vermutung bestätigten sich, dass Daniel der Vollstrecker seines Vaters war. Ich übertrug meine Wut auf den Todesschützen, in dem ich einen Profikiller und ein Werkzeug des Teufels sah. Der Staatsanwalt sollte nicht noch einmal als zahnloser Tiger vorgeführt werden. Ich gab Anweisung Daniel festzunehmen und bei Widerstand sofort von der Schusswaffe Gebrauch zu machen.

Bei dem Versuch des Polizisten ihm Handschellen anzulegen, verpasste Daniel ihm einen Handkantenschlag, sprang durch das offenstehende Fenster und versuchte zu entkommen. Die Polizei eröffnete das Feuer und der Flüchtige brach getroffen auf der Terrasse zusammen. Ich rannte zu ihm in der Hoffnung noch eine Aussage zum Tathergang zu erhalten. Ich kniete mich neben ihn und legte seinen Kopf auf meine Schenkel. Aus seinem Mund und der Nase floss Blut, ich rief nach einem Notarzt. Ich hielt mein Ohr dicht an seinen Mund, er röchelte: »Ich wollte in meinem Leben Gerechtigkeit herstellen, genau wie Du«, dann fiel sein Kopf auf die Seite, er war tot. Es hat immer etwas Tragisches, wenn ein junger Mensch unvermittelt aus dem Leben gerissen wird, besonders verwirrten mich jedoch seine letzten Worte. Wollte mir dieser fremde Vollstrecker, der auf der anderen Seite des Gesetzes stand, mit seinem vertraulichen Du etwas anvertrauen? Mich überkam ein Gefühl von

Zärtlichkeit, ich drückte ihm die Augen zu und bereute zu tiefst meine folgenschwere Anweisung. Mit Blut befleckt, schwankte ich zurück zur Villa. Man schob mir einen Stuhl hin und wickelte mich in eine Decke.

Trotz der wärmenden Decke zitterte ich am ganzen Leib. Was hatte mich veranlasst die Anweisung zum Schusswaffengebrauch zu geben? Nach dem Stand der Ermittlungen war eine Notsituation gegeben, Daniel war der Verteidiger seines unbewaffneten Vaters, der mit Waffengewalt in seinem eigenen Haus bedroht wurde. Hatte ich eine Festnahme angeordnet, weil ich den Vollstrecker verurteilt hatte, ohne Prozess, nach dem Vorbild des Wilden Westens, wo der rachedurstige Sherif erst hängen ließ und sich dann mit den entlastenden Beweisen beschäftigte? War ich wirklich *der Gute* und auf der anderen Seite die Verbrecher, die abgeurteilt werden mussten? War ich besessen von einem übertriebenen Pflichtgefühl? Berechtigte ein Staatsexamen mich als Herrscher über Leben und Tod aufzuspielen? Was unterschied mich noch von den Verbrechern? Konnte ich mich selbstgefällig zurücklehnen und darin sonnen das Gesetz auf meiner Seite zu haben?

Ich benötigte eine Weile um meine Fassung wiederzuerlangen und setzte mich dann neben Robert. Er schwenkte gedankenverloren sein Cognacglas vor dem offenen Kamin und ich genehmigte mir auch einen Cognac, obwohl ich im Dienst war: »Das mit Daniel tut mir leid«, versuchte ich ein Gespräch in Gang zu bringen.

Der Vater ließ keinerlei Emotionen über den Tod seines Sohnes erkennen, er murmelte kaum verständlich zwischen den Zähnen: »Ich wollte ihn schon als Baby töten.«

»Ich hatte den Eindruck, Ihr habt Euch großartig verstanden, und dass der Vollstrecker Dir, wie ein Hund ergeben war, und dich beschützt hat.«

Mein Jugendfreund atmete einige Male tief durch: »Ja, Ja, er war ein guter Junge! Er hat mir mehrmals das Leben gerettet, dafür muss ich ihm dankbar sein. Vielleicht war Daniel zu weich für seinen Job, aber ein ergebener Hund war er nicht. Anders als ich, hat er ausschließlich Verbrecher zur Strecke gebracht, die den Tod verdient hatten.«

»Aus Daniels letzten Worten ging hervor, dass er in mir, der für seine Erschießung verantwortlich war, ein Vorbild gesucht hat. Er kannte mich doch gar nicht. «

»Doch, doch, er hat sich ein Bild von Dir zusammengereimt aus Fotos, Erzählungen und dem Internet, und, im Unterschied zu mir, schnittest Du dabei gut ab. Er wurde Dir im Laufe der Jahre immer ähnlicher.«

»Er hatte sich um Deine dunklen, lukrativen Geschäfte gekümmert, ein Jurastudium hatte ihn offensichtlich wenig interessiert. «

Robert erhob sich von seinem Sessel, schenkte sich Cognac nach und schlich um meinen Platz herum, wie ein Schäferhund um seine Herde: »Ich habe darunter gelitten, dass ich für Doris nur die Nummer zwei war, und ich habe das Geld für die OP ihrer Schwester beschafft, um ihr den Beweis zu liefern, dass mein Engagement größer war als Deins. Ihre Schwester hatte die Operation nicht überlebt und das Baby hatte mir meine Geliebte genommen, ich hasste das Kind von Anfang an.«

»Du hattest einen Sohn, in dem die geliebten Eigenschaften seiner Mutter fortlebten.«

225

»Und in dem *Deine* verfluchten Eigenschaften fortleben, *Daniel ist Dein Sohn!*«, platzte es aus ihm heraus,
wie aus einem feuerspeienden Vulkan.

Seine Worte trafen mich wie ein Blitz aus heiterem
Himmel und bohrten sich tief in mich ein, mein Cognacglas entglitt meiner Hand und zerschellte auf dem Boden.
Der sonst so redegewandte Staatsanwalt, der seinen eigenen Sohn hatte erschießen lassen, fand keine Worte und
starrte fassungslos in das Kaminfeuer. Wahrscheinlich
wäre ich ein miserabler Vater gewesen, aber in meinem
Alter wurde der Wunsch, Nachfahren zu haben, immer
ausgeprägter.

Roberts Stimme überschlug sich fast, als er mir zurief:
»Für diesen Moment habe ich dreißig Jahre gelebt. Ich
wollte Dich leiden sehen, wie ich gelitten habe. Deine
Selbstgefälligkeit sollte durch Deine Schuld erschüttert
werden, wie ich mich schuldig gemacht habe, Dein Bild
von dem guten Staatsanwalt und den bösen Verbrechern
sollte einen Riss bekommen. Du solltest das Kind töten,
das mich jeden Tag daran erinnerte, dass ich es Doris
nicht selbst gemacht hatte und nur eine Rolle als Pausen-
clown zugewiesen bekam.«

Ich war erschrocken von dieser geballten Ladung ange-
stauten Hasses und verließ mit entschlossenem Schritt
diesen Ort des Grauens, der nun sein zuhause war. In mir
regte sich Mitleid, kein Hass, aber das Band der Jugend-
freundschaft war für immer zerschnitten.

Der philosophische Autowäscher

Die Mathe-Klausur war beendet, ich hatte nur einen Teil der Aufgaben lösen können und wusste, dass ich diese Prüfung wiederholen musste. Das ärgerte mich, weil der angestrebte Termin für meinen Studienabschluss nicht mehr einzuhalten war. Ich musste mir in den Semesterferien einen Job suchen, um Geld für das verlängerte Studium zu verdienen. Glücklicherweise fand ich in einem Autohaus eine Tätigkeit für acht Wochen als Aushilfsmonteur.

Arbeitsbeginn war um sieben Uhr, das war hart für einen Studenten. Die erste Aufgabe, die mir übertragen wurde, war der Ausbau eines VW-Motors. Mir wurde erklärt, dass die elektrischen Kabelanschlüsse, die Leitungen, die Bodenplatte und die Haltebolzen zu entfernen waren. Es war eng im Motorraum und manche Schrauben waren festgerostet. Nach sechs Stunden endlich hatte ich alles abgeschraubt, so dass der Motor vom Getriebe getrennt und herausgehoben werden konnte.

»Das sollte man schneller schaffen«, kommentierte Paul, der Vorarbeiter.

»Die Herren Studenten wollen uns später erzählen, was wir zu machen haben, aber von der Praxis haben sie keine Ahnung«, ergänzte Gustav, der Älteste unter den Automonteuren, »der Motorausbau ist lässig in einer Stunde zu schaffen.«

Ich war überzeugt, dass der Ausbau in dieser Zeit nicht zu bewerkstelligen war, hielt jedoch meine Meinung zurück und sagte nur: »Das müsste ein Turbomonteur sein.«

Am nächsten Tag war der Motor aus einem VW-Unfallfahrzeug auszubauen, Paul und Gustav machten sich ans Werk. Das Fahrzeug wurde auf der Hebebühne einen Meter angehoben, einer arbeitete von oben, der andere von unten, und alle benötigten Werkzeuge wurden vorher griffbereit gelegt. Nach achtundfünfzig Minuten war der Motor ausgebaut. »Das sollen die Herren Akademiker uns einmal nachmachen, diese Sesselfurzer.« In der Frühstückspause wurde zeitunggelesen und Klage geführt über falsche politische Entscheidungen durch „die da oben", die nur ein Ziel hätten, die Arbeiterklasse auszubeuten.

In der folgenden Woche erkrankte ein Wagenwäscher, und ich wurde in die Waschhalle versetzt. Dort sah ich Bernd zum ersten Mal. Ich schätzte sein Alter auf fünfundzwanzig Jahre, er war sportlich und schlank, auffallend war seine gewählte Ausdrucksweise und seine platte Nase, die an einen Afrikaner erinnerte. Das Autoradio spielte Schlagermelodien, und er bewegte den Schwamm gemächlich im Takt der Musik: »Ich bin Bernd, der ungekrönte König der Waschstraße. Schnapp Dir den Staubsauger und reinige den Wageninnenraum, danach die Scheiben abledern. Wenn Du mit dem Fensterleder auf vier Meter in den Eimer triffst, lade ich Dich in der Mittagspause zu einer halben Leberwurststulle ein.«
Ich war beeindruckt. Weniger von der Einladung zum Essen, mehr von den lockeren und witzigen Formulierungen, die Bernd benutzte. Seine geistreiche Wortwahl stand im krassen Gegensatz zu dem überheblichen Geschwätz der Facharbeiter in der Reparaturhalle. Ich hatte Glück: Schon beim zweiten Versuch traf ich mit dem Fensterleder den Eimer und hatte mir eine halbe Stulle verdient.
In der Mittagspause setzten wir uns auf die sonnenbeschienene Bank vor der Waschhalle, Bernd brach sein

Brot auseinander und überreichte mir eine Hälfte: »Na, musstest Du den Motorausbau von Gustav und Paul bewundern? Das gehört hier zur Einweisungszeremonie.«

»Die beiden arbeiten schnell, ich habe sechs Stunden gebraucht.«

»Dir haben sie ein altes Auto angedreht, bei dem viele Schrauben festgerostet sind. Du musstest die Arbeit alleine und zum ersten Mal ausführen, dieser Wettbewerb kann nicht zu Deinen Gunsten ausgehen. Er dient einzig und allein dem Beweis, dass unsere Edelmonteure ganz tolle Kerlchen sind. Wer im Leben wenig erreicht, der versucht wenigstens in einer Disziplin zu glänzen, ich kann das nachvollziehen.«

Bernd drehte sich eine Zigarette und bot mir eine der Selbstgedrehten an.

»Vielen Dank«, sagte ich, »hast Du auch in der Reparaturwerkstatt gearbeitet?«

»Ich bin gelernter Kfz-Mechaniker, will aber diesen Beruf nicht mehr ausüben. Dem Arbeitermilieu möchte ich entfliehen und ziehe bei halbem Lohn die Einsamkeit der Waschhalle vor. Um Abstand von meinen Eltern zu bekommen, bin ich von Hamburg nach Berlin gezogen.«

Dieser sympathische Sonderling faszinierte mich, und ich empfand zunehmend Freude an dem Gespräch mit ihm: »Kann man vom Lohn in der Waschhalle leben?«

»Geld ist immer knapp, egal wie viel man verdient. Was mir wichtig ist«, er zeigte auf das schicke Borgward Isabella Coupé vor der Einfahrt, »kann ich mir leisten. Reichtum hemmt oft das Lebensglück. Erwirb es, um es zu besitzen, hat schon Goethe so trefflich formuliert.«

Bernd schnippte mit dem Mittelfinger seinen Zigarettenstummel hoch in die Luft, als wollte er die Wankelmütigkeit des Glückes anschaulich machen.

»Liest Du Goethe?«, fragte ich überrascht.

»Ich mag seine Dramen, besonders den Faust, aber auch seine von Lebensweisheit durchdrungenen Gedichte und seine geniale Sprache.«

»Sprechen nicht Herrmann Hesse oder Friedrich Dürrenmatt den jungen Menschen mehr an?«

»Den Steppenwolf und Die Physiker habe ich mit Freude gelesen, aber Goethe bleibt unübertrefflich. Übrigens, wir haben heute Nachmittag noch drei Autos zu waschen, wenn wir es schön langsam angehen, lässt sich die Zeit bis Feierabend ausfüllen.«

Ich dachte, dieser belesene Autowäscher hatte als Vorgesetzter eine lässige Arbeitsauffassung, für den Menschen Bernd schien sie typisch zu sein. Nach Feierabend kauften wir unterwegs Currywürstchen mit Pommes frites und fuhren mit seinem Coupé in eine Altbauwohnung im dritten Stock eines Hinterhauses. Als Sitzgelegenheit standen Apfelsinenkisten zur Verfügung, die Tischplatte stützte sich auf Hohlblocksteine und neben dem Bett an der Wand stapelten sich Bücher bis zur Decke, meist Philosophen von Kant über Nietzsche bis Sartre.

»Mache es Dir gemütlich! Du siehst ich lege mehr Wert auf Bücher als auf Möbel. Ich hole Teller und Besteck für unsere Würstchen.«

Er erzählte von seiner harten Kindheit in seiner Bauarbeiterfamilie mit vier Geschwistern. Seinen Vater beschrieb er als autoritär und gewaltbereit. »Ich wusste, dass er meine jüngere Schwester sexuell missbrauchte, die von unserer Mutter keine Unterstützung erfuhr und sich von der Familie im Stich gelassen fühlte. Auch ich traute mich nicht dem Ernährer der Familie entgegenzutreten und schwieg feige. Irmgard hat ihre Kindheitserlebnisse nicht aufarbeiten können und kam mit dem Leben nicht zurecht, und ich konnte ihr nicht helfen. Sie hat sich mit zweiundzwanzig Jahren das Leben genommen.« Ich war von seinem Bekenntnis erschüttert und fand keine Worte für meine Anteilnahme. Er erzählte weiter von guten Noten in der Schule und seinem Vater, der ihn in eine Automechaniker Lehre schickte mit der Bemerkung: Erlerne einen anständigen Beruf, ich kann Dich nicht ewig ernähren. Der Lehrling fühlte sich bald zur Literatur hingezogen und wurde in der Berufsschule gemobbt. Als Automechaniker wurde er zum Außenseiter und musste Prügel einstecken, dabei wurde auch seine Nase deformiert.

»Ich habe in der Abendschule mein Abitur nachgemacht und mich mit Literatur beschäftigt. Als freier Mitarbeiter schreibe ich gelegentlich Artikel für eine Tageszeitung über Autopflege vor dem Wintereinbruch: Kram, der jedes Jahr kommt. Die Zeitung will mir jetzt eine eigene Kolumne geben, dann müsste ich die Stunden in der Waschhalle reduzieren. Vor einiger Zeit habe ich einen Roman angefangen, wenn Du interessiert bist, kannst Du mal reinschauen.«

Er schob mir einen Stapel maschinenbeschriebener Blätter zu, vorbei an dem Würstchenteller. Sein Roman erinnerte mich an Goethes Leiden des jungen Werther, nur in die Neuzeit verlagert. Der Romanheld Boris war sensibel und exzentrisch, konnte sich nicht in die Gesellschaft einfügen, verliebte sich unglücklich und kam mit dem Leben schlecht zurecht. Die sensiblen Figuren in seinem Roman sprachen mich wenig an, aber von seinem Schreibstil war ich begeistert.

Neben dem Gespräch mit Bernd gab es bei meiner monotonen Tätigkeit als Autowäscher einen Lichtblick, den ich als Belohnung betrachtete: Den nächsten Wagen in die Halle fahren zu können, es waren oft noble Karossen. Autofahren war meine Leidenschaft, Wagenwaschen nicht. Ich hatte schon eine Reihe von Ferienjobs gemacht, Speditionsfahrer, Hilfsgärtner und Lagerarbeiter, aber bei dieser Tätigkeit störte es mich, den Dreck von fremden Leuten beseitigen zu müssen. Blöd sinnigerweise hatte ich den Eindruck, die haben absichtlich die Schokoladenkrümel auf die Sitze gestreut, um mich zu demütigen. Ja, wir Arbeiter reagieren empfindlich auf die Handlungsweise von Etablierten.

Aus der Reparaturhalle waren plötzlich Flüche und aufgeregte Rufe zu hören. Bernd rief mich zu einem Oberlichtfenster, von dem man in die Halle blicken konnte. Eine hübsche, junge Frau stand lässig an ihr Auto gelehnt und machte deutlich, dass sie unter Zeitdruck stand. Drei Monteure balzten um sie herum, ohne ihr Fahrzeug zum Laufen bringen zu können.

»Ich habe am VW meiner Freundin den Schwimmer des Vergasers etwas verbogen, so dass er am Gehäuse hängen bleibt. Das können nur gute Mechaniker herausfinden. Da können die Jungs mal zeigen, was sie drauf haben«, gestand Bernd grinsend, «und wenn sie es endlich finden sollten, können sie nicht einmal ein Ersatzteil berechnen. Ich weiß, dass Schadenfreude eine schlechte Charaktereigenschaft ist, aber manchmal erlaube ich mir ein Späßchen.«

Wir trafen seine Freundin Helga am Abend im Aloa, einem jugoslawischen Restaurant und bestellten Rasnici, Fleischspieße mit viel Zwiebeln und Knoblauch. Helga war als Kindergärtnerin tätig, sportlich, bescheiden, hatte die Haare zu Zöpfen gebunden und konnte ihre Beobachtungen in spaßige Worte verpacken. Sie berichtete uns detailliert von dem Streich und den Anzüglichkeiten der erfolglosen Monteure, und wir verbrachten fröhliche Stunden zusammen. Anschließend spendierte ich zehn Liter Benzin und durfte das Coupé über den Kurfürstendamm und die Avus lenken. Die Avus war bei ihrer Eröffnung im Jahr 1921 die erste Autobahn in Deutschland, diente als Rennstrecke und bildete das Vorbild für den Autobahnbau. Mir bot sie die Gelegenheit mit Vollgas zu fahren, und als der Tacho hundertsiebzig Stundenkilometer überschritt, fühlte ich mich wie ein siegreicher Rennwagenfahrer, es fehlten nur die Konkurrenten und die Zuschauer.

In Bernds Wohnung im Hinterhaus diskutierten wir bei einer Flasche Rotwein stundenlang über die Protagonisten in seinem Roman: »Wer eine Anleitung zum Unglücklichsein sucht, wird in Deinem Buch fündig«, spöttelte ich, »Boris sollte endlich die Konsequenz aus seinen seit Jahren erfolglosen Annäherungsversuchen ziehen und die angebetete Barbara aufgeben.«

»Solange sie ihm noch den leisesten Hoffnungsschimmer lässt, ist er dazu nicht in der Lage, darin liegt die Tragik dieses armen Tropfes. Barbara gibt Boris das Gefühl ihm nahe zu sein, ohne ihn zu wollen.«

»Er muss erkennen, dass sie ihn an der langen Leine zappeln lässt. Wenn er überleben will, müsste er diese Leine kappen und sich alle Gefühle für sie aus dem Herzen reißen«, fügte Helga hinzu.

»Barbara lässt ihn nicht zappeln, weil sie bösartig ist. Ihre Labilität verhindert notwendige Entscheidungen, und Boris fehlt die Entschlossenheit die Leine zu kappen. Nicht alle Menschen verfügen über Eure Willenskraft. Mein Romanheld wurde in diese Welt geworfen, er konnte sich seine Eigenschaften nicht aussuchen. Die Möglichkeiten des Menschen freie Entscheidungen zu treffen, halte ich für sehr gering, vielleicht sind sie gar nicht vorhanden.«

»Ich sehe auch, dass wir durch Erbanlagen, Erziehung und Umwelt weitgehend geprägt sind. Aber ich glaube, dass wir über einen Funken Entscheidungsfreiheit verfügen, der durch den Zufall, die eingetretene Situation und das Gewissen erzeugt wird.«

Bernd nahm sein Weinglas in die Hand und ging im Zimmer auf und ab, als wolle er sich durch die Bewegung einen Freiraum verschaffen: »Diese Frage hat viele Philosophen beschäftigt. Jean-Paul Sartre gelangte in seinem Buch Das Spiel ist aus, zu der Erkenntnis, selbst wenn wir nach dem Tod die Chance hätten ins Leben zurückzukehren, wir würden wieder dieselben Entscheidungen treffen. Ich bin von der Determinierung des Menschen überzeugt, ohne ein Fatalist zu sein.«

Vor dem Ofen standen sieben leere Milchflaschen in einer Reihe, sie wirkten im Halbdunkel wie Heinzelmännchen auf einer Wachparade: »Stellt Deine Sammlung von Milchflaschen ein Kunstwerk dar, das Deine beeindruckende Büchersammlung ergänzen soll?«

»Als Kunstwerk kann man es nicht bezeichnen, das sollte origineller sein. Die Flaschen bilden meine eiserne Reserve. Wenn kein Bargeld mehr vorhanden ist, was öfter vorkommt, kann ich das Pfandgeld für die Flaschen einlösen und mir Brötchen kaufen.«

Nach einiger Zeit lud Bernd zu seiner Geburtstagsparty ein. Er begann für sein Fest eifrig Apfelsinenkisten zu sammeln und lieh sich Besteck und Teller bei der Nachbarin aus. Jeder männliche Gast musste Getränke beisteuern, und die Damen brachten selbst zubereitete Speisen mit. Getanzt wurde zur Musik von zwei Gitarren, die Günter, Gründer einer bekannten Band, und seine Freundin in beeindruckender Weise zu spielen verstanden.

Meine Freundin Helena organisierte ein Gesellschaftsspiel. Zwei Teilnehmer erhielten die Aufgabe durch Pantomime eine Tätigkeit zu veranschaulichen, zum Beispiel: Kuchen backen oder Auto reparieren. Die Gruppe betrachtete amüsiert die Darstellungen und sollte diese Tätigkeiten erraten. Ich war überrascht, wieviel Stimmung bei diesem Fest in der kleinen Hinterhauswohnung entstand und beobachtete mit Freude, dass sich Helena und Helga gut verstanden und oft ihre Köpfe zusammensteckten.

Patrick, der Redakteur einer Tageszeitung, trug ein selbstverfasstes Gedicht für Bernd vor und erhielt viel Zustimmung:

Wir sind gekommen von nah und fern,
eine Schar von ausgesuchten Gästen.
Dein Geburtstag ist eines von den heiteren Festen,
darum kommen wir zu Dir immer gern.

Heute sind wir wieder einmal bei Dir,
genießen die Speise, die das Fest begleitet,
welche von uns Gästen selbst zubereitet.
Sitzend auf Kisten können wir entschleunigen hier.

Du bist, wie das Ambiente, ein ungeschliffener Diamant,
kannst erschrecken und verzaubern zugleich,
Deine profunden Einsichten machen uns reich,
einen geistreichen Freund haben wir in Dir erkannt.

Unsere guten Wünsche begleiten Dein weiteres Leben,

bleibe gelassen, zufrieden und heiter,
und gehe Deinen Weg unbeirrt weiter.
Wir wollen auf Dein Wohl unser Glas erheben!

Margot, die Ehefrau des Redakteurs, schenkte aus einer Magnum-Flasche Champagner ein. Rechtzeitig zum Gedichtsende konnte mit gefüllten Gläsern angestoßen werden. Alle Gäste erhoben sich und stimmten das Geburtstagslied an: Wir freuen uns, dass Du geboren bist.

Als ich Bernd wieder in der Waschhalle traf, ließen wir, beim Einseifen der Fahrzeuge, sein schönes Fest noch einmal Revue passieren. Mir wurde klar, wie resonanzabhängig mein neuer Freund war. Er sog die Anerkennung des Freundeskreises ein, die auch aus dem Gedicht sprach, wie ein Durstender nach einer Wüstendurchquerung. In der Mittagspause teilte er mir dann vertraulich mit, dass Helga von ihm schwanger war. »Ich will überhaupt nicht heiraten, und sollte ich jemals heiraten, würde ich nicht Helga wählen. Um Verantwortung für ein Kind zu übernehmen, müsste ich mein Leben total umstellen. Wie soll ich mich jetzt verhalten?«
»Helga kennt Deine Einstellung, will sie das Kind trotzdem bekommen?«
»Sie liebt mich, und ich begehre ihre Leidenschaft, aber wir wissen beide, dass wir nicht zueinander passen. Ich bin alles andere als ihr Traumpartner.« Ich nickte vorsichtig und das ermunterte Bernd über seine Situation laut nachzudenken:
»Ich bin weder einen geeigneten Ehepartner, noch einen guten Vater. Kinder haben ein Anrecht auf Mutter und Vater. Sie haben in einer intakten Familie die besten Chancen sich zu entwickeln. Unsere Zweisamkeit würde

in einer Katastrophe enden. Ich denke über eine Abtreibung nach, obwohl sie noch nicht erlaubt ist.«

Bernd warf seinen Schwamm auf das Auto, so dass der Schaum in alle Richtungen spritzte und seine Anspannung unterstrich: »Sie will ein Kind, aber nicht von einem treulosen Autowäscher mit schmalem Einkommen!«

»Wenn Du nicht bereit bist Deinen Lebenswandel zu ändern und die Rolle eines Vaters zu übernehmen, halte ich einen Schwangerschaftsabbruch für das kleinere Übel.«

»Ich fürchte, dass ich dazu nicht in der Lage bin, selbst wenn ich es wollte. Ich meine auch, wir sollten eine Abtreibung vornehmen lassen.«

Mein Ferienjob in der Waschhalle neigte sich dem Ende zu. Ich musste mich wieder voll auf das Studium konzentrieren und sah Bernd seltener. Die Prüfung in Mathe habe ich im zweiten Anlauf bestanden und war erleichtert, wie ein Solosänger nach einer gelungenen Premiere. Einige Zeit später traf ich Bernd zufällig im Aloa wieder. Wir setzten uns an einen ruhigen Tisch, und er berichtete: »Bei der Abtreibung hat es Schwierigkeiten gegeben, die Gebärmutter wurde verletzt, Helga hat viel Blut verloren und kann keine Kinder mehr bekommen. Sie hat auch meinetwegen diesen Eingriff vornehmen lassen, daher gebietet der Anstand mich zu ihr zu bekennen.«

»Ich habe den Eindruck, dass auch ohne Kinder Ihr nicht zueinander passt. Wollt Ihr trotzdem heiraten?«

Bernd schwenkte sein Weinglas, bis es fast überschwappte: »Sie wollte irgendwann eigene Kinder haben. Das ist nun nicht mehr möglich. Ich denke, ich bin es ihr schuldig sie zu heiraten und meinen Lebenswandel zu ändern. Ich habe ein Angebot vom Spiegel in Hamburg und werde diese gutbezahlte, feste Anstellung annehmen und mit ihr dorthin ziehen.«

»Freust Du Dich darauf, wieder zurück in Deine Heimatstadt zu gehen und ein bürgerliches Leben zu führen? Abendessen pünktlich um achtzehn Uhr, danach fernsehen und an jedem Freitag Sex.«

»Natürlich würde ich lieber mein Vagabundendasein fortführen, Romane schreiben, von Blüte zu Blüte hüpfen und ohne Verpflichtungen in den Tag leben. Ich gebe zu bedenken, dass alles seine Zeit im Leben hat. Auch sollte man das bürgerliche Leben nicht unterschätzen, es hält manche Annehmlichkeit bereit, kein Hungern und Frieren mehr, keine Geldsorgen, dafür schöne Reisen.«

Wir waren beide gleich alt, und ich hatte das Gefühl, mein Leben noch vor mir zu haben. Bei Bernd gewann ich den Eindruck, er durcheilte sein Leben im Zeitraffertempo, als würde eine innere Stimme die schnelle Erledigung seiner Aufgaben einfordern. Er tat heute das, was ich erst in zehn Jahren angehen wollte. »Wann werdet Ihr nach Hamburg ziehen, hast Du dort schon eine Wohnung?«, fragte ich ihn.

»Ich werde am Monatsanfang meine Tätigkeit beim Spiegel aufnehmen, Du musst uns unbedingt besuchen.« Er schrieb seine neue Adresse auf einen Zettel und schob ihn über den Tisch. Wir umarmten uns zum Abschied. Ich werde die Treffen mit ihm vermissen und hatte den Wunsch, ihn so bald wie möglich in Hamburg zu besuchen.

Mein Studium hatte sich länger hingezogen, als geplant, aber irgendwann war es abgeschlossen, und ich musste mich um eine Anstellung bewerben. Das war zu dieser Zeit problemlos, von zehn Bewerbungen erhielt ich acht

Zusagen. Die ersten Monate meiner Berufstätigkeit fielen mir schwer. Das frühe, regelmäßige Aufstehen und der monotone Weg zur Fabrik stellten für mich eine nicht erwartete Belastung dar. Die Perspektive nur drei Wochen Urlaub zu haben und nach vierzig Jahren in den Ruhestand zu gehen, ließen mich erschauern. Das Verhältnis zu meinem, nach Erfolg und Karriere strebenden, Vorgesetzten war angespannt, das zu den Kollegen höflich, aber nicht herzlich. Ab elf Uhr begrüßte man sich bei Begegnungen im Flur mit: Mahlzeit. Mahlzeit von rechts und Mahlzeit von links, als bestünde die Anwesenheit hier hauptsächlich zur Nahrungsaufnahme. Ich hatte das Empfinden, ein kleines Rad in einem großen Getriebe zu sein, das seine Runden drehen musste, ohne abzuheben und sich verwirklichen zu können.

Nach einiger Zeit wurde mein Wunsch, etwas zu ändern, immer ausgeprägter. Ich strebte eine Tätigkeit im Ausland an und bewarb mich bei einem Handelshaus in Hamburg. Die Stelle des Filialleiters in Nigeria sollte neu besetzt werden. Ich verfügte über eine gründliche technische und kaufmännische Ausbildung und konnte Erfahrungen im Exportgeschäft sammeln. Ferner war ich ungebunden und gewillt ins Ausland zu gehen, daher waren meine Chancen für diese Stellung erfolgversprechend.

Nach dem Bewerbungsgespräch wollte ich das lange geplante Wiedersehen mit Bernd nachholen und besuchte ihn in seinem kleinen Reihenhaus am Stadtrand. Die Einrichtung war einfach und zweckmäßig. An den Enden der Couchgarnitur waren Möbelschoner angebracht und die Gläser mussten auf einem Untersetzer gestellt werden. Der Gastgeber benutzte inzwischen eine Brille und trug einen dunklen Anzug mit Krawatte, seine Erscheinung wirkte etwas behäbig, das Spontane war ihm abhandengekommen. Helga hantierte singend in der Küche. Während ich meinen Blick über den Bücherschrank schweifen ließ, setzte sich ein Mädchen im Vorschulalter auf meinen Schoß und begann zu schmusen. »Das ist Marion, unsere Adoptivtochter«, informierte mich Bernd.

Ich versuchte die feuchten Küsse von Marion abzuwehren, aber das Kind ließ von seinen Liebesbekundungen nicht ab. Mir fiel ein Aufsatz über Distanzlosigkeit bei Kindern ein, den ich vor einiger Zeit gelesen hatte. Darin wurde ein solches Verhalten als Aufschrei nach Aufmerksamkeit interpretiert, das auf emotionale Vernachlässigung zurückzuführen sei. Diese Persönlichkeitsstörung sei bei Heimkindern zu beobachten und sollte therapeutisch behandelt werden.

„Habt Ihr Euch in Hamburg gut eingelebt? Wie fühlst Du Dich in der Rolle des Vaters?« Ich stellte diese Frage, um von dem Verhalten der Adoptivtochter abzulenken und Bernd nicht in Erklärungsnöte zu bringen.

»Meine Tätigkeit beim „Spiegel" macht viel Spaß, ich verdiene gut und kann Dinge recherchieren, die mir wichtig sind. Unser Häuschen ist fast abbezahlt. Anders als befürchtet, haben Helga und ich ein harmonisches Verhältnis zueinander gefunden. Ich bin glücklich, dass ich sie kennengelernt habe, sie kümmert sich mit aufopfernder Hingabe um Marion.«

Die Hausfrau servierte Kaffee und selbstgemachten Kuchen und setzte sich zu uns: »Ich bin gerne in unserem Gärtchen und habe mich hier mit einer Reihe von Müttern angefreundet.« Ich lobte brav ihren Kuchen, und wir plauderten über das regnerische Wetter in Hamburg. Bernd stellte eine Cognacflasche auf den Tisch und schenkte ein. Ich wehrte ab, mit dem Hinweis auf meine Heimfahrt mit dem Auto. Bernd übernahm freudig das für mich vorgesehene Glas und leerte es in einem Zug: »Bei meinen Recherchen werde ich gelegentlich mit Ereignissen konfrontiert, die mir den Schlaf rauben. Wusstest Du, dass mehr als achthundert Lobbyisten einen Ausweis für den Bundestag haben und versuchen bei Gesetzgebungsvorhaben die Interessen der Versicherungen, der Rüstungsfirmen oder der Autoindustrie einfließen zu lassen? Wenn ich verzweifelt bin, schafft es Helga immer wieder mich aufzubauen, Du bist eine tolle Partnerin, auf Dein Wohl!« Er schüttete den dritten Cognac in sich hinein.

»Ich habe die Absicht die Filiale eines Handelshauses in Nigeria zu leiten«, verkündete ich stolz und war auf seine Meinung gespannt.

»Unser Korrespondent in Lagos berichtete mir, dass die Hitze und das Verkehrschaos nicht das Schlimmste seien. Sein teuer gemieteter Bungalow wird zwei Mal im Jahr von Einbrechern heimgesucht. Auf die Polizei kann man dort lange warten. Um Vandalismus zu vermeiden, wenn nichts Stehlenswertes gefunden werden kann, legt er fünfzig Euro auf den Wohnzimmertisch und flüchtet in die vergitterten Schlafzimmer im Obergeschoss. Ich kann mir etwas Schöneres vorstellen, als in diesem Land zu arbeiten.«

»Du kannst mich mit Deinem Bericht nicht abschrecken, ich habe mich intensiv mit diesem Land beschäftigt. Einen Teil der deutschen Familie in Lagos habe ich beim Botschafter kennengelernt und freue mich auf eine Zusammenarbeit. Mich reizt das Abenteuer, und ich will meinem monotonen Alltag entfliehen. Mit den Moskitos, die mich empfangen werden, muss ich mich arrangieren, dafür wird mein Häuschen abbezahlt sein, wenn ich zurückkehre.«

»Wir Europäer beklagen die Korruption und Misswirtschaft in afrikanischen Ländern, dabei haben wir ein gerüttelt Maß Schuld an diesen Verhältnissen. Künstlich niedrig gehaltene Rohstoffpreise, hohe Verschuldung und Strukturmaßnahmen, die vom IWF oder der Weltbank aufgezwungen werden, verhindern jede Entwicklung und führen zu einer Verarmung der Bevölkerung.«

»Und führen zu einem wachsenden Flüchtlingsstrom nach Europa, der durch selbst verursachte Probleme erzeugt wird«, ergänzte ich. Bernd räumte das Geschirr ab, und Helga berichtete von den kleinen Fortschritten ihrer Tochter und einer ehrenamtlichen Tätigkeit bei Amnesty International.

Meine neue Aufgabe als Filialleiter in Nigeria erforderte ein volles Engagement und hielt manche Überraschung bereit. Der leiernde Gesang vom Muezzin behinderte meinen Schlaf am Morgen, die Spannungen zwischen den unterschiedlichen Stämmen erschwerten die Personalsuche, das allgemeine Chaos führte zu Schwierigkeiten bei der Materialbeschaffung, und die korrupte und wirtschaftsfeindliche Verwaltung erforderte viel Geduld. In mancher Situation konnte ich keine Lösung finden sondern mich nur um eine Schadensbegrenzung bemühen. Trotz vieler Turbulenzen verbuchte ich viele Erfolge und hatte Freude an meiner Tätigkeit.

Ich hatte kaum Zeit für die Lektüre Büchern oder Zeitschriften. Während ich auf ein Gespräch in einer Montagefirma wartete, fiel mir ein Artikel in die Hände, der meine volle Zustimmung fand: Die Globalisierung mag den Wohlstand erhöhen, führt jedoch zu weltumspannenden Großkonzernen, die sich der Kontrolle der Landesregierungen entziehen können und Arbeitsplätze und Kapital nach eignem Ermessen verlagern. Die Steuern von Angestellten und Arbeitern werden automatisch eingezogen, die von Unternehmern und Millionären werden dem Staat oft durch Flucht in Steueroasen entzogen. Am Austrocknen von Steueroasen haben manche Politiker kein Interesse, weil sie selbst zu den Steuerflüchtlingen gehören. Die Machenschaften vom IWF und Weltbank führen zu einer Bereicherung von korrupten Regierungen und einer Verschuldung der Entwicklungsländer. Die aufgezwungenen Strukturmaßnahmen bewirken eine Verarmung der Bevölkerung. Deutsche Banken beteiligen sich an Spekulationen mit Lebensmitteln und manipulieren die Preise. Die aufgestellten Behauptungen waren sehr sorgfältig recherchiert und mit Orten, Namen und Daten belegt. Mir wurde klar, wer so brisantes Material veröffentlicht, der hat viel Mut bewiesen. Der Artikel war unterzeichnet mit dem Pseudonym: DREB. Ich erinnerte mich daran, dass ich diese Abkürzung auf dem Romanentwurf von Bernd gesehen hatte. Sie entsteht, wenn man seinen Namen rückwärts liest.

Als ich wieder zurück in meinem Büro war, stellte meine Sekretärin einen Anruf von Helga durch:»Ich muss Dir mitteilen, dass Bernd gestern tot aufgefunden wurde.«

»Das ist ja entsetzlich! Wie konnte das passieren?«

Ich vernahm ein leises Schluchzen am Ende der Leitung: »Er befand sich auf einer Geschäftsreise und hatte wieder einmal reichlich Alkohol getrunken. Bernd sei im Bad ausgerutscht und mit dem Kopf hart auf das Waschbecken geschlagen und habe dabei tödliche Verletzungen erlitten.«

»Das kann man sich kaum vorstellen!« Es trat eine längere Pause ein. «Mir fiel gestern ein gesellschaftskritischer Bericht von ihm in die Hände, der Politiker, Globalplayer und Banken anschuldigt. Kennst Du diesen Artikel?«

»Ja, und ich habe ihn angefleht seine Recherchen nicht zu veröffentlichen. Er hat darauf hingewiesen, dass er schon einmal in seinem Leben geschwiegen hatte, mit tragischen Folgen. Ihm war bewusst, dass er den Zorn der Mächtigen erregen würde aber wollte nicht denselben Fehler noch einmal begehen, er musste so handeln.«

Der Vater auf Bali

Es hatte aufgehört zu regnen und ich setzte mich auf die Terrasse vor meiner Hütte und blickte auf den See. An diesem Platz saß ich am liebsten, wenn Wehmut und Heimweh über mich kamen. Die dunklen Wolken zogen ab, die Sonne begann zaghaft durch die Wolken zu glitzern, und ein warmer Wind liebkoste die Haut. Ich hatte vor einigen Tagen meinen sechzigsten Geburtstag gefeiert und war gerührt von der Herzlichkeit meiner balinesischen Freunde und der tiefen Verbundenheit, die wir gegenseitig empfanden. Dennoch überkamen mich Erinnerungen an die Zeit vor fünfundzwanzig Jahren, als ich Deutschland überstürzt verlassen hatte, um ein neues Leben in Bali zu wagen.

Mein Sohn Sebastian müsste jetzt über dreißig Jahre alt sein, wie mag es ihm gehen? Er hatte seit Jahren jeden Kontakt zu mir abgebrochen, weil er mich für den frühen Tod seiner Mutter verantwortlich machte. Seine Einstellung erinnerte mich an einen Oppositionsführer, der die Regierung für alles Elend dieser Welt verantwortlich macht, ohne einen eigenen Vorschlag zu haben. Als Kind war er begabt und ehrgeizig dabei sehr auf seinen materiellen Vorteil bedacht. Diese Gier, die er vermutlich auch als Mann nicht ablegen konnte, wollte ich nutzen, um ihn nach Bali zu locken und ein Gespräch über die damaligen Ereignisse aus meiner Sicht zu führen. Mit zunehmendem Alter bedrückte mich die gestörte Vater-Sohn-Beziehung und ich hatte den innigen Wunsch mich auszusöhnen.

Als ich erfuhr, dass mein alter Freund Henry eine Reise nach Berlin plante, bat ich ihn, meinen Sohn Sebastian Lehmann dort aufzusuchen und ihm eine getürkte Geschichte aufzutischen. Den leichten Autounfall, in den ich vor einigen Tagen verwickelt wurde, ließ ich zu einem schweren Unfall mit lebensgefährlichen Verletzungen hochstilisieren. Wenn man Beziehungen zur Polizei hat und spendenfreudig ist, stellt es hier kein Problem dar einen Polizeibericht zu korrigieren. Bei seinem Besuch in Berlin sollte Henry den Eindruck erwecken, der Viktor Lehmann sei ein wohlhabender Mann, den Polizeibericht vorlegen und andeuten, dass die örtlichen Behörden nach dem schweren Unfall in seinem Umfeld nach Verwandten zur Regelung der Erbschaft suchen würden. Sebastian solle nach seiner Ankunft in Bali Kontakt zu der Reiseführerin Sarah aufnehmen, die auch deutsch sprechen könne.

Mein Plan ging auf. Es dauerte nur einige Tage, bis ich erfuhr, dass mein Sohn in Denpasar gelandet war. Sarah hatte für ihn ein Besichtigungsprogramm zusammengestellt und zeigte dem Besucher aus Deutschland einige Tempelanlagen und den über dreitausend Meter hohen Berg Gunung Agung, den die Balinesen als den Sitz der Götter verehren, während die Dämonen das Meer bewohnen.

Indonesien ist ein muslimischer Staat, mit strengen, religiösen Ritualen. Die Insel Bali beherbergt etwa vier Millionen Einwohner, überwiegend Hindus, die einer ungezwungenen Lebensweise anhängen und sich passende, wohlgesonnene Götter schaffen und sie verehren. An fast allen Ecken und bei jeder Gelegenheit werden Räucherstäbchen verbrannt, um mit den Göttern in Kontakt zu treten, und sie bei guter Laune zu halten und die Dämonen zu zähmen. Diese lässige Lebenseinstellung findet sich auch in der indonesischen Sprache wieder: das am

häufigsten verwendete Wort heißt: Nanti, es hat eine er-
gebnisoffene Bedeutung: Sofort, später oder nie.

Die Landschaft hat sich den Charme des Ursprünglichen erhalten und wurde nicht verschandelt, wie die europäischen Küsten, da kein Gebäude höher sein darf als
eine Palme. Bali liegt nahe am Äquator, hier gibt es keinen kalten Herbst und Winter, die Blumen zeigen üppige,
exotische Blüten und der Boden ist ungewöhnlich frucht-
bar. Es wird behauptet, wenn ein Stuhlbein in die Erde
gesetzt wird, dann beginnt es nach einigen Tagen Wurzeln zu schlagen und Knospen zu bilden. Das Grundnah-
rungsmittel ist Reis, er wird hier auf terrassenförmigen
Feldern angebaut, dabei fließt das Wasser zur Bewässe-
rung von der obersten zu den unteren Terrassen, über
Schleusen, ohne Pumpen. Für landwirtschaftliche Arbeiten werden Wasserbüffel eingesetzt, in jüngerer Zeit auch
die »japanische Kuh«, wie man hier einen Reisfeldtraktor
nennt. Das Klima und der fruchtbare Boden ermöglichen
mehrere Ernten im Jahr.

Ich grübelte nach, wie die Begegnung mit Sebastian gestalten werden könnte. Es stand zu befürchten, dass der
erste Wortwechsel heftig und lautstark sein würde, und
wenn mein Sohn sich beleidigt zurückziehen würde, dann
wäre alles umsonst. In meinem Alter gab es vielleicht
keine zweite Chance, also sollte er keine Rückzugsmög-
lichkeit haben, überlegte ich mir.

Am zweiten Tag nach seiner Ankunft suchte ich Sarah
auf, um mir ein Bild von dem Besuchsablauf und der
Person zu machen. Sie teilte mir mit: »Sebastian ist ein
sportlicher, gutaussehender Mann mit guter Allgemein-
bildung, der sehr von sich eingenommen ist. Er war von
Bali begeistert, zeigte aber nur verhaltenes Interesse für

die Sehenswürdigkeiten und kam schnell zur Sache. Vor der gigantischen Kulisse des Berges Gunung Agung fragte er ohne Umschweife, ob ich Viktor Lehmann persönlich kenne, in welchen finanziellen Verhältnissen er lebe, und wie er ihn erreichen könne.«

»Hat er etwas von mir erzählt?«

Sarah dachte einen Augenblick nach und schüttelte den Kopf:»Nein, nur von seiner Mutter, die verstorben ist und von sich, er sei unverheiratet und bei einer Bank beschäftigt.«

»Du musst ihm klarmachen, dass ich sehr zurückgezogen lebe und ein Treffen nur am Freitag möglich ist. Bitte bringe ihn mit dem Boot zur Hütte am See und hole ihn nach zwei Stunden wieder ab, dann hat er keine Fluchtmöglichkeit.«

Sarah nickte still:»Und was soll ich heute und morgen mit ihm anfangen?«

Ich überlegte, was ihm gefallen könnte, es drängte mich ihn bald zu sehen, jedoch durfte nichts geschehen, das unsere Annäherung gefährden könnte:»Besuche mit ihm heute ein Wayang Schattenspiel, erzähle ihm die rührende Ramayana-Legende, von dem Prinzen Rama und seiner geliebten Frau Sita, die enterbt und in den Wald verbannt werden. Dort wird Sita vom Dämonenkönig entführt, aber Rama besiegt ihn und gewinnt seine Frau und den Thron zurück. Das wird ihm gefallen.«

»Mir gefällt es weniger. Sebastian macht mir schöne Augen, und ich fürchte, wenn ich ihm diese Legende blumenreich vortrage, wird er sich bestärkt fühlen mir Avancen zu machen.«

»Auch das noch! Dann erzähle die Geschichte blumenarm, und halte Dich bedeckt. Sulkia soll morgen ein Familienfest organisieren und Du lädst Deinen Besucher dazu ein, das wird ihn ablenken. Es ist eine gute Gelegenheit ihm das balinesische Familienleben vorzuführen, und Du kannst Dich vorzeitig zurückziehen. Ich werde inkognito dabei sein, im Sarong und hinter einer großen, dunklen Brille versteckt. Zu einer Begegnung soll es erst am Freitag in meiner Hütte am See kommen.«

Sarah wirkte auf mich verunsichert und von Zweifeln umwölkt, wie ein Kind, das im Weihnachtsmann plötzlich den eigenen Onkel vermutet. Ahnt sie, dass dieser Besucher, der zufällig auch den landläufigen Namen Lehmann trägt, mein Sohn sein könnte? Warum fühlt sie sich durch seine Avancen nicht geschmeichelt sondern beunruhigt? Ich sollte sie einweihen, aber erst nach der Begegnung.

Zu dem Familienfest waren vierzig gutgelaunte, hungrige Gäste gekommen, ein Gamelan-Orchester spielte auf, Speisen und Getränke standen reichlich zur Verfügung, und es wurde getanzt. Lampions und Girlanden zierten den Garten, und Sebastian schien beeindruckt von der Ungezwungenheit und Fröhlichkeit der Menschen, aber auch von dem Aufwand, den man sich hier leisten konnte. Sarah stellte ihm einige Persönlichkeiten aus dem Ort vor, dann führte sie ihn an den Tisch der Gastgeberin Sulkia, die ein hübsches Gesicht hatte und die Würde des Alters ausstrahlte. Sie erzählte pausenlos von Viktor, ihr Deutsch war sehr lückenhaft und Sarah übersetzte das, was sie für passend hielt.

»Viktor ist ein guter Mann, wir haben geheiratet und haben zwei Kinder, er hat mir dieses schöne Haus geschenkt. Er arbeitet viel und ist selten hier, aber er macht mich glücklich.«

Viele der anderen Gäste, die Sebastian kennenlernte, sprachen von dem Gönner Viktor, wie von einem Heiligen, der ein wohlhabender Mann sein musste.

Ich kannte meinen Sohn nur als Kleinkind und sah ihn nach fünfundzwanzig Jahren zum ersten Mal wieder. Es drängte mich ihm entgegenzulaufen, um diesen stattlichen Mann in die Arme zu schließen, aber ich war gezwungen in meiner Verkleidung einen Tisch am Rand zu nehmen. Von dort konnte ich unerkannt die Szene beobachten und teilweise die Gespräche verfolgen. Sebastian konnte seine Überraschung schlecht verbergen, er schien überwältigt, dass sein verachteter Vater erneut verheiratet war, und ihm wurde klar, dass er kein Einzelkind mehr war sondern zwei Halbgeschwister hatte. Mein Sohn suchte nach Worten und vermied es sorgfältig im Zusammenhang mit Viktor von seinem Vater zu reden und fragte nur nach seinem Aufenthaltsort.

»Viktor ist ein guter, großzügiger Mann«, beteuerte Sulkia erneut, »nur ist es schwierig ihn zu treffen, er muss viel denken und arbeiten, kommt nur selten her, seitdem die Kinder aus dem Haus sind.«

»Ich führe Sie morgen zu ihm«, verkündete Sarah, »ich werde Sie im Hotel abholen. Machen Sie sich auf einen längeren Ausflug in eine entlegene Gegend gefasst, wir müssen ein Boot benutzen.«

Sebastian setzte ein Lächeln auf, das gemischt war aus Anbetung und dem Versuch charmant zu erscheinen. Es erinnerte mich an die Zeit, als ich meine Frau Rebekka erobern wollte. »Ihre Führung scheut keine Mühen und macht Bali zu einem faszinierenden Erlebnis für mich, und Sie sind die schönste Führerin auf dieser Trauminsel, ich werde ungeduldig auf Sie warten.«

»Ihre freundliche Beurteilung kann nur vorläufigen Charakter haben, denn Sie haben zu wenige Balinesinnen gesehen, um die Schönste küren zu können. Bleiben Sie hier so lange es Ihnen Spaß macht, meine Dienstzeit ist längst überschritten und ich muss nach Hause fahren. Nehmen Sie sich nachher ein Taxi, bis morgen!«

»Ich wollte Sie noch zu einem Drink einladen«, rief der von Glut Entflammte ihr hinterher, aber das Objekt seiner Begierde entschwebte lautlos, wie ein Engel.

Wieder saß ich auf der Terrasse vor meiner Hütte und wartete. Als braver Vater hatte ich Wein und Whisky kalt gestellt und auch einige alkoholfreie Getränke. Sicherheitshalber habe ich das Gästebett bezogen und das Zimmer gefegt, ich wollte auf alle Varianten vorbereitet sein. Die Sonne strahlte aus einem wolkenlosen Himmel auf die Hütte und krönte diese Begegnungsstätte mit einem würdigen Rahmen. Die Wartezeit machte mich ungeduldig, ich ließ die Beine über den Terrassenrand baumeln und suchte nach einem Boot oder wenigstens nach einem Motorengeräusch, nichts. Über dem See schwebte der Morgendunst, neblige Inseln gaben dieser endlos erscheinenden Wasserfläche etwas Mystisches, in dem ein profanes Boot wie ein Fremdkörper wirken musste. Wenn ich ein Dämon wäre, würde ich auch einen Wohnsitz im Wasser wählen.

Bin ich am Ende ein Dämon und sitze deshalb so gerne am Wasser? Heische ich nach Anerkennung und Bewunderung hier und habe meine Familie in Deutschland geopfert? War die Bedrohung so ernst, dass es keine Alternative gab? Trifft mich eine Mitschuld am frühen Tod von Rebekka? Sind Spannungen zwischen Vater und Sohn vorprogrammiert, weil der Sohn, nach Siegmund

Freud, erst den Vater besiegen muss, um mit seiner Mutter schlafen zu können? Ich habe nie mit meiner Mutter schlafen wollen und habe in meinen Vater einen Herrscher gesehen, aber keinen Nebenbuhler. Diese Fragen, die mir Sebastian gleich stellen wird, gingen mir immer wieder durch den Kopf, und der dunstige See schwieg ohne mir bei einer Antwort behilflich zu sein.

Endlich sah ich ein Boot in der Ferne auftauchen, das langsam näher kam. Das Schicksal nahm seinen Lauf. Sarah fuhr in einem großen Bogen auf den Steg zu, setzte Sebastian ab und fuhr alleine zurück. Er stieg den steilen Pfad zur Hütte herauf, ich hörte, wie sich dabei Gesteinsbrocken lösten und talwärts kollerten, dann stand er staunend vor mir: »Ich dachte Du seist schwer verletzt, deshalb habe ich den beschwerlichen Weg auf mich genommen.«

Ich wollte ihn umarmen und unterdrückte diese Regung, »ich freue mich, dass Du hier bist, möchtest Du etwas trinken?« Er schob mich zur Seite, ließ sich in den Schaukelstuhl fallen, musterte mich von oben bis unten und schüttelte den Kopf: »Du hast mich hinterhältig reingelegt!«

»Alle meine Versuche mit Dir in Kontakt zu treten, sind fehlgeschlagen, da musste ich zu drastischen Mitteln greifen, meine Zeit auf Erden läuft ab, und an ein Wiedersehen im Himmel kann ich nicht glauben.«

Mein Sohn wollte Zeit gewinnen und schaukelte hin und her. Der Schaukelstuhl knarrte, als wollte dieses barmherzige Möbelstück die peinliche Stille überbrücken. Sebastian schien einen imaginären Punkt über dem See zu fixieren: »Du hast Deine Familie im Stich gelassen, und ich verachte Dich, weil ich vaterlos aufgewachsen bin, warum sollte ich Kontakt zu Dir halten?«

»Du solltest mich wenigstens anhören, Du scheinst die Dinge nur aus der Sicht Deiner Mutter zu betrachten.«

Er sprang auf und wurde laut:»Sie ist tot! Es ist grausam für ein Kind zu sehen, wie die einzige Bezugsperson vom Kummer zerfressen wird und elendig krepieren muss.«

»Rebekka starb an den Folgen einer Krebserkrankung. Ich glaube nicht, das mein Fortgang diese Krankheit ausgelöst hat sondern eher eine genetische Disposition, denn der Tod ihres Vaters wurde auch durch Krebs verursacht.«

Sein Finger wedelte bedrohlich vor meinem Gesicht herum:»Kummer macht den Körper anfällig für Krankheiten. Du Schurke hast das Haus verkauft und uns auf dem Trockenen sitzen lassen.«

»Ich habe das Haus verkauft, das ich geerbt hatte, weil ich Geld für einen Neuanfang brauchte. Die Immobilienpreise stiegen raketenartig nach der Wende. Ich habe von dem Erlös Rebekka zehntausend Mark abgegeben, obwohl sie sich weigerte mit mir zu gehen, denn ich konnte aus Bali nichts überweisen.«

Sebastian beruhigte sich und setzte sich wieder, er wirkte nachdenklich:»Ich wusste nicht, dass es Dein Haus war, und Du Geld hinterlassen hattest. Hast Du uns wegen einer anderen Frau verlassen?«

Ich schob meinen Schaukelstuhl in seine Richtung und sah ihm tief in die Augen:»Ich habe Rebekka abgöttisch geliebt und hätte alles getan, damit sie bei mir bleibt. Neben ihr hat es nie eine andere Frau gegeben, mein Herz war erfüllt von Rebekka, da hatte eine andere Frau keinen Platz. Ich sage das ohne Stolz auf meine Taten, es gab Dinge, die ich heute bereue. Ich habe mich zu DDR-Zeiten mit sanftem Druck zum Stasi-Mitarbeiter machen lassen und musste Dinge tun, die Deine Verachtung rechtfertigen.«

»Du warst bei der Stasi, das ist typisch, immer den Weg des geringsten Widerstandes gehen.«

»Viele waren für die Stasi tätig. Ich bin kein Held und habe meine Distanz zur kommunistischen Einheitspartei versucht zu vertuschen, meine einzige mutige Tat war das Anlegen einer Liste mit den Oberschurken, ihren Kontaktpersonen und den Decknamen. Als sich die Wende abzeichnete, setzte ein Chaos ein, und diese feinen Herren versuchten ihre Spuren zu verwischen. Es bildeten sich Seilschaften, und durch das Vertuschen entstanden Abhängigkeiten. Irgendwann wurde es ruchbar, dass ich eine Täterliste angelegt hatte. Ich musste sofort untertauchen, diese gewendeten Genossen, die wieder in leitenden Positionen waren, verstanden keinen Spaß.«

»Wusste meine Mutter von Deiner finsteren Stasitätigkeit?«

»Rebekka strebte nach Wohlstand und nahm meine Stasitätigkeit billigend in Kauf, mit Details war sie nicht vertraut, die waren meist streng geheim. Trotzdem war sie nach der Wende gefährdet, auch deswegen wollte ich sie und Dich unbedingt mitnehmen. Sie war es, die sich weigerte mitzukommen, sie hat mich im Stich gelassen, und ich war verzweifelt.«

»Dienste von verzweifelten Spitzeln sind hier wenig gefragt, womit verdienst Du Dein Geld?«

»Hier werden anspruchsvolle Schnitzereien hergestellt, alles Unikate, die exportiere ich.«

»Und davon kann man reich werden?«

»Ich will nicht reich werden, Geld lockt Neid, falsche Freunde und Räuber an, zum Leben hier genügt ein bescheidenes Einkommen. Sieh Dir meine Hütte an, sie hat den schönsten Ausblick und alles, was ich benötige, aber Luxus wirst Du hier nicht entdecken.«

Der Dunst über dem See hatte sich aufgelöst, das Mystische war verschwunden, wie der Gespensterspuk im Alten Schloss, wenn die Turmuhr eins schlägt. Das Wasser glitzerte in der Sonne, wie tausend Diamanten, die Blumen vor der Hütte wogten sich sanft im Wind, und hohe Palmen boten Schatten. Langsam entspannten sich die nach unten gezogenen Mundwinkel von Sebastian und er lehnte sich zurück.

»Lass uns ein paar Schritte zusammen gehen, ich möchte Dir diese schöne Insel zeigen«, schlug ich vor.

Wir liefen eine Weile schweigend nebeneinander her, man hörte nur das leise Plätschern der Wellen vom See und das Knirschen unserer Schritte, als sollte diese Stille die Sprachlosigkeit zwischen uns demonstrieren. Endlich fragte er: »Hast Du die Wende begrüßt?«

»Uns ging es nicht schlecht in der DDR, ich hatte ein Auto, sogar einen Wartburg, wir wohnten in einem Haus mit Garten und hatten ein Telefon…«

»Und sind an die Ostsee in Urlaub gefahren, daran kann ich mich noch erinnern«, ergänzte mein Sohn mit glänzenden Augen.

»Aber wir fühlten uns eingesperrt, bevormundet, und jeder wollte die D-Mark haben und Auslandsreisen machen. Als die friedliche Wende kam, war es keine Wiedervereinigung von Partnern auf Augenhöhe sondern ein Beitritt der wirtschaftlich lahmenden DDR zur Bundesrepublik. Wir hatten auf einen dritten Weg gehofft, auch viele im Westen, einer Synthese aus Sozialismus und Kapitalismus, aber uns wurde der Kapitalismus übergestülpt, mit seiner Glitzerwelt und seinen Schattenseiten. Funktionierende Betriebe wurden von der Treuhand verscherbelt und nach einer Gnadenfrist platt gemacht. Der Verkauf der Immobilien und der Maschinen brachte mehr Gewinn als der Weiterbetrieb. Arbeitslose, die ihre Familien ernähren mussten, wurden nicht als Menschen sondern als Kostenfaktoren betrachtet, um die sich das Sozialamt zu kümmern hatte. Das kannten DDR-Bürger nicht, und es war eine bittere Erfahrung.«

»Was ist aus dem Geld vom Hausverkauf geworden, bist Du ein wohlhabender Mann?«

»Ich dachte mir, dass Dich diese Frage beschäftigt! Hier sind die Einkommensmöglichkeiten bescheiden. Ich habe geheiratet und wir haben zwei Kinder, der Mensch lebt nicht gerne allein. Von dem Geld habe ich ein Haus gekauft, in dem Sulkia wohnt, die Du auf dem Fest kennengelernt hast. Unsere Kinder leben inzwischen außer Haus. Ich strebe nicht nach Reichtum, er wurde mir auch nicht beschert. Wie geht es Dir, bin ich etwa schon Großvater?«

Sebastian pflückte eine der wilden Blumen und roch daran: »Ich verdiene gut als leitender Angestellter einer Bank, aber die passende Frau habe ich noch nicht gefunden. Ich lebe gern und gebe mein Geld aus, am Jahresende, wenn die Beiträge für Versicherungen abgebucht werden, ist das Geld immer knapp.«

»Mein Junge, zu Reichtum kommt man nicht durch ein hohes Einkommen sondern durch sparsame Ausgaben. Uns will das nicht glücken, wir geben gerne Feste.«

Unser Weg führte vorbei an einem steil aufragenden, schiefergrauen Berg aus Lavagestein mit ungastlich wirkenden Spalten, in denen sich Bäume und Büsche festgekrallt hatten und auf der dunklen Fläche farbige Tupfer bildeten. Sebastian hob einen Brocken auf und betrachtete ihn nachdenklich: »Das kommt aus dem Inneren unserer Erde, kannst Du Dir vorstellen, wie es in meinem Inneren aussieht? Meine Mutter war gestorben, der Vater abgetaucht, Geschwister gab es keine. Ausgerechnet Opa Karl, den ich nicht ausstehen konnte, wurde zu meinem Vormund bestimmt und steckte mich in ein Internat. Ich fühlte mich wurzellos und verlassen und rettete mich in ein Strebertum.«

»Es gibt in jedem Leben Tiefs. Das ist Teil des Lebens, ohne Tief könnten wir ein Hoch nicht wahrnehmen, ohne das Böse gäbe es kein Gutes. Mein finsterster Lebensabschnitt war die Zeit bei der Volksarmee, die man ableisten musste. Der Soldat ist einem dämonischen Vorgesetzten gnadenlos ausgeliefert, der versucht den Soldatenwillen mit fiesen Methoden zu brechen. Glücklicherweise gab es auch beschwingte Lebensabschnitte. Meine schönste Zeit waren die ersten Jahre mit Rebekka.«

Sebastian warf seinen Gesteinsbrocken im weiten Bogen ins Tal und schmunzelte: »Bin ich ein Kind der Liebe, das Produkt des Zufalls oder gar ein Betriebsunfall?«

»Wir wollten beide ein Kind. Du bist ein mit viel Liebe bestelltes Kind.«

»Ich hoffe, dass diese Bestellung auch Spaß bereitet hat.«

»Rebekka hat mir nicht nur Lust, sondern auch Erfüllung geschenkt, sie hat mich förmlich in sich eingesogen, sie gab mir das Gefühl, der größte Glücksbringer aller Zeiten zu sein. Als sie endlich schwanger wurde -es hat nicht sofort geklappt- lief diese beglückende Zeit schlagartig aus, als hätte sie einen Schalter umgelegt. Sex mutierte zu einer seltenen Pflichtübung und sie beschäftigte sich intensiv mit ihrer Schwangerschaft, ich war abgemeldet.«

»War es eine schwere Geburt?«

»Es ist schwer auf diese Welt zu kommen und von ihr zu gehen, das hat die sonst so fantastische Schöpfung dumm eingerichtet. Manche Psychologen behaupten, dass es für das Kind eine wichtige Erfahrung ist, sich durch diese enge Pforte zwingen zu müssen. Solange bei Kindern, die durch einen Kaiserschnitt zur Welt gekommen sind, keine signifikanten Defizite zu beobachten sind, halte ich diese Annahme der Psychologen für falsch. Ich glaube es liegt eine partielle Fehlkonstruktion des Menschen vor, bei Hühnern ist der Geburtsvorgang eleganter gelöst. Während der Geburt habe ich ihre Hand gehalten. Geholfen hat es nicht, sie hat gebrüllt und hatte höllische Schmerzen, und ich hatte ein schlechtes Gewissen, dass ich ihr das angetan hatte. Als Du dann in ihrem Arm lagst, war der Schmerz wie weggeblasen, sie strahlte wie die Königin von Saba, und in diesem Moment war ich glücklich, dass ich es ihr angetan habe.«

»War ich ein hübsches Baby?«

»Alle fanden Dich hinreißend. Ich empfand Dich als unförmig und zerknautscht. Als ich Dich endlich in den Händen halten durfte, sah ich in dieser Hand voll Mensch nicht nur ein Fortleben meiner Eigenschaften, sondern den Fortbestand der Menschheit und damit einen Hauch von der Ewigkeit. Es erfüllte mich ein nie gekanntes Glücksgefühl, und ich trug Dich begeistert durch das Haus und zeigte Dir alles, was Du einmal erben solltest. Du zeigtest wenig Interesse an Deiner Erbschaft, hast nur gerülpst und wolltest Deine Milch.«

»War der kleine Sebastian ein liebenswertes Kind?«

»Deine Mutter hat Dich mit übertriebener, fast abgöttischer Hingabe geliebt, eine Mutterliebe, die nicht mühsam verdient werden musste. Ich hatte Schichtdienst und fühlte mich durch Dein sirenenartiges Geschrei und mein Schlafdefizit genervt, mit dem Du bei ihr alle Deine Wünsche durchsetzen konntest. Ich sah in Dir die Ursache des Verlustes von Rebekkas Zuneigung und missbilligte ihre inkonsequente Erziehung. Erst als Du laufen und sprechen konntest, und wir gemeinsame Unternehmungen starteten, war auch ich stolz auf Dich.«

»Erzähle mir von Deiner Zeit auf Bali.«

»Bali ist für mich nicht nur ein Fluchtort, sondern eine Heimat. In diesem Klima, bei diesen Menschen fühle ich mich wohl. Auch nach der Geburt unserer Kinder hat mir Sulkia das gegeben, was ich bei Rebekka in den letzten gemeinsamen Jahren schmerzlich vermissen musste, angereichert mit ihrer asiatischen Exotik.«

Wir waren zur Hütte zurückgekehrt, setzten uns in den Schatten des Terrassenvordaches, und ich fühlte mich erleichtert über die Annäherung, die ich nach unserem Gespräch empfand: »Ich habe Sekt kalt gestellt, lass uns auf unser Wiedersehen anstoßen. Was hast Du vor, und wie lange wirst Du auf Bali bleiben?«

»Eigentlich wollte ich nur einige Tage bleiben, aber ich habe die charmanteste Reiseführerin der Welt kennengelernt, die es versteht, jeden Tag eine Überraschung hervorzuzaubern, und sie macht mir den Abschied schwer.«

Ich war glücklich über die offene Aussprache mit meinem Sohn und ahnte, dass unsere Annäherung bald einer harten Belastungsprobe ausgesetzt sein wird. Er war in Hochstimmung und beschrieb seine Begegnung mit Sarah so blumenreich und inbrünstig wie ein Schuljunge, der seinen ersten Kuss empfangen hatte. Ich stürzte meinen Sekt hinunter, schenkte nach und murmelte, als würde ich zu mir selbst sprechen: »Sarah ist eine blitzge-

259

scheite, gutaussehende Frau, ihre Führungen sind berühmt, jeder mag sie.«

»Sie beschreibt die Sehenswürdigkeiten mit so viel Anmut, hat Geschichten parat, die sie im historischen Zusammenhang zu setzen versteht, man möchte sie einfach nur in die Arme nehmen. Sarah ist eine unverschämt gutaussehende Frau. Mir fiel auf, dass ihre Nase nicht asiatisch breit ist sondern eher wie meine, schmal mit einem leichten Buckel.«

Ich sah von weitem ein Boot näher kommen, es wurde langsam größer, jetzt hörte ich das Motorengeräusch, das immer lauter und bohrender wurde, bedrohlich, wie eine Hornisse im Anflug.

»Ich möchte es Dir als Erstem gestehen, ich bin verliebt in Sarah und würde sie gern nach Deutschland mitnehmen.«

Ich hatte diese Ankündigung befürchtet und konnte sie nicht unbeantwortet lassen. Ich erhob mich und verkündete:»Ich freue mich, wenn Ihr Euch gut versteht. Bei allen Deinen Plänen bitte ich Dich zu berücksichtigen, dass sie Deine Schwester ist!«

Sebastian ließ sein Sektglas fallen und plumpste in den Schaukelstuhl:»Sie ist meine Schwester?«

»Ja, Deine Halbschwester, ich bin ihr Vater. Sie weiß nicht, dass Du mein Sohn bist.«

Das Boot hatte den Steg erreicht, das bedrohliche Brummen war verstummt, Sarah machte es fest und wartete. Die Sonne stand im Zenit, die Palmen warfen keine Schatten mehr, Hitze breitete sich aus, die man wegen der hohen Luftfeuchtigkeit besonders intensiv spürte. Meinem Sohn lief der Schweiß über das Gesicht und die Arme, er saß wie versteinert da. Ich tupfte ihn mit einem Handtuch ab:»Ich halte es für richtig, wenn Du sie selbst über die familiären Zusammenhänge aufklärst. Geh jetzt, sie wartet ahnungslos unten in der brennenden Sonne auf Dich.«

Ich begleitete Sebastian die Terrassentreppe hinunter, und er trottete den Weg hinab zum Steg. Das Boot mit den zwei vertrauten Gestalten legte ab, man sah die Bugwelle auf dem glatten See, die sich irgendwo verlor. Die Gestalten wurden kleiner und vereinten sich nach einiger Zeit mit dem Horizont.